Le Noël des retrouvailles

*

L'infirmière amoureuse

ANN McINTOSH

Les Noël des retrouvailles

BLANCHE

HARLEQUIN

Collection : Blanche

Titre original :
CHRISTMAS WITH HER LOST-AND-FOUND LOVER

HARPERCOLLINS FRANCE
83-85, boulevard Vincent-Auriol, 75646 PARIS CEDEX 13
Service Lectrices — Tél. : 01 45 82 47 47 – www.harlequin.fr
ISBN 978-2-2804-6157-3 — ISSN 0223-5056

Composé et édité par HarperCollins France.
Imprimé en septembre 2021 par CPI Black Print (Barcelone)
en utilisant 100% d'électricité renouvelable.
Dépôt légal : octobre 2021.

FSC www.fsc.org
MIXTE
Papier issu de sources responsables
FSC® C159065

Pour limiter l'empreinte environnementale de ses livres, HarperCollins France s'engage à n'utiliser que du papier fabriqué à partir de bois provenant de forêts gérées durablement et de manière responsable.

1.

Elise Van Hagan venait juste de déblayer la neige dans un coin du jardin pour permettre à Baxter, son golden retriever, de sortir faire ses besoins quand elle reçut l'appel téléphonique de Tom Harding, le chef de l'équipe de sauveteurs bénévoles de Banff.

— La grange de Ben Sullivan s'est effondrée à Trail's End, et le malheureux se trouvait à l'intérieur quand cela s'est produit. Peux-tu aller sur place et évaluer la situation ? Cela va prendre au moins une demi-heure pour mobiliser l'équipe, et le pilote de l'hélicoptère dira alors s'il peut prendre le risque de décoller.

Normalement, en de telles circonstances, la brigade des pompiers aurait dû intervenir, mais il y avait eu du blizzard la nuit précédente. La petite route de campagne qui menait de chez elle à Trail's End – un refuge et un camp d'entraînement pour les chiens de traîneau – n'avait pas encore été dégagée. Il avait alors été fait appel à l'équipe de Tom mais, là encore, c'était compliqué. Durant la saison de ski, les secouristes de garde ne rejoignaient leur base qu'à 8 heures du matin pour être répartis sur les sites où l'on avait besoin d'eux. De plus, si le pilote d'hélicoptère ne pouvait pas décoller en raison du mauvais temps, cela ralentirait encore l'arrivée des secours. Voilà pourquoi Tom la chargeait de se rendre sur les lieux en attendant qu'on trouve d'autres paires de bras disponibles.

Instantanément, elle eut l'estomac noué et les mains tremblantes.

Cela faisait presque un an qu'elle n'avait pas pris part à une opération de ce genre, et il y avait une éternité qu'elle n'avait pas touché à son matériel de sauvetage. Quelle aide pourrait-elle apporter, alors qu'elle manquait de pratique et qu'elle était complètement terrifiée ?

Elle eut envie de protester, de dire qu'elle était vraiment la dernière personne à qui on pouvait confier une telle mission. Mais elle s'entendit répondre qu'elle ferait le job.

Elle était médecin, et un élément expérimenté de l'équipe de sauvetage même si elle n'en faisait plus partie aujourd'hui. Il était hors de question qu'elle se dérobe. Et puis, imaginer ce que devait endurer Janice Sullivan, la mère de Ben, l'aidait à dépasser sa peur.

Comment réagirait-elle s'il arrivait un accident de ce genre à son fils ? L'état d'angoisse dans lequel elle avait vécu lors des huit mois qu'avait duré le voyage de Jeevan en Indonésie et à Bornéo lui laissait imaginer dans quelle détresse se trouvait Janice en ce moment. Il fallait qu'elle se rende sur place le plus rapidement possible.

Elle fila à toute allure sur sa motoneige dans la lumière blafarde précédant l'aube, remorquant derrière elle le traineau fermé dans lequel Baxter était solidement attaché.

Le jour ne se lèverait pas avant au moins une heure. Tout manque de vigilance pouvait mener à la catastrophe, aussi fixait-elle toute son attention sur sa conduite.

Les tragédies qui s'étaient produites par le passé au moment de Noël lui laissaient de mauvais souvenirs, et elle n'aimait guère cette période de l'année. Elle espérait simplement pouvoir se rendre utile – de préférence sans avoir à ramper sous la neige. Et que, cette fois, tout se terminerait bien…

Soudain, les souvenirs l'assaillirent, déclenchant chez elle une bouffée d'angoisse.

Elle relâcha la manette des gaz et ralentit la motoneige en attendant de retrouver son calme.

Il lui arrivait encore certaines nuits de refaire le même cauchemar : le grondement de l'avalanche, la sensation de perdre pied, de tomber et de se retrouver enfouie sous la neige, avec la certitude d'y rester ensevelie pour toujours.

Décidée à chasser de son esprit ces sombres images, elle respira un grand coup.

Le domaine de Trail's End se trouvait derrière une crête. La route avait disparu sous l'épaisse couche de neige, et elle devait éviter les arbres et les congères pour gravir la colline. Si elle voulait éviter un accident, elle devait garder la tête froide. D'autant plus que la violence du vent faisait tourbillonner autour d'elle des myriades de flocons qui lui fouettaient le visage, l'aveuglant presque.

Arrivée au sommet, elle marqua une pause et regarda la vallée en contrebas.

Il faisait trop nuit encore pour lui permettre d'y voir grand-chose mais, juste au-dessous d'elle, elle apercevait le chalet de Janice Sullivan. Il y avait de la lumière – on distinguait derrière une fenêtre les guirlandes lumineuses d'un sapin de Noël. La maison était à peine visible, tout comme les deux blocs de chenils, séparés du chalet par un champ. Derrière les chenils, la clinique vétérinaire se dessinait telle une ombre grise dans la neige. Au-delà, elle voyait des lumières s'agiter et des gens aller et venir.

C'était sans doute là que la grange s'était effondrée.

Consciente qu'il n'y avait pas une minute à perdre, elle descendit la colline aussi rapidement qu'elle le put tout en se montrant prudente.

Alors qu'elle approchait du lieu de l'accident, elle vit Janice accourir vers elle, le visage en pleurs.

Elle s'arrêta, coupa le moteur et, à peine était-elle descendue de sa motoneige que Janice se jetait dans ses bras.

— Elise ! Dieu merci, vous êtes là ! Je vous en supplie, aidez-le.

— Je vais faire tout mon possible, Jan, dit-elle en se dégageant doucement de l'étreinte de la malheureuse.

Elle ôta ses lunettes de protection et libéra Baxter du harnais qui le maintenait solidement sur le traîneau. Le chien, après s'être ébroué, la regarda fixement, attendant les instructions.

— Avez-vous vu ce qu'il s'est passé ? demanda-t-elle à Janice.

— Non, j'étais dans les chenils quand j'ai entendu la grange s'effondrer. Je me suis précipitée dehors. Il… Il est là-dessous, et il ne répond pas à nos appels. Il a deux chiens avec lui, et nous en avons entendu un aboyer.

Elise prit son kit de sauvetage et sa trousse médicale.

Elle détacha la civière fixée sur le flanc du traîneau et posa dessus le kit et la trousse avant de les y sangler solidement.

— L'arrière de la grange semble tenir encore debout. Y a-t-il une porte ou une fenêtre sur le côté ? s'enquit-elle tandis qu'elles se dirigeaient vers le bâtiment, escortées de Baxter.

— Non, répondit Janice. La porte se trouvait sur le devant, là où le toit s'est effondré. En fait, c'était juste un lieu de stockage pour du vieux matériel et des provisions.

Trois hommes se tenaient près de la grange, des pelles à la main. Deux d'entre eux les regardaient s'approcher tandis que le troisième, penché vers le sol, essayait d'apercevoir quelque chose sous les décombres couverts de neige.

Elise eut l'impression de le reconnaître, mais elle n'y prêta pas attention, concentrée qu'elle était sur sa mission.

— Nous voulions tenter de le sortir de là, mais Tom a dit de ne rien faire tant que vous ne seriez pas là, reprit Janice.

— Je suis contente que vous l'ayez écouté. Creuser au hasard ne pourrait faire qu'empirer la situation.

La section gauche du toit, à l'avant de la grange, s'était écroulée à cause du poids de la neige accumulée sous l'effet du blizzard. À présent, de gros blocs de neige recouvraient ce qui restait de la partie endommagée du bâtiment.

Toute personne se trouvant là au moment de l'effondrement avait peu de chances de s'en tirer sans être gravement blessée. On pouvait même craindre le pire. Le temps pressait, c'était une question de vie ou de mort.

— Je crois voir une brèche, juste là, dit l'homme qui était toujours penché vers le sol enneigé.

Il pointait du doigt l'endroit en question.

— On pourrait peut-être entrer par-là, poursuivit-il, si nous parvenons à élargir le trou.

Elise frissonna.

Cette voix lui était étrangement familière. Grave, rythmée, avec cet accent chantant propre aux Trinidadiens. Elle avait du mal à en croire ses oreilles. Jamais elle n'aurait pensé l'entendre à nouveau ! Ce devait être une erreur, une plaisanterie monstrueuse…

Á cet instant, l'homme releva la tête, et elle crut que son cœur s'arrêtait de battre tandis que deux yeux noirs la regardaient fixement.

C'était bien Rohan… Et pourtant pas vraiment.

Il était différent de l'image qu'elle en avait gardé. Il était plus âgé, ce qui était normal, mais le peu qu'elle voyait de ses traits entre la casquette et la grosse écharpe qui lui masquait le bas du visage semblait légèrement de travers, comme déformé. Pourtant, la ressemblance était si forte qu'elle crut un instant revivre le moment où elle l'avait vu pour la première fois dans ce club, dans l'Ontario.

Lorsque leurs regards s'étaient croisés, il y avait eu aussitôt entre eux une attirance physique indéniable. Il était si beau, avec ses yeux noirs pétillants et ce sourire qui illuminait son visage !

Le seul fait d'y penser déclencha en elle une vague de chaleur… Mais elle reprit bien vite ses esprits : cet homme la regardait sans laisser paraître le moindre signe indiquant qu'il la reconnaissait.

Non, ça ne pouvait pas être Rohan. C'était impossible. Rohan était mort depuis vingt-sept ans.

Pourtant, la ressemblance était si frappante qu'il devait y avoir un lien entre les deux hommes. Ce n'était pas le moment de poser des questions, mais plus tard elle essaierait de découvrir la clé de l'énigme. La famille de Rohan lui avait fait clairement comprendre qu'ils ne voulaient rien savoir d'elle ni de Jeevan. Mieux valait ne pas réveiller certains souvenirs. Cela risquait de gâcher le présent.

Même si cette rencontre inattendue l'avait troublée, elle ne devait songer qu'à sa mission : secourir Ben au plus vite.

Armée de sa lampe de poche, elle s'approcha afin de voir l'endroit que l'homme désignait.

— On dirait qu'il y a là un passage possible, dit-il en lui prenant la main pour guider le rayon lumineux vers la droite.

Elle fut si surprise de sentir les doigts de cet homme lui

entourer le poignet à travers ses gants qu'elle faillit lâcher sa lampe électrique.

La torche éclairait une sorte de cavité au milieu des amas de neige.

— Il semble que ce côté-là ne se soit pas effondré, dit-il.

— Si c'est le mur de gauche qui a cédé, et non le toit lui-même, les fermes ont pu former une poche, observa-t-elle. Nous devons nous frayer un chemin ou bien creuser un tunnel pour y accéder, mais il faut se montrer très prudent.

— Comment voulez-vous opérer ?

— Il faut juste y aller, docteur Van Hagan, déclara l'un des hommes en se dirigeant vers la cavité, une pelle à la main. Toutes ces hésitations ne sont qu'une perte de temps.

Elise et l'homme qu'elle avait pris pour Rohan se précipitèrent vers lui d'un même mouvement, mais ce fut Elise qui, la première, lui barra le passage.

— Je suis formée aux techniques de recherche et de sauvetage, dit-elle d'un ton calme. Jusqu'à l'arrivée de mon chef, c'est moi qui suis en charge de cette mission. Si m'obéir vous pose un problème, je vous suggère de partir.

— Ne soyez pas stupide, Trevor, intervint Janice. Elise sait ce qu'elle fait, et si vous vous comportez comme un idiot et que Ben est blessé, vous aurez des comptes à me rendre !

Trevor parut vouloir protester, mais il se contenta de maugréer et recula.

Elise se tourna vers les autres.

— Je dois examiner de plus près le bâtiment. Cherche, Baxter !

Elle s'accroupit sur le côté, éclairant avec sa torche ce qui restait du toit, tandis que le golden retriever se mettait à creuser dans la neige.

Le silence régnait, mis à part les quelques mots qui s'échangeaient au sein du petit groupe et au loin les cris d'un corbeau, quand un chien se mit à hurler à l'intérieur du bâtiment.

Ce son lugubre lui donna la chair de poule.

Plus vite elle pénétrerait dans la grange, mieux ce serait.

Rohan Khan regardait Elise prendre du recul pour mieux évaluer l'état des lieux. En même temps, il écoutait la conversation échangée à mi-voix derrière lui.

— Vous êtes sûre qu'elle sait ce qu'elle fait ? Pour l'instant, elle ne fait rien du tout !

— Vous voudriez quoi, Trevor ? Qu'elle se précipite à l'intérieur au risque que tout s'écroule sur Ben ?

Janice était visiblement en colère.

— Laissez-lui une chance de trouver le meilleur moyen d'entrer là-dedans, poursuivit-elle. C'est une bénédiction de l'avoir ici, à la fois comme secouriste et comme médecin urgentiste. Si quelqu'un peut aider Ben, c'est bien elle.

Cessant de les écouter, Rohan observa le golden retriever qui, maintenant, longeait la grange. Traçant son chemin au milieu de la neige, il flairait partout, la queue dressée, l'image même de la concentration.

Soudain, le chien s'assit, la tête tournée vers sa maîtresse, comme s'il l'attendait.

Elise commença aussitôt à escalader le talus.

Instinctivement, Rohan alla se placer derrière elle pour l'aider ou pour la rattraper si jamais elle tombait.

Elle gravit la pente d'un pied sûr, tel un chamois, et quand elle arriva au sommet, il poussa un soupir de soulagement.

Quelque chose chez cette femme avait retenu son attention dès que leurs regards s'étaient croisés. Il avait frissonné, frappé par l'expression de son visage lorsqu'elle l'avait fixé de ses yeux clairs. Pour la première fois depuis des années, il avait pris conscience de ses cicatrices, et lutté contre l'envie de cacher le côté gauche de son visage. Il n'avait pas eu le temps de distinguer la couleur exacte de ses yeux, car elle avait secoué la tête et détourné le regard, comme pour penser à autre chose.

Qu'est-ce qui avait pu tellement la surprendre chez lui ? Était-ce son accent, son teint foncé ? Si Calgary était une ville assez cosmopolite, peut-être les habitants de Banff n'avaient-ils pas, eux, l'habitude de voir chez eux des gens comme lui. Peut-être avait-elle juste vu en lui un étranger.

En tout cas, le regard qu'elle lui avait lancé avait capté son attention, et maintenant il l'observait tandis qu'elle examinait le bâtiment depuis son promontoire.

Elle se retourna, rappela son chien et s'apprêta à redescendre.

Il lui tendit machinalement la main pour l'aider, mais elle l'ignora et dévala le talus en glissant sur la pente neigeuse.

— Il n'y a pas de brèche dans le toit de ce côté, dit-elle.

Elle parlait d'un ton neutre, mais il crut percevoir dans sa voix un léger tremblement.

— Je vais devoir passer par le trou que vous avez repéré, poursuivit-elle. Par chance, on dirait qu'à cet endroit-là la neige est moins épaisse, mais nous devons nous montrer extrêmement prudents. De ce côté-là, le toit s'appuie sur le manteau neigeux.

Il hocha la tête, mais elle s'était déjà éloignée. Quand il la rejoignit, elle s'adressait aux autres :

— Jan, appelez Tom et dites-lui que je vais pénétrer dans le bâtiment. Demandez-lui d'arriver au plus vite avec l'équipe. Vous, et vous, venez m'aider à creuser, ajouta-t-elle en pointant le doigt vers Nathan et vers lui.

— Et moi ? grommela Trevor.

— Vous, restez à l'arrière pour observer le toit. Si vous voyez qu'il commence à pencher ou que la neige se met à glisser si peu que ce soit, criez, et on s'arrêtera. Ce gros tas de neige soutient ce qu'il reste du toit.

Obéissant aux ordres d'Elise, Nathan et Rohan élargirent le trou en procédant très lentement, centimètre par centimètre, pour creuser un tunnel.

— Ne l'élargissez pas davantage, dit-elle en voyant Nathan pelleter sur les bords. On peut déjà faire passer la civière, et il faut maintenir la neige compacte.

Rohan se coucha sur le ventre et continua de creuser devant lui. Comme le jour se levait, il lui sembla que, à mesure de sa progression, la neige devenait plus légère. Il en eut la confirmation lorsqu'un bloc de neige se détacha juste devant lui, lui permettant de voir ce qu'il restait de la grange.

— Je suis à l'intérieur, cria-t-il.

— Alors, revenez immédiatement. Vite !

Il obéit et rebroussa chemin.

À peine fut-il sorti du tunnel qu'Elise y pénétra à son tour. Elle avait noué autour de sa taille une corde à laquelle était attachée la civière portant sa trousse médicale et son kit de sauvetage. Elle attendit d'être au milieu du tunnel pour tirer la civière vers elle. Comme elle continuait d'avancer en tractant son fardeau, Rohan l'entendit haleter comme si elle courait un mille mètres alors qu'elle n'avait que trois mètres à franchir.

— Tom dit qu'ils ne seront pas là avant vingt minutes, lança Janice d'une voix forte. L'hélicoptère attend que le brouillard disparaisse pour pouvoir décoller.

Son annonce n'obtint aucune réponse, à l'exception d'un bruit bizarre venu du tunnel.

Rohan se pencha pour essayer de voir ce qu'il se passait à l'intérieur.

Il aperçut la lumière de la torche électrique tandis qu'Elise avançait au milieu des décombres, puis elle disparut.

Il sentit son cœur battre à tout rompre.

Apparemment, il n'était pas le seul à s'inquiéter : le chien d'Elise vint s'asseoir près de lui en gémissant doucement.

Il lui caressa le poitrail.

— Tout va bien se passer, mon pote, murmura-t-il, espérant dire vrai.

2.

Armée de sa torche électrique, Elise tentait de se frayer un chemin à l'intérieur de la grange, cherchant Ben.

Ce n'était qu'un amoncellement de planches brisées et de couches de neige recouvrant à demi un vieux tracteur et tout un tas de cartons et de sacs divers.

Elle n'avait pris que sa trousse médicale, laissant derrière elle la civière. Si jamais elle en avait besoin, elle devrait trouver un moyen pour la traîner à travers ce chaos, et ce ne serait pas tâche aisée. Ramener Ben jusqu'au tunnel s'avérerait encore plus difficile.

Entendant un grognement sourd, elle s'avança dans cette direction. Comme elle se glissait sous une poutre en partie écroulée, elle les aperçut de l'autre côté.

Un chien se tenait près de Ben, comme s'il montait la garde. Même à cette distance, elle put voir une petite flaque de sang sous la tête du jeune homme ainsi qu'une poutre écrasant la partie inférieure de son abdomen.

Il n'y avait pas une minute à perdre : elle devait s'approcher pour évaluer avec précision la gravité des blessures de Ben.

Mais quand elle s'avança, le husky se mit à gronder.

— Tout va bien, dit-elle doucement. Je suis là pour vous aider, toi et ton maître.

— Voyez-vous quelque chose ? cria Janice d'un ton inquiet.

En entendant sa voix, le chien tourna la tête, mais il ne changea pas de position.

— J'ai trouvé Ben, mais l'un des chiens monte la garde près de lui et il ne me laisse pas approcher.

Elle avait parlé fort sans crier. Il ne fallait pas faire peur au husky ni provoquer de vibrations dans cet environnement instable.

— Jan, reprit-elle, rappelez les secours et dites-leur que nous devons procéder à une évacuation médicale aérienne le plus rapidement possible.

Elle ignorait depuis combien de temps Ben se trouvait sans connaissance, et plus il y aurait de retard dans sa prise en charge médicale, plus le pronostic risquait d'être mauvais.

Rassemblant son courage, elle fit un nouveau pas en avant, mais le chien grogna de nouveau, cette fois de façon plus menaçante.

Si quelque chose pouvait calmer le husky, c'était bien l'intervention de Baxter.

Elle fit alors la première chose qui lui vint à l'esprit.

— Baxter, ici !

Elle entendit aussitôt le crissement des griffes du golden retriever sur le sol glacé tandis que celui-ci s'engageait dans le tunnel. On aurait dit qu'il n'attendait que cela : le moment de recevoir l'ordre de la rejoindre.

Après avoir quitté l'équipe de sauvetage, elle avait entraîné son chien à devenir un animal de soutien affectif. Et il s'était révélé aussi excellent dans cette fonction qu'il l'avait été dans la précédente. Il était formé à travailler auprès des humains mais, avec un peu de chance, il parviendrait à rassurer le husky et elle pourrait alors examiner Ben.

Si elle en croyait les bruits derrière elle, Baxter semblait avoir du mal à avancer. Mais lorsque le chien se trouva à son côté, les bruits persistèrent.

Elle se retourna.

— Qu'est-ce que vous faites ici ? dit-elle en voyant l'homme qu'elle avait pris pour Rohan se glisser sous la poutre et s'approcher.

— Vous sembliez avoir un problème avec la chienne. Elle fait partie d'un groupe de huskies que j'ai amenés de Calgary. Ils sont tous peureux, car ce sont des rescapés de situations de maltraitance. Elle me connaît. Pas vrai, ma belle ?

Il s'avança, lui frôlant l'épaule au passage.

Elise frissonna, troublée à la fois par ce contact et par le ton doux et chantant qu'il avait pris pour s'adresser à la chienne.

— C'est dangereux pour vous de vous trouver ici, dit-elle à mi-voix, sans cacher à quel point elle était contrariée.

Il ne la regarda même pas.

— Oh ! c'est dangereux pour nous tous, pas vrai ? C'est pourquoi nous devons sortir d'ici avec Ben au plus vite, poursuivit-il.

Penché vers la chienne, il semblait ne s'adresser qu'à celle-ci.

Elise eut envie de lui demander de partir, mais elle y renonça en voyant que la femelle husky commençait à se détendre. Ses oreilles se redressaient, et elle avait le poil moins hérissé.

— Je crois que maintenant vous pouvez examiner le blessé, dit l'homme à mi-voix. La chienne semble un peu plus rassurée.

Il avait tendu la main vers la husky, qui se mit à la renifler.

Elise avança lentement pour ne pas effrayer de nouveau la chienne. Mais Baxter s'était interposé entre cette dernière et Ben. Elle s'agenouilla près du blessé, posa sa torche sur le sol afin de s'éclairer, puis elle enfila rapidement une paire de gants en latex.

Au premier coup d'œil, elle constata que Ben n'était pas vêtu comme il fallait pour un temps pareil. Sa veste n'était pas fermée, et en dessous il ne portait qu'un T-shirt. Il était d'une pâleur extrême, le teint presque gris, et quand elle posa les doigts sur son cou, elle sentit qu'il était glacé.

Mais elle vit aussi qu'il respirait lentement. Le pouls était faible, à peine perceptible. Heureusement, le réflexe pupillaire était bon, même s'il était moins actif du côté gauche.

Sortant la minerve de sa trousse, elle la passa autour du cou de Ben pour le stabiliser avant d'examiner sa blessure à la tête.

— Comment va-t-il ? demanda l'homme.

— Pas très bien, répondit-elle en regardant de près l'arrière du crâne. Pour l'instant, je constate qu'il souffre d'hypothermie et d'une fracture crânienne déprimée.

Elle voulut ensuite examiner le thorax et les bras de Ben. Elle craignait que sa chemise ne reste coincée sous la poutre qui lui était tombée sur le ventre mais, lorsqu'elle tira dessus, le tissu se libéra facilement. Elle souleva la chemise et soupira de soulagement en ne voyant aucune ecchymose apparente sur la poitrine du jeune homme.

Se penchant davantage, elle constata que la poutre était retenue par l'un des pneus du vieux tracteur qui se trouvait juste à côté.

— Dieu merci, je ne pense pas qu'il soit bloqué par cette poutre, dit-elle. J'espère ne pas aggraver les blessures qu'il pourrait avoir aux jambes en le dégageant de là, mais nous devons l'évacuer le plus rapidement possible.

— Je vais chercher la civière.

— Faites attention, essayez de ne rien bousculer au passage.

Lorsqu'il revint, elle avait libéré Ben et constaté que son fémur gauche avait une fracture ouverte.

Il était vraiment urgent d'agir.

L'homme approcha le brancard.

— Je vais vous aider à l'allonger dessus, dit-il.

— Je veux d'abord lui poser un brassard de tensiomètre sur la jambe. Ensuite, nous pourrons le transporter.

— D'accord.

Pendant qu'elle s'activait, il s'éloigna, s'avançant vers le fond de la grange.

— Qu'est-ce que vous faites ? demanda-t-elle d'un ton brusque.

— Il y a un autre chien ici, probablement traumatisé, peut-être même blessé. Il faut que je le retrouve.

Á son air décidé, elle comprit qu'il était inutile de lui demander de s'arrêter.

Elle sentit monter en elle une bouffée de colère.

Quel type insupportable !

— Faites vite, et essayez d'éviter que le reste du bâtiment ne s'écroule sur nous !

Rohan retint un juron.

Comme s'il avait l'intention de s'attarder dans un endroit qui risquait de s'effondrer d'un instant à l'autre !

Mais il ne pouvait pas en vouloir à cette femme de se montrer désagréable. La situation était plus qu'inconfortable, et il suffirait d'un mouvement malheureux de sa part pour que tout s'écroule.

Entendant un bruit léger derrière lui, il se retourna et vit Baxter et la femelle husky renifler autour d'eux. Se frayant un chemin à travers la neige et les débris, les deux chiens se dirigeaient vers la partie de la grange restée relativement intacte.

Il les suivit.

Le second husky, caché derrière une vieille voiture tout au fond du bâtiment, tremblait comme une feuille.

— Je l'ai trouvé, lança-t-il. Il est blessé. Je vois du sang sur son flanc, mais je ne sais pas d'où cela vient.

— Pouvez-vous le porter ?

— Je dois le museler. Avez-vous un rouleau de gaze ?

— Oui, dans ma trousse médicale. Mais dépêchez-vous. On dirait que le vent se lève.

Il comprenait l'inquiétude d'Elise. Les rafales de vent risquaient de fragiliser encore davantage ce qu'il restait de la structure de la grange.

En moins d'une minute, il fut de retour près d'elle, se hâta de couper une bande de gaze et repartit vers l'animal blessé. Les deux autres chiens étaient restés près de lui, comme pour lui tenir compagnie.

Après avoir formé une boucle avec la gaze, Rohan s'approcha doucement du husky et, d'un mouvement rapide du poignet, passa la boucle autour du museau du chien et tira d'un coup sec.

Surpris, l'animal tenta de s'en débarrasser en secouant la tête. Voyant qu'il n'y parvenait pas, il essaya d'ôter sa muselière improvisée en se servant de sa patte avant, mais ce mouvement parut le faire souffrir. Il poussa un gémissement et laissa retomber sa patte.

— Allons, du calme, mon vieux, dit Rohan en nouant la bande de gaze derrière les oreilles du chien afin de maintenir la muselière en place. Tout va bien, je ne vais pas te faire de mal.

Le chien le fixait du regard. Pendant que Rohan l'examinait rapidement, un bruit sourd se fit entendre, venant de l'endroit où se trouvait Elise.

— Est-ce que ça va ? demanda-t-il.

— Oui, répondit-elle, le souffle court. Je viens juste d'allonger Ben sur la civière. Êtes-vous prêt à sortir d'ici ?

— Oui.

À première vue, le husky souffrait d'une blessure au flanc et peut-être aussi d'une côte brisée, mais il était difficile d'en savoir plus en si peu de temps et dans un endroit aussi exigu.

— Désolé, mon pote, dit-il au chien, conscient qu'il allait lui faire mal en le déplaçant.

Il le souleva en prenant soin de lui passer un bras sous le poitrail et l'autre juste derrière les pattes arrière. Mais il lui fallut du temps pour récupérer la torche électrique qu'il avait posée au sol, et il revint prudemment vers Elise, mal éclairé par la lumière vacillante de sa lampe.

Heureusement, le soleil s'était levé, et l'on y voyait un peu mieux, la lumière passant à travers les trous du toit.

Il trouva Ben allongé sur le brancard et enveloppé d'une couverture de survie. Mais Elise n'était plus là.

Elle n'avait cessé de lui dire de se presser, et maintenant elle avait disparu !

Lorsqu'il la vit revenir, il éprouva un énorme soulagement.

— J'ai dégagé du mieux que j'ai pu la voie pour regagner le tunnel, dit-elle en posant sur le sol l'étroite planche de contreplaqué qu'elle avait apportée.

La voyant étendre dessus une autre couverture, il s'étonna.

— C'est pour quoi faire ?

— C'est pour le chien. Nous ne pourrons pas le porter, une fois dans le tunnel. Nous devrons le mettre sur cette planche et la faire glisser sur la neige.

Comment n'y avait-il pas pensé ?

— Vous avez raison, bien sûr. Emportez la planche jusqu'au tunnel. Moi, je vais prendre le chien dans mes bras jusque-là, puis je reviendrai vous aider à transporter la civière.

Il suivit Elise, qui lui éclairait le chemin avec sa lampe, et ils laissèrent le chien à côté de l'entrée du tunnel.

Alors qu'ils rebroussaient chemin, un violent coup de vent leur fit lever la tête vers le toit en ruine, et ils accélérèrent le pas.

Déplacer le brancard se révéla ardu, et lorsqu'ils arrivèrent enfin près du tunnel creusé dans la neige, Rohan se sentait toujours aussi tendu.

— Vous allez passer devant avec la civière, dit-il. Je suivrai derrière avec le chien.

— Non, c'est vous qui passerez devant ; moi, je me chargerai du chien. Cela ira plus vite, et je veux que vous sortiez au plus tôt de cette grange où vous n'auriez pas dû pénétrer.

Il hésita, puis il entendit le bruit reconnaissable des rotors qui s'amplifiait. Alors il hocha la tête, acquiesçant à regret.

Amener Ben Sullivan jusqu'à l'hélicoptère était la priorité absolue. Mais l'idée d'abandonner cette femme derrière lui lui laissait un goût amer dans la gorge.

Elle s'était penchée pour fouiller dans sa trousse posée sur la civière et, lorsqu'elle se redressa, leurs regards se croisèrent.

Gris. Ses yeux étaient gris, et non bleus comme il l'avait d'abord cru. Et il y avait dans ce regard profond, à la fois sérieux et étincelant, quelque chose qui lui serrait le cœur.

Il sentit son rythme cardiaque s'accélérer.

Les sourcils froncés, elle lui fit signe de s'activer.

— Allons-y, l'hélicoptère va se poser.

Ils introduisirent le brancard dans le tunnel, puis il se mit sur le ventre pour le pousser devant lui, plantant le bout des pieds dans la neige pour progresser.

— Je vois la civière, cria l'un des hommes qui attendaient à l'extérieur. Poussez encore un peu, et je pourrai la saisir.

— Allez-y doucement, intervint Elise. Si elle cogne sur les côtés, le tunnel risque de s'effondrer.

La sortie s'effectua sans encombre. Rohan se redressa tandis que Janice et Nathan prenaient en charge le brancard. Ils étaient en train d'enlever les sacs qu'Elise avait posés dessus lorsqu'ils virent Baxter et la chienne husky sortir du tunnel. Ils étaient attachés l'un à l'autre par une bande de gaze nouée au collier de la femelle, Baxter tenait l'autre bout dans sa gueule, guidant la chienne qui le suivait sans broncher.

Rohan entendit alors le crissement de la planche qui avançait sur le sol gelé du tunnel, et il s'accroupit.

Elise la poussait devant elle pour évacuer le husky blessé.

Elle progressait si lentement qu'il avait l'impression que le temps s'était arrêté.

L'hélicoptère décrivait des cercles au-dessus d'eux, et le vent qui soufflait maintenant en rafale ne faisait qu'accroître le stress de chacun en entendant la grange gémir comme un animal blessé.

Soudain, le bruit que faisait la planche en glissant dans le tunnel cessa.

— Elise, est-ce que ça va ?

— C'est coincé. Je n'arrive plus à la faire bouger.

La voix était calme mais légèrement tremblante.

Sans hésiter une seconde, il plongea dans le tunnel et rampa jusqu'à sentir sous ses doigts le bord de la planche.

— Il y a de la glace qui la bloque, dit-il. Je vais la dégager.

Contrairement à la civière qui, elle, était équipée de patins, la planche avait du mal à glisser.

— Je l'ai soulevée devant, dit Rohan. Allez-y, poussez.

La planche avança doucement tandis qu'il reculait, puis il la souleva de nouveau.

— Poussez !

Au même moment, il y eut un long craquement, suivi d'un fracas énorme venant de la grange.

Instinctivement, Rohan rentra la tête dans les épaules, pensant que le tunnel allait s'effondrer sur eux.

Heureusement, il n'en fut rien.

— Tout le monde va bien ? entendit-il Janice crier.

Il s'appuya sur les coudes pour voir par-dessus le chien et croisa le regard terrifié d'Elise. Elle était livide, la bouche déformée par une grimace.

Sous l'effet de la peur ? De la douleur ?

— Êtes-vous blessée ?

Elle ne répondit pas.

— Elise, êtes-vous blessée ?

Semblant émerger d'une transe, elle secoua la tête, mais avec toujours le même regard effrayé.

Il eut envie de la prendre dans ses bras, de la rassurer en lui disant que tout se passerait bien, mais ce n'était pas le moment. Il fallait sortir de là.

— Allez, poussez, ordonna-t-il.

Elle obéit.

Le temps qu'il leur fallut pour s'extirper du tunnel parut durer une éternité. Alors que l'équipe de sauvetage se ruait sur eux, il tendit la main à Elise pour l'aider à se relever.

Elle était toujours aussi livide, et ses doigts tremblaient. Mais sa voix était calme et son ton assuré lorsqu'elle décrivit brièvement aux secouristes l'état de santé de Ben.

Nathan et Trevor prirent en charge le chien blessé et l'emmenèrent à la clinique vétérinaire tandis que Janice accompagnait son fils jusqu'à l'hélicoptère.

Lorsque l'appareil décolla, emmenant le blessé et sa mère à Banff, Elise poussa un long soupir.

— Et voilà, c'est fini.

C'était la première fois que Rohan la voyait en pleine lumière.

Elle avait des traits puissants, la mâchoire volontaire, des pommettes hautes, un nez et un menton bien marqués, mais elle était aussi incroyablement féminine.

Elle ôta son bonnet, révélant une chevelure châtain clair nouée en queue-de-cheval ; quelques mèches échappées lui retombaient sur la joue.

Il fut pris de l'envie stupide de les lui replacer derrière l'oreille, mais elle le fit elle-même, d'un geste impatient.

Il sentit une bouffée de désir l'envahir, au point qu'il dut respirer profondément et regarder ailleurs.

On n'entendait presque plus le bruit des rotors, et, tout près, un corbeau croassa.

Il s'éclaircit la gorge avant de parler.

— Je vais aller à la clinique vétérinaire voir ce que je peux faire pour ce chien mais, avant cela, je tiens à me présenter en bonne et due forme. Je m'appelle Rohan. Rohan…

— Khan, acheva-t-elle à sa place.

Et elle le gifla en plein visage.

3.

Elise avait frappé de toutes ses forces, mais pas avec autant de vigueur qu'elle l'aurait voulu. Non seulement ses gants épais avaient amorti le coup, mais elle avait aussi les mains qui tremblaient à cause de l'adrénaline et de la rage qui l'habitaient.

Malgré tout, voir la tête de Rohan pivoter sur le côté fut pour elle une immense source de satisfaction. Et l'expression de stupéfaction peinte sur son visage le fut encore plus.

— Que… ? balbutia-t-il en écarquillant ses yeux noirs qui exprimaient maintenant la colère. Pourquoi m'avez-vous frappé ?

Elle se redressa de toute sa hauteur et rejeta la tête en arrière, le défiant du regard.

— Pour m'avoir laissé croire pendant vingt-sept ans que tu étais mort, pauvre type !

Sans lui laisser le temps de répondre, elle attrapa son matériel de sauvetage et se dirigea vers sa motoneige, étonnée que la rage qui bouillonnait en elle ne fasse pas fondre les congères glacées qui l'entouraient.

— Attendez ! cria Rohan.

Entendant derrière elle le crissement de ses bottes sur la neige, elle pressa le pas.

— Attendez ! répéta-t-il.

C'était ce qu'il lui avait dit autrefois, juste avant de partir à Trinité-et-Tobago.

« Attends-moi, je t'en prie. Je ne serai absent que deux semaines, je serai de retour pour Noël. »

Elle lui avait promis d'être là lorsqu'il reviendrait, mais quelque chose en elle lui soufflait déjà qu'elle allait souffrir.

Elle n'avait pas cru à ses déclarations enflammées ni à la probabilité de le voir revenir un jour. La vie lui avait appris combien les gens peuvent disparaître facilement, surtout, semblait-il, au moment de Noël.

Rohan n'était pas revenu. Elle avait été informée qu'il était mort dans un accident de voiture quelques jours seulement après son retour au pays.

Et, durant toutes ces années, elle avait cru que c'était vrai.

— Quelle idiote j'ai été, murmura-t-elle pour elle-même.

— Mais enfin, de quoi parlez-vous ? dit Rohan en la rejoignant près de la motoneige.

Visiblement, il essayait de rester calme, mais elle voyait à son regard à quel point il était en colère.

— Est-ce que vous me connaissez ? demanda-t-il.

— Autrefois, je l'ai cru. Mais c'était avant que ta famille et toi ne m'ayez menti. Ma sœur avait bien essayé de me mettre en garde avant que je parte avec toi cet été-là, mais je ne l'ai pas écoutée.

— Mais…

N'étant pas d'humeur à entendre de nouveaux mensonges, elle lui coupa la parole.

— Et maintenant, tu oses faire semblant de ne pas savoir qui je suis ? Ou, pire encore, tu ne te souviens vraiment pas de moi ? Décidément, tu n'es qu'un pauvre type !

— Attendez une minute, dit-il en haussant le ton. Allez-vous enfin me laisser placer un mot ?

— Pourquoi ? Pour me raconter encore des bobards ?

— Non ! Simplement pour m'expliquer, ou du moins pour essayer.

— Quel genre d'explication pourrais-tu me donner ? lança-t-elle, les larmes aux yeux. Toi et ta famille, vous n'avez cessé de me mentir, et cela depuis vingt-sept ans. J'ai cru que tu étais mort. Fin de l'histoire. Tu n'es qu'un sale menteur et un pauvre type.

Rohan leva la main comme pour protester. Elle se rendit compte qu'il tremblait, et cela lui procura un bref instant de plaisir.

— Écoutez-moi, dit-il. Il y a vingt-sept ans, en décembre, j'ai eu un grave accident de voiture. Je m'en suis sorti avec un traumatisme crânien qui m'a provoqué une amnésie rétrograde.

Quand j'ai repris conscience, j'avais perdu tout souvenir de ce que j'avais vécu les six mois précédents. Cela m'a fait un choc quand j'ai appris que nous étions à la fin de l'année et non au printemps.

Elle secoua la tête. Elle n'avait pas envie de le croire. Jusqu'au moment où il leva la main pour toucher un court instant les cicatrices qui marquaient son visage.

Elle comprit alors pourquoi elle avait douté, en le voyant, que l'homme qu'elle avait devant elle puisse être Rohan Khan. Les séquelles de l'accident et la chirurgie réparatrice avaient modifié ses traits.

Soudain prise d'un malaise, elle sentit ses jambes faiblir et s'appuya au siège de la motoneige de peur de s'effondrer.

— Est-ce que ça va ? demanda Rohan.

Il la saisit par le bras pour la retenir tandis qu'elle s'agrippait au volant de l'engin.

En sentant ses doigts sur elle, elle frissonna et le repoussa aussitôt.

— Cette année-là, de juin à décembre, nous avons été ensemble, dit-elle, le souffle court. Nous nous sommes rencontrés deux semaines avant le Canada Day.

Ils se regardaient fixement, chacun en proie à ses pensées. Elle voyait se raviver des souvenirs qu'elle avait essayé désespérément d'effacer sans vraiment y parvenir.

Ils avaient vécu tout l'été une passion enivrante, qui s'était prolongée à l'automne. Rohan avait affirmé que leur histoire ne prendrait jamais fin. Il lui avait déclaré qu'il l'aimait et qu'il voulait passer sa vie avec elle.

Elle n'avait pas vraiment cru à ces promesses d'amour éternel. Elle voulait attendre de voir comment les choses évolueraient lorsqu'il reviendrait au Canada.

Rohan était très pâle. De nouveau, il toucha sa joue, comme si le fait d'évoquer le passé réveillait dans sa chair des sensations qu'il avait cherché à oublier.

Il poussa un long soupir.

— Qu'avons-nous fait durant cette période ? J'ai essayé de

le découvrir, mais mon colocataire travaillait comme assistant à l'école vétérinaire de Ridgetown et d'autres amis m'ont dit qu'ils me voyaient à peine à l'époque. Ils n'ont pu me donner aucune information.

Elle se sentit rougir en se rappelant les longues heures qu'ils avaient consacrées à faire l'amour.

Elle avait connu avec lui le plaisir de s'abandonner totalement, ce qu'elle n'avait expérimenté avec personne avant lui et n'avait plus jamais revécu depuis…

Mais elle n'avait aucune envie d'évoquer avec lui ces souvenirs intimes.

— Nous avons passé du temps à voyager sur la côte en été et dans Algonquin Park à l'automne. Nous avions décidé de nous offrir des vacances avant que tu te mettes à chercher du travail et que je commence mon internat. Nous voulions voir des endroits que nous avions toujours rêvé de visiter.

Rohan hocha lentement la tête, et elle se demanda à quoi il pensait. Autrefois, elle lisait en lui comme dans un livre ouvert, mais il avait changé. Il était plus réservé et plus secret que l'homme qu'elle avait connu.

— Qui t'a dit que j'étais mort ?

Le ton sur lequel il avait posé sa question aurait pu laisser croire qu'ils parlaient de la pluie et du beau temps ou qu'il lui demandait l'heure. Le contraste violent avec le garçon fougueux et passionné qu'elle avait rencontré vingt-sept ans plus tôt donnait un tour surréaliste à leur discussion. Elle parlait à un homme qui ressemblait au Rohan d'avant et qui s'exprimait comme lui, mais qui était pour elle un quasi-inconnu.

— Ton père. Et ta cousine Chandi m'a confirmé la nouvelle.

Elle vit la colère lui déformer un instant le visage tandis qu'il serrait les poings.

— Je suis désolé, dit-il. Ils n'avaient pas le droit de te mentir de cette façon.

Puis il détourna le regard, les lèvres crispées.

Elle s'attendait à ce qu'il lui explique ce qu'il s'était passé, aussi fut-elle déçue de l'entendre dire :

— Je… Je dois aller m'occuper du husky blessé. Je suis vraiment désolé.

Et avant qu'elle puisse dire un mot, il s'éloigna à grandes enjambées.

Pendant un moment, elle resta immobile à le regarder s'en aller, stupéfaite.

Elle se sentait trop désemparée pour lui courir après. Et elle n'en avait pas envie. Elle voulait juste rester seule un moment pour réfléchir à ce qu'elle devait faire. Car si Rohan Khan s'imaginait que leur conversation était terminée, il allait avoir une énorme surprise.

En réalité, cette discussion ne faisait que commencer.

Rohan essayait de garder son sang-froid, mais la gifle qu'Elise lui avait administrée lui brûlait encore la joue, et il se sentait intérieurement totalement déstabilisé.

Il ne lui en voulait pas. Pas du tout. On l'avait horriblement trompée, et elle avait agi sous l'effet de la colère et du choc qu'elle avait subi.

Il venait de découvrir un nouvel exemple du comportement intrusif de son père, qui avait l'habitude de n'en faire qu'à sa guise sans se soucier des conséquences désastreuses de ses actes sur les autres.

Kamal Khan avait toujours été un tyran prêt à n'importe quoi pour atteindre ses objectifs. Toute sa vie Rohan s'était battu pour conquérir son autonomie, refusant de se plier aux attentes de son père ou de renoncer à ses rêves quand il s'entendait dire qu'il ne serait pas capable de les réaliser. Le vieil homme avait-il menti à Elise par pure méchanceté ou pour garder le contrôle sur lui ?

Impossible de le savoir, car son père souffrait aujourd'hui d'une démence profonde. Il ne pourrait donc plus lui fournir la moindre explication.

Mais Chandi, elle, pourrait probablement le faire.

Il avait une envie folle de lui téléphoner immédiatement, mais il savait qu'il devait d'abord se calmer. Si Chandi se sentait agressée, elle ne dirait rien. Et puis, il devait s'occuper du husky, et tant mieux. Le contact avec les animaux avait toujours pour effet de diminuer son stress.

Son père, qui n'avait jamais compris sa vocation, avait essayé de l'en détourner quand il était adolescent.

— Étudie la médecine, lui répétait-il sans cesse.

— J'en ai bien l'intention, répondait invariablement Rohan. La médecine vétérinaire.

Son père l'avait menacé de lui couper les vivres, et Rohan, face à ce comportement tyrannique, avait failli abandonner son projet. Mais son grand-père s'en était mêlé, disant qu'il se chargerait de financer ses études vétérinaires. Comme il était la seule personne dont Kamal Khan respectait les décisions, cela avait marché.

Rohan se plaisait à croire qu'il aurait malgré tout tenté sa chance même si son grand-père n'avait pas payé les frais de l'école vétérinaire, car prendre soin des animaux était ce qu'il aimait le plus au monde. Rien dans la vie ne lui avait procuré plus de satisfaction… Dans les souvenirs qui lui restaient, en tout cas.

Le temps passant, il pensait s'être habitué aux lacunes de sa mémoire et ne plus y attacher d'importance, mais, soudain, il en allait tout autrement. Il venait de découvrir que son amnésie avait complètement modifié le cours de sa vie et déclenché de la souffrance autour de lui.

Notamment chez Elise Van Hagan.

Il ouvrit la porte de la petite clinique utilisée par les vétérinaires de passage.

Quand il entra, Nathan et Trevor levèrent les yeux et le saluèrent d'un signe de tête. Ils avaient mis le husky sur une table d'examen et s'étaient placés de chaque côté, pour s'assurer que l'animal reste tranquille.

Rohan ôta sa veste en s'efforçant d'avoir l'air calme malgré son estomac noué. S'il parvenait à se concentrer sur le chien et à soigner ses blessures, il irait tout de suite mieux.

Mais l'image de deux yeux gris au regard meurtrier, enchâssés dans un visage incroyablement joli, ne cessait de le hanter.

Devait-il essayer de reprendre contact avec elle ou la laisser tranquille ?

Mais ce n'était pas le moment de se poser la question.

— Ni Nathan ni moi ne sommes vétérinaires, dit Trevor, mais on peut vous donner un coup de main si vous voulez.

— Je pense que ça ira, répondit distraitement Rohan tout en examinant la patte arrière de l'animal.

À cet instant, la porte s'ouvrit, et Elise entra dans la pièce. Baxter la suivait, tirant derrière lui la femelle husky avec sa laisse improvisée.

— Je ne sais pas quoi faire de cette chienne, dit-elle d'un ton brusque. L'un de vous pourrait-il s'en charger ?

Nathan et Trevor échangèrent un regard, comme pour savoir lequel des deux se dévouerait.

— J'ai pensé aussi, docteur Khan, poursuivit Elise, que vous pourriez avoir besoin d'aide si vous devez opérer ce chien puisque, ici, Janice est la seule vétérinaire diplômée. Qu'avez-vous constaté ?

Tout en parlant, elle avait ôté ses gants, son manteau et son écharpe et s'était approchée de la table d'examen.

Rohan secoua la tête, désemparé par sa présence.

— Ce chien a des lacérations et peut-être une côte brisée. Par ailleurs, il semblerait que le ligament croisé crânial soit déchiré.

— Alors, il faut lui faire une radiographie, dit-elle en se dirigeant vers l'évier. Ainsi, on saura à quoi s'en tenir.

Il était frappé par son calme et son désir évident de l'aider, mais il eut l'impression que l'atmosphère dans la pièce s'était soudain alourdie. Il ne fut pas surpris de voir avec quel empressement Nathan et Trevor emmenèrent dehors la femelle husky, le laissant en tête à tête avec la femme qui, il commençait à le craindre, risquait de chambouler sa vie.

Après s'être lavé les mains, Elise enfila une paire de gants chirurgicaux.

On n'entendait que le bruit des griffes de Baxter qui circulait dans la pièce en reniflant partout et le souffle du chien étendu sur la table d'examen.

Elise avait eu un choc en voyant Rohan débarrassé de sa grosse veste. Elle n'avait pas gardé le souvenir qu'il était aussi bien bâti : avec ce jean qui moulait ses longues jambes musclées et ce pull qui révélait son torse puissant, il était carrément sexy.

Mais pas question de se laisser aller à des pensées de ce genre. Elle ne pouvait pas se permettre d'être distraite.

— Vas-tu lui donner des sédatifs avant de faire des radios ? demanda-t-elle en évitant de le regarder.

Il lui avait fallu faire appel à tout son courage pour venir le retrouver, et le fait de s'être servi des chiens comme prétexte lui semblait maintenant à la fois stupide et transparent. Rohan allait certainement comprendre qu'elle avait autre chose en tête.

Mais ce fut d'une voix très calme qu'il lui répondit :

— Oui, ça l'empêchera de se débattre et de se blesser davantage. Soigner des chiens à demi sauvages comme celui-ci, c'est autre chose que de s'occuper d'animaux de compagnie, même si certains se montrent parfois hargneux aussi.

— Bon, dis-moi ce que je dois faire.

Lorsqu'elle se tourna vers lui, elle fut frappée par l'intensité de son regard, et elle se rappela pourquoi elle était tombée sous le charme, autrefois.

Il avait ce genre de regard qui donne l'impression de vous percer à jour et de découvrir vos secrets les plus intimes. Mais c'était maintenant un regard sérieux, profond, alors qu'avant il y avait invariablement dans ses yeux une petite lueur amusée. Peu importe ce qu'il percevait, il se montrait toujours compréhensif et indulgent.

Aimant.

Ce n'était plus le cas aujourd'hui. Pourtant, elle se sentait troublée.

Lui tournant le dos, elle s'intéressa aux fournitures et se familiarisa avec l'équipement dont disposait la clinique.

Elle trouva facilement le sédatif dont Rohan avait besoin et, pendant qu'il l'administrait au chien, elle approcha de la table d'examen l'appareil de radiographie mobile.

Rohan et elle échangeaient à peine quelques mots mais, au bout d'un moment, l'atmosphère se détendit et ils effectuèrent un véritable travail d'équipe.

— Heureusement, aucune côte n'est fracturée, dit Rohan en étudiant de près la radiographie du chien. Ses contusions sont sûrement douloureuses, mais sans gravité. En revanche, le ligament croisé est déchiré. Je dois l'opérer.

Une fois le husky préparé, Rohan pratiqua une incision et commença à réparer le ligament rompu.

Pendant l'intervention, Elise entendit sonner le téléphone qu'elle avait dans son sac mais choisit de l'ignorer.

S'il s'agissait de quelque chose d'important, la personne laisserait un message.

Ils travaillaient dans un silence relatif que Rohan finit par rompre :

— Merci de m'avoir proposé de m'aider, Elise. J'aurais pu me débrouiller seul, mais c'est plus facile à deux.

— C'est le cas pour n'importe quelle intervention chirurgicale, non ?

Elle parvenait à parler d'un ton tranquille, mais il lui était pénible de se trouver dans une telle proximité physique avec lui. Elle pourrait s'en aller, prendre le temps de digérer ce qu'il s'était passé, mais cela ne ferait que retarder le moment d'affronter l'inévitable. Par ailleurs, elle avait envie de découvrir qui était ce nouveau Rohan. Car, à l'évidence, ce n'était plus le jeune homme rayonnant qu'elle avait connu autrefois. Mieux le connaître l'aiderait peut-être à aller de l'avant ?

— Tu disais que tu avais amené ces chiens de Calgary ? demanda-t-elle dans l'espoir d'en savoir plus.

Rohan la regarda par-dessus son masque et hocha la tête.

— Nous les avons sortis d'une situation de maltraitance. Près d'une cinquantaine de chiens étaient gardés dans une grange, dans d'horribles conditions. Dix d'entre eux étaient des huskies, alors nous avons contacté Janice pour voir si elle pouvait les prendre. Ils ont besoin d'être confiés à des personnes qui les comprennent et les fassent travailler, ce qui permettra peut-être ensuite de les faire adopter.

— Ou peut-être d'être intégrés dans un attelage de chiens de traîneau ?

— Ce serait sûrement la meilleure solution, car ces chiens-là ne sont pas préparés à jouer les animaux de compagnie ; plusieurs d'entre eux ne sont pas domestiqués. Les deux qui étaient avec Ben ce matin sont ceux qui se sont jusqu'à présent le mieux adaptés. Certains ne veulent même pas mettre le nez dehors.

— Comme c'est triste ! Travailles-tu comme vétérinaire dans les opérations de sauvetage ?

— Non, je suis l'un des associés d'une clinique vétérinaire à Calgary, et nous travaillons parfois pour les sauveteurs à titre gracieux. Ils ne sont financés que par des dons et n'ont donc pas beaucoup d'argent.

— C'est vraiment bien de ta part.

Il haussa les épaules tandis qu'il examinait le ménisque du chien.

— J'aime aider la communauté.

Cela ressemblait bien au Rohan d'autrefois, qui faisait preuve d'un engagement social très actif. Elle fut heureuse de voir que, sur ce point-là, il n'avait pas changé.

— Et toi ? demanda-t-il. Je sais que tu participes aux opérations de recherche et de sauvetage, et j'ai cru comprendre que tu étais médecin urgentiste ?

La question la surprit. Elle n'avait pas pensé qu'il pourrait désirer en apprendre plus sur elle.

— Oui, je suis urgentiste, mais j'ai cessé de travailler avec l'équipe de sauvetage.

Il leva les yeux et, de nouveau, la regarda avec attention.

— Pourquoi ? D'après ce que j'ai vu aujourd'hui, tu es excellente dans ce domaine.

— C'était pour moi le moment d'arrêter. Et puis, Baxter avait été blessé, et l'on m'a avertie qu'il risquait de boiter s'il continuait à travailler en tant que chien de sauvetage. Alors, nous nous sommes tous les deux retirés de l'équipe.

Pas question de parler de l'avalanche qui avait causé les blessures de Baxter, ni des cauchemars qui, depuis, la tourmentaient toutes les nuits. C'était la première fois de sa vie que la peur l'amenait à renoncer à quelque chose, et chaque fois qu'elle y pensait, elle était submergée par la honte.

Le ménisque était en bon état. Il fallait maintenant maintenir l'alignement des os.

— Qu'as-tu fait après l'accident ? Es-tu revenu au Canada, une fois guéri ?

Un bref instant, les mains de Rohan s'immobilisèrent, avant de se remettre au travail.

— J'ai subi plusieurs opérations, et quelques interventions de chirurgie réparatrice. Il m'a fallu plus d'un an pour retrouver mon état normal.

Il marqua une pause, comme s'il réfléchissait à ce qu'il venait de dire.

— Enfin, plus exactement pour retrouver un nouvel état normal. Ensuite, j'ai pris un poste de vétérinaire à la Trinité.

Elle sentit qu'il n'en dirait pas davantage. Quand il prit le foret et lui demanda de maintenir la patte du chien, elle eut la nette impression qu'il ne souhaitait pas se livrer à d'autres confidences. Il s'était renfermé dans sa coquille, ce qu'il n'aurait jamais fait autrefois.

Restait-il chez cet homme quelque chose du Rohan qu'elle avait connu ?

Rohan ne cessait de se demander pourquoi Elise Van Hagan était venue l'aider.

À quoi avait ressemblé leur relation ? L'avait-il aimée d'un amour passionné ? Avait-elle été déçue de voir qu'il ne venait pas la retrouver ? L'annonce de sa mort l'avait-elle attristée ?

Tout cela était si ancien qu'il semblait absurde de vouloir en savoir plus sur ce qu'il s'était passé entre eux, mais il enviait

Elise de se rappeler cette période. Une fois de plus, il souffrait du « trou » que son amnésie avait laissé dans sa vie.

— Comment as-tu fini par revenir au Canada ? demanda-t-elle en le fixant de ses grands yeux gris pleins de curiosité.

— Deux ans après l'accident, je me suis marié, mais cela n'a pas marché. J'ai senti que j'avais besoin de changement, et j'ai fait une demande pour émigrer au Canada en tant que travailleur qualifié.

Comme il paraissait facile de résumer en deux phrases ce qui avait été les pires années de sa vie. Mais il était beaucoup plus dur de surmonter la souffrance et la culpabilité engendrées par l'échec de ce mariage qui avait duré huit ans. Il s'était montré incapable de donner à sa femme l'amour et la tendresse qu'elle attendait de lui. Elle l'avait supplié d'essayer de sauver leur mariage, mais il savait qu'ils ne seraient jamais heureux ensemble, et il avait préféré mettre fin à cette union. Ça avait été la décision la plus difficile de sa vie, mais aussi la meilleure, même s'il était le seul à le penser. Leur divorce avait provoqué autour de lui une telle colère et un tel scandale qu'il avait dû partir. Son père, en particulier, lui en avait beaucoup voulu, lui reprochant de jeter la honte sur sa famille. Une fois de plus, avait-il dit, Rohan le décevait.

Penser à cette période réveillait en lui un flot d'émotions auxquelles il ne pouvait pas faire face en cet instant. Mieux valait se concentrer sur sa tâche.

— Bon, dit-il, je vais pouvoir refermer. Ensuite, je poserai des agrafes sur la plaie au flanc. Et nous pourrons alors le mettre dans un chenil pour qu'il puisse récupérer.

Elise ne dit rien Elle lui tendit, silencieuse, l'aiguille dont il avait besoin pour suturer les bords de l'entaille.

— Es-tu prête à fêter Noël ? demanda-t-il pour échapper à de nouvelles questions concernant son passé.

Il la vit froncer légèrement les sourcils.

— En général, je travaille durant cette période mais, cette année, mon DRH m'a dit de prendre les congés qu'il me reste.

Je n'ai rien prévu, à part la fête de Noël qu'organise l'équipe de sauvetage.

— Tu n'as pas de réunion de famille en perspective ?

Pourquoi lui posait-il cette question ? Cela faisait des années que lui-même ne célébrait pas vraiment ce jour de fête. Mais il avait envie d'en savoir plus sur elle.

— Je n'ai personne à proximité, répondit-elle brièvement.

Visiblement, elle ne souhaitait pas en dire davantage.

Ils achevèrent de soigner le husky, n'échangeant que quelques mots de temps en temps, et ils ne parlèrent guère plus lorsqu'ils le transférèrent dans un enclos de convalescence. Ce silence rendait l'atmosphère pesante.

Lorsque le dernier instrument fut mis dans l'autoclave, Elise s'immobilisa et le regarda, les sourcils froncés.

— Il y a quelque chose dont je dois te parler. Puis-je te demander de t'asseoir un moment ?

Elle avait le visage tendu – sans doute celui qu'elle avait au travail pour annoncer une mauvaise nouvelle.

Il prit une chaise.

Elise s'assit en face de lui, et Baxter posa sa tête sur les genoux de sa maîtresse.

— Quand tu es parti…

Elle marqua une pause et le regarda fixement. Ses yeux gris avaient pris une teinte plus foncée.

Sans qu'il sache pourquoi, il sentit son cœur s'accélérer.

— Ce n'est pas facile à dire, continua-t-elle, alors je vais aller droit au but. Tu… Nous… nous avons un fils.

Elle avait parlé d'une façon claire, et il avait parfaitement entendu, mais son cerveau semblait incapable de donner un sens à ce qu'elle venait de dire. Il eut soudain très froid, puis très chaud. Il ne comprenait rien à ce qu'il lui arrivait.

— Quoi ? Désolé, je ne…

Il devait avoir l'air idiot, mais il était sous le choc et la tête lui tournait.

— Quand tu es parti et que tu ne m'as plus donné de nouvelles, j'ai pensé que tu m'avais laissé tomber. Et puis, je me suis rendu compte que j'étais enceinte. C'est à ce moment-là que j'ai téléphoné chez toi et qu'on m'a dit que tu étais mort.

— Hein ? Mais pourquoi ne l'as-tu pas dit à mon père ? Il ne t'aurait pas menti comme il l'a fait s'il avait su que…

Le visage d'Elise se crispa.

— Je le lui ai dit. Il a répondu qu'il s'en moquait, et il m'a priée de ne plus jamais le rappeler.

4.

Elise vit Rohan se décomposer.

Il était clair que la révélation qu'elle venait de lui faire le bouleversait. Découvrir la trahison de son père semblait l'anéantir.

— Pourquoi a-t-il fait cela ? murmura-t-il. Mentir ainsi, renier son propre petit-fils ?

— Je ne sais pas, dit-elle doucement, prise de compassion. Mais tu disais toujours que ton père était un manipulateur.

Elle ne fut pas surprise de voir Baxter l'abandonner pour aller vers Rohan, cherchant sa main et quémandant des caresses.

Rohan se mit à lui gratter la tête distraitement.

— Là, ce n'est pas de la manipulation, mais de la cruauté, fit-il en haussant légèrement le ton.

Ils restèrent un moment silencieux. Puis Rohan cessa de caresser Baxter et la regarda avec attention.

— Un fils ?

Le ton émerveillé avec lequel il avait posé la question fut pour elle comme un baume.

— Oui. Il s'appelle Jeevan.

— Le prénom de mon grand-père !

— Je sais. Je l'ai choisi parce que je savais combien tu aimais ton grand-père. Je voulais que notre fils ait au moins ce lien avec ta famille, même si ce n'était pas grand-chose.

Rohan esquissa un sourire.

— Mon grand-père n'aimait pas son prénom parce que, dans les films indiens, c'était celui d'un acteur qui tenait toujours le mauvais rôle.

— J'ai fait des recherches, et j'ai vu que cela signifiait « la vie ». Il m'a semblé que cela convenait parfaitement à la situation.

À l'époque, elle croyait Rohan mort, alors que la vie de son fils commençait tout juste. Cette symétrie l'avait frappée.

Soudain, Rohan se leva, et Baxter, surpris, fit un bond.

Rohan regardait autour de lui comme s'il s'attendait à voir Jeevan apparaître.

— Où est-il ?

— Il est parti en Indonésie, et sans doute est-il maintenant en route pour l'Australie. Il est ornithologue. Sa mission s'est achevée il y a deux jours, mais un ami l'a invité à passer Noël avec lui à Sydney.

— Ornithologue ? répéta Rohan en se rasseyant.

— Oui. Il m'a même laissé Titan, son perroquet, un gris d'Afrique plutôt encombrant. Il aurait transformé la maison en volière si je l'avais laissé faire. Mais je lui ai permis de garder cet oiseau. Titan était un sauvetage.

Rohan écoutait sans rien laisser paraître de ses pensées. Puis, de nouveau, il la regarda fixement.

— Est-ce parce qu'il n'est pas là que tu n'as rien prévu pour Noël cette année ?

Elle ne s'étonna pas de le voir si perspicace. Il l'avait toujours été.

— C'est la première fois que nous sommes séparés au moment de Noël, alors je ne me sens pas d'humeur très festive, avoua-t-elle.

— Moi, cela fait des années que je ne fête pas vraiment Noël. Depuis mon accident, à vrai dire.

Elle hocha la tête et détourna le regard, submergée soudain par toute la douleur qu'elle avait connue par le passé à cette époque de l'année.

— Ce n'est pas la période que je préfère, reconnut-elle. Aussi, d'une certaine façon, je me sens soulagée de ne pas avoir à sacrifier à la tradition.

Rohan ne dit rien pendant un moment.

— À cause de ce qu'il est arrivé avec moi ?

— En partie…

N'ayant aucune envie de parler de cela maintenant, elle

chercha un moyen de faire dévier la conversation, mais Rohan ne lui en laissa pas le temps.

— Raconte-moi ce qu'il est arrivé après mon départ pour la Trinité.

Elle se souvenait parfaitement du désespoir qu'elle avait ressenti alors, mais des années s'étaient écoulées depuis et elle pouvait maintenant évoquer le passé sans que cela ne la fasse souffrir.

— Tu m'as téléphoné le soir de ton arrivée là-bas, et tu m'as dit que tu me rappellerais le lendemain. Comme ensuite je n'ai plus eu de nouvelles pendant deux jours, j'ai fini par téléphoner, mais chaque fois on me disait que tu n'étais pas là ou que tu n'étais pas disponible. J'ai alors pensé que tu m'avais laissée tomber. Tu avais dit que tu reviendrais avant Noël, mais tu ne t'es pas manifesté. Et c'est alors que…

Elle marqua une pause.

— … que tu as découvert que tu étais enceinte, acheva-t-il pour elle.

Elise hocha la tête et prit une profonde inspiration.

— J'ai appelé de nouveau chez toi, et c'est là qu'on m'a dit que tu étais mort.

Les yeux de Rohan étincelèrent de colère.

— Je veux que tu saches que je ne t'ai jamais abandonnée. L'accident s'est produit le soir de mon arrivée. Mon cousin et moi, nous avons été percutés par une autre voiture. Mon cousin est mort sur le coup, et moi je suis resté deux mois à l'hôpital.

Il toucha les cicatrices qui marquaient son visage, puis il laissa retomber sa main.

— Je suis désolée, dit-elle d'un ton douloureux. Mais je suis heureuse que tu sois en vie.

Tout cela, c'était du passé. Il fallait maintenant s'occuper du présent et de l'avenir.

— Voudras-tu rencontrer Jeevan lorsqu'il reviendra au Canada ?

— Comment peux-tu poser la question ? s'écria-t-il. Je suis impatient de le connaître !

Puis il fronça les sourcils, l'air furieux.

— Mais je ne peux pas te le reprocher après la façon dont ma famille s'est comportée avec toi. C'est tellement horrible, tellement méprisable…

Sa voix faiblit brusquement. Il se leva et regarda autour de lui, le front en sueur et le visage terreux.

Elle se leva à son tour, s'approcha de lui et, lui saisissant le poignet, lui tâta le pouls.

Il était très rapide.

— Assieds-toi et respire à fond, ordonna-t-elle.

— Non, répondit-il d'une voix rauque. J'ai juste besoin de prendre l'air.

— Alors, emmène Baxter avec toi. Lui aussi a probablement envie de s'aérer.

Rohan enfila sa veste avec des gestes désordonnés.

— Bon, dit-il, la main sur la poignée de la porte. Nous serons de retour dans une minute. Allez, viens, Baxter.

Et tous deux sortirent dans le froid glacial du matin.

Cela faisait des années que Rohan n'avait pas eu de crise de panique de ce genre. Pas depuis qu'il était revenu au Canada. Son cœur battait à tout rompre, et sa peau était brûlante. Tandis qu'il marchait à grandes enjambées dans la neige, respirant à pleins poumons l'air glacé, il tournait et retournait dans sa tête les informations qu'Elise lui avait données.

Il aurait un fils qu'il n'avait jamais vu et dont il ne connaissait rien. Un enfant qui avait grandi en croyant que son père était mort, à cause d'un mensonge vieux de vingt-sept ans.

Il s'arrêta de marcher et secoua la tête.

Quelque chose dans la façon dont elle lui avait annoncé la nouvelle, l'expression qu'avait eue son regard, tout cela le convainquait qu'elle avait dit la vérité. Par ailleurs, si elle ne l'avait pas cru mort, pourquoi lui aurait-elle révélé aujourd'hui l'existence de leur fils au lieu de continuer à se taire ?

Il éprouvait un besoin urgent de savoir exactement ce qu'il s'était passé autrefois. La seule manière d'y parvenir était de prendre contact avec la seule personne susceptible de tout lui raconter.

Chandi.

S'il était parfaitement inutile d'interroger son père compte tenu de sa détérioration mentale, sa cousine, elle, pourrait probablement combler au moins quelques lacunes dans le récit de cette tragique histoire.

Il prit son téléphone et appela Chandi. Elle vivait en Floride avec son mari, et sans doute était-elle déjà réveillée. Mais si c'était son appel qui la réveillait, eh bien, tant pis, il s'en moquait parfaitement.

Elle décrocha à la seconde sonnerie.

— Rohan ! Joyeux Noël ! s'écria-t-elle d'une voix stridente. Que t'arrive-t-il, cousin ?

Il n'était pas d'humeur à tourner autour du pot.

— J'ai une question à te poser, dit-il sans préambule. Te souviens-tu d'une femme du nom d'Elise Van Hagan ?

Elle marqua une hésitation, et il sut aussitôt qu'elle savait de qui il parlait. Chandi n'était pas du genre à prendre le temps de réfléchir avant de parler et, si elle n'avait rien eu à cacher, elle lui aurait répondu immédiatement.

— Pourquoi me demandes-tu cela ?

— Est-ce que, oui ou non, tu te souviens d'elle, Chandi ? Réponds simplement à ma question.

Il était arrivé à la motoneige. Il s'assit en amazone sur la selle.

— Il est possible que je la connaisse, balbutia Chandi. Je crois bien qu'il y avait dans mon dortoir une nana qui portait ce nom-là.

— Dans ton dortoir ? Tu l'as connue pendant tes études ?

— Je ne peux pas dire que je la connaissais vraiment. Elle avait deux ans de plus que moi et faisait médecine, il me semble. C'était une vraie bûcheuse, si j'ai bon souvenir. Mais cela remonte à des années. Pourquoi m'interroges-tu sur elle ?

— Je viens de la rencontrer, Chandi. Aujourd'hui même. Elle pensait que j'étais mort et que mon décès avait eu lieu il y a vingt-sept ans. Comment a-t-elle pu croire *cela* ?

Il l'entendit lâcher un juron.

Ses doigts se crispèrent si fort sur le téléphone qu'il en eut presque mal à la main.

— Dis-moi tout ce que tu sais, Chandi, ordonna-t-il d'une voix glaciale. Tu lui as dit que j'étais mort, n'est-ce pas ?

— Non, non ! C'est ton père qui le lui a dit. J'ai juste…

— Tu as juste fait quoi ?

Cette fois, il l'entendit prendre une profonde inspiration.

— Je lui ai juste confirmé la nouvelle lorsqu'elle m'a posé la question.

Saisi d'une rage folle, il se réjouit d'être séparé de sa cousine par des milliers de kilomètres, car il ne se sentait plus maître de ses actes.

— Dis-moi exactement comment tout cela est arrivé. Dans les moindres détails.

Chandi soupira.

— Nous étions quelques étudiants à sortir un soir, et nous avons demandé à Elise si elle voulait venir avec nous. Elle venait d'obtenir son diplôme avec mention, alors nous l'avons emmenée fêter cela.

— Et après ? Viens-en au fait.

— Bon, pour faire court, elle et toi êtes sortis ensemble ce soir-là. Tout ce que je sais, c'est que vous avez continué à vous voir, et ton père était furieux. D'après lui, tu ruinais ton avenir en laissant une gourgandine canadienne te détourner du droit chemin.

— Alors, papa était au courant.

— Oui. Et il était très en colère. Il voulait que tu rentres à la maison pour devenir fonctionnaire ou créer ta propre clinique vétérinaire et te faire beaucoup d'argent. Et toi, tu étais là à vadrouiller un peu partout avec Elise.

Rohan imaginait très bien son père en train de tempêter, agitant les mains dans tous les sens comme s'il voulait boxer quelqu'un. Il avait si souvent assisté à ce genre de scène qu'il n'avait aucun mal à se la représenter.

— Et ensuite ?

— Ensuite, tu es rentré début décembre, et tu as eu cet accident de voiture. Quand Elise a téléphoné pour avoir de tes nouvelles, ton père lui a dit que tu étais mort.

Le ton de sa cousine lui fit penser qu'il y avait autre chose.

— Ne me raconte pas d'histoire, Chandi. Je sais que tu ne me dis pas tout. S'il le faut, je suis prêt à sauter dans le prochain avion pour Miami pour te tirer les vers du nez.

— Rohan, cela s'est passé il y a si longtemps…

Fou de rage, il se leva d'un bond et se mit à marcher de long en large.

— Il y a si longtemps, oui, que j'ai droit de connaître la vérité ! s'exclama-t-il. C'est de ma vie qu'on est en train de parler, pas d'une fiction tirée d'un roman. De *ma vie* !

— D'accord, d'accord.

Elle se montrait conciliante, mais il y avait comme de la peur dans sa voix.

— Je n'étais pas sur place, reprit-elle, mais j'ai entendu dire que, dès que tu es rentré, tu as annoncé à ton père que tu voulais te marier avec Elise et rester vivre au Canada. Il s'est mis en colère, et vous vous êtes disputés. Alors, Sanjay est arrivé et il t'a emmené avec lui pour te donner le temps de te calmer.

— Et c'est là qu'une voiture nous est rentrée dedans.

— Oui.

— Et ensuite ?

— Tu as été hospitalisé, et ton père a dit à tout le monde que, si Elise téléphonait, il fallait lui répondre que tu n'étais pas là ou bien pas disponible. Je pense qu'il espérait ainsi l'amener à croire que tu l'avais laissé tomber et qu'elle finirait par renoncer à rappeler. Quand tu as repris conscience, on s'est rendu compte que tu avais perdu la mémoire de tout ce qui t'était arrivé au cours des derniers mois. Tu avais besoin d'une longue rééducation. Ton père ayant compris que tu ne retournerais pas au Canada, il a dit à Elise que tu étais mort.

Que serait-il arrivé s'il avait retrouvé la mémoire ?

Il se rappela alors comment son père l'avait pressé d'épouser Survana, dont la famille avait beaucoup de relations et une grosse fortune. Pour un homme de la génération de son père, le divorce était inenvisageable. Il avait sûrement pensé que si son fils était marié, même s'il retrouvait la mémoire, ce serait trop tard pour qu'il fasse quoi que ce soit.

Lorsqu'il était sorti du coma, Survana était à son chevet. Il s'était tellement habitué à l'avoir auprès de lui qu'il n'avait pas tardé à penser qu'ils formeraient un bon couple.

Mais ce n'avait pas été le cas. Survana avait attendu en vain le retour du « Rohan d'avant ». Leur vie était devenue intenable, sa femme ne supportant plus de le voir si froid avec elle. Personne ne méritait de vivre avec un homme comme lui. Il avait insisté pour qu'ils divorcent, sachant qu'elle serait plus heureuse sans lui.

— Voilà, conclut Chandi. Voilà toute l'histoire.

Il la sentit sur la défensive.

— Pas tout à fait. Tu ne m'as pas expliqué pourquoi tu avais servi le même mensonge à Elise. Dis-le-moi, Chandi.

— Parce que ton père m'a demandé de le faire ! répondit-elle enfin, d'une voix stridente. Il m'a promis de financer le reste de mes études si je le faisais. Ta famille était riche, et la mienne voulait que je rentre au pays pour terminer ma formation car cela leur coûterait moins cher. Je ne voulais pas être contrainte de renoncer à mes rêves, de me retrouver mariée à un type de Sangre Grande. Tu avais oublié cette fille, non ? Alors, quelle importance ?

Quelle *importance* ?

À cause de ce mensonge, il n'avait pas su qu'il était père. Qu'il avait un fils aujourd'hui âgé de vingt-six ans. Et ce mensonge l'avait aussi privé du bonheur d'être aimé et réconforté tandis qu'il luttait contre la mort. Car quelque chose lui disait qu'Elise se serait rendue à Trinité-et-Tobago pour être auprès de lui.

Mais il était inutile d'expliquer tout cela à Chandi : elle n'y attacherait aucune importance. Elle essayerait seulement encore de se justifier.

— Au moins, elle n'était pas enceinte, déclara-t-elle d'un ton chaleureux.

Il frissonna.

— Quoi ?

— Quand elle a quitté l'école, la rumeur a couru qu'elle était enceinte.

— En as-tu parlé à mon père ?

— Oui. Il m'a répondu de me mêler de ce qui me regardait et de ne plus jamais faire allusion à cette histoire…

Ulcéré, Rohan raccrocha sans même lui dire au revoir, comme pour tirer un trait définitif sur cette période de sa vie.

Baissant les yeux, il vit Baxter à ses pieds, l'air si soucieux qu'il ne put s'empêcher de le caresser.

— Tout va bien, Bax, murmura-t-il. Je vais bien. Enfin, j'espère que ça va aller.

Il se sentait plus calme, avec l'esprit plus clair.

Respirant à pleins poumons l'air frais de la montagne, il retourna à la clinique.

Il avait un fils qu'il allait bientôt rencontrer. Un adulte avec qui il pourrait créer un lien en dépit des mensonges et des secrets qui les avaient séparés durant toutes ces années.

Le simple fait de connaître l'existence de Jeevan lui procurait une joie indescriptible, même si cela réveillait aussi chez lui ses peurs les plus profondes.

Après son accident, tout le monde l'avait trouvé changé. Les gens ne pouvaient pas comprendre à quel point c'était dur pour lui de lutter contre les séquelles de son traumatisme crânien. Durant cette période, il lui avait été plus facile de mettre une certaine distance entre lui et les autres afin de ne pas se laisser submerger par les émotions. L'homme solitaire qu'il était devenu était né de ce besoin d'autoprotection.

D'une certaine façon, il allait devoir briser la carapace qu'il s'était construite s'il voulait nouer une bonne et solide relation avec son fils.

Avec un peu de chance, la fine et calme Elise Van Hagan saurait l'aider à y parvenir. Quelque chose en elle suscitait chez lui un intérêt tout particulier. Le genre d'intérêt qu'il n'aurait jamais cru éprouver pour personne, mais qui, semblait-il, était simplement enfoui au fond de lui-même.

Non pas qu'il ait l'intention de raviver la romance qu'ils avaient vécue autrefois. Même si elle caressait l'espoir de renouer avec lui – mais il n'avait aucune raison de penser que ce serait le cas –, il s'était depuis longtemps résolu à renoncer à connaître une vraie relation amoureuse. Tout ce qu'il voulait, c'était construire un lien avec son fils. Et pour cela, il voulait en apprendre le plus possible sur Jeevan avant de le rencontrer.

C'était tout ce qu'il attendait d'Elise, se dit-il en poussant la porte de la clinique.

Mais quand il la vit tourner vers lui un visage lumineux, il sentit de nouveau son cœur s'emballer. Cette fois, ce n'était pas l'anxiété qui accélérait son rythme cardiaque, mais une bouffée de désir.

— Jeevan rentre à la maison, dit-elle, le regard brillant. Il sera là pour Noël !

Deux heures plus tard, Elise attendait dans sa cuisine que Rohan revienne de Trail's End.

La route avait été dégagée, et il avait dit qu'il rentrerait dès qu'il pourrait laisser le husky qu'il avait opéré sous la surveillance des employés de Janice.

Maintenant qu'elle savait que Jeevan serait bientôt à la maison, Elise réfléchissait à tout ce qu'il y avait à faire. Elle avait reçu un autre message de l'ami de son fils, lui disant que Jeevan essayait de trouver un vol pour rentrer. Elle ignorait donc quand il arriverait exactement. Rohan et elle étaient tombés d'accord pour ne rien dire à leur fils avant qu'il ne soit là. Cela serait moins stressant pour lui que de passer son voyage à se demander ce qu'il allait trouver chez lui à son retour.

Elle était bien décidée à terminer tous les préparatifs de Noël avant l'arrivée de Jeevan mais, au lieu de se concentrer sur cette tâche, elle ne cessait de penser à Rohan.

Elle avait eu peur de sa réaction quand elle lui avait appris l'existence de Jeevan. Et la crise de panique à laquelle elle avait assisté ne l'avait pas rassurée.

Mais lorsqu'il était revenu à la clinique après sa promenade dans le froid et qu'elle lui avait annoncé que leur fils serait là dans quelques jours, il avait affiché un grand sourire. C'était la première fois de la journée qu'elle le voyait sourire. Il avait l'air aussi heureux et excité qu'elle.

— Seras-tu encore ici lorsqu'il arrivera ? avait-elle demandé. Tu pourrais rester fêter Noël avec nous.

Il n'avait pas hésité une seconde.

— J'en serais vraiment ravi !

— Je ne sais pas exactement quand il sera là. Le message que j'ai reçu venait de Moe, l'ami australien chez qui il était censé aller. Apparemment, la mère de ce garçon est tombée malade. Il a dit à Jeevan qu'il valait mieux qu'il renonce à le rejoindre, car il ne savait pas comment la situation allait évoluer. Jeevan essaye de trouver un billet de dernière minute pour rentrer au Canada, ce qui veut dire que son voyage risque d'être long et compliqué avant qu'il n'arrive à Vancouver.

Rohan s'était assis, souriant toujours.

— Peu importe le temps que cela lui prendra. Je suis si content de pouvoir le rencontrer plus tôt que prévu ! Mais je dois réserver une chambre à l'hôtel. J'ai dit à Janice que je repartais aujourd'hui, et demain elle attend l'arrivée d'un équipage de chiens de traîneau. Cela, plus le fait que Ben est à l'hôpital, lui donne déjà suffisamment de soucis, je ne veux pas être pour elle un problème de plus.

— À cette époque de l'année, trouver une chambre d'hôtel risque d'être difficile. Banff attire beaucoup de monde au moment de Noël. Pourquoi ne viendrais-tu pas chez moi ?

Il avait marqué une brève hésitation.

— Je ne voudrais pas m'imposer.

— Tu ne t'imposes pas du tout, avait-elle répondu d'un ton qui se voulait naturel.

Il l'avait regardée sans rien dire, et soudain il s'était décidé.

— Cela me plairait beaucoup. Merci.

Elle s'était sentie incroyablement soulagée qu'il accepte sa proposition, avant de trouver cette réaction ridicule.

— Parfait, avait-elle dit. Mais tu devras supporter Titan, le gris d'Afrique, qui pousse des cris horribles.

— J'ai l'habitude. Je possède un ara qui est très bavard, lui aussi.

— On dit que les chiens ne font pas des chats…

Il lui avait adressé un sourire qui avait accéléré les battements de son cœur.

Elle le retrouvait. C'était bien le Rohan qu'elle avait connu, avec son sourire irrésistible.

Elle lui avait souri en retour, puis avait pris son téléphone.

— J'ai là quelques photos de Jeevan, avait-elle dit. Mais, bien sûr, j'en ai beaucoup plus encore à la maison, où on le voit à tous les âges.

Elle lui avait tendu son téléphone. Il s'était mis à regarder attentivement toutes les photos, comme s'il voulait en voir les moindres détails.

— Il me ressemble, avait-il dit doucement.

— Oui, beaucoup. Ce sera à la fois étrange et merveilleux de vous voir l'un à côté de l'autre.

— Parle-moi de lui.

Elle avait cherché le meilleur moyen de lui décrire leur fils. Ce n'était pas facile de rester objective, mais elle avait senti que Rohan voudrait entendre la vérité.

— C'était un vrai chenapan quand il était petit. Un enfant assez difficile. Je me demandais toujours ce qu'il allait encore inventer comme bêtise ! Mais il pouvait aussi se montrer adorable, être un petit garçon calme et délicieux. Je me faisais du souci, me demandant ce qu'il allait devenir. Je le voyais faire du skateboard avec ses copains, mijotant avec eux quelque nouvelle sottise qui allait leur amener des ennuis, et, l'instant d'après, je le trouvais en larmes parce qu'il avait découvert dans le jardin un oiseau mort.

Elle avait marqué une pause et croisé le regard de Rohan. Puis, prenant une profonde inspiration, elle avait continué.

— Mais à mesure qu'il grandissait, j'ai compris que tout irait bien. C'est vraiment un bon garçon, et je l'apprécie autant que je l'aime. J'en suis heureuse, car je sais que tous les parents ne peuvent pas en dire autant à propos de leurs enfants.

Elle aurait pu ajouter autre chose.

Non seulement il ressemblait beaucoup physiquement à Rohan, mais elle retrouvait aussi chez lui beaucoup d'autres traits qui lui appartenaient. Sa démarche, sa facilité à établir des liens avec les gens par un simple sourire ou un mot bien choisi. En grandissant, Jeevan s'était mis à ressembler de plus en plus à son père, du moins au Rohan dont elle était tombée amoureuse. Elle s'en était réjouie, car Rohan était le type d'homme qu'elle avait envie que son fils devienne : gentil, prévenant, simple, mais aussi solide, toujours prêt à défendre une bonne cause.

Restait à voir ce qu'il restait de ce Rohan-là derrière le visage sévère et réservé qu'il affichait aujourd'hui.

À son retour de la clinique vétérinaire, Rohan la surprit encore en lui faisant cette proposition :

— Puisque tu disposes de peu de temps pour tes préparatifs de Noël, dis-moi ce que je peux faire pour t'aider.

— J'apprécie ton offre parce que, en effet, je n'ai encore rien de prêt, et j'ai aussi d'autres choses à faire.

— Alors, nous allons nous organiser. Je peux t'accompagner, si tu veux. J'ai confié à Nathan le husky que nous avons opéré ce matin. Il est convenu qu'il téléphonera s'il a besoin de moi.

— J'ai un rendez-vous à midi et demi. Ça ne durera pas longtemps, alors tu peux venir avec moi. Nous irons ensuite acheter un sapin de Noël. Et si cela te tente, tu m'aideras à le décorer.

Lorsque, un peu plus tard, elle monta dans le SUV de Rohan vêtue comme un lutin du Père Noël et suivie de Baxter arborant sur la tête de magnifiques bois de renne, elle vit que Rohan avait le plus grand mal à ne pas éclater de rire.

— Je dois me rendre à la maison de retraite avec Baxter, expliqua-t-elle.

— Pourquoi ?

— Après que Baxter et moi avons quitté l'équipe de sauvetage, j'ai décidé de l'entraîner en tant qu'animal de soutien affectif. Je ne voulais pas qu'il s'ennuie et qu'il prenne du poids à force de tourner en rond dans la maison.

— Ah, c'est pour cela que tu m'as demandé de l'emmener avec moi lorsque je suis sorti prendre l'air, tout à l'heure. Tu savais que j'étais… perturbé par la conversation que nous venions d'avoir.

Elle lui jeta un regard en biais.

Pourquoi n'appelait-il pas les choses par leur nom ? Pourquoi ne parlait-il pas de sa crise d'angoisse ? la voyait-il comme un signe de faiblesse ?

Ce n'était pas le moment de lui mettre la pression.

— C'est aussi pour cela que je l'ai pris dans la grange quand la chienne husky montait la garde auprès de Ben. J'ai pensé qu'il pourrait la calmer.

— Et tu avais raison. Ensuite, elle et Bax m'ont conduit jusqu'au chien blessé. Crois-tu qu'un husky puisse être entraîné pour devenir un chien de recherche et de sauvetage ?

Elle réfléchit un instant.

— D'habitude, on ne leur donne pas ce type de formation. Peut-être n'ont-ils pas les qualités requises pour cette tâche. Mais c'est une bonne question. Tom, le chef de l'équipe de sauveteurs, y répondrait mieux que moi.

— Dis-moi, comment as-tu été amenée à travailler avec eux ? Être urgentiste, ce n'était pas assez excitant pour toi ?

— Cela m'attirait déjà quand j'étais enfant. Je n'avais pas vraiment envie d'étudier la médecine, mais ma mère insistait. Lorsque je suis devenue médecin, j'ai voulu exercer là où il y avait de l'action. Le service des urgences m'a paru être le meilleur endroit pour moi.

Rohan émit un petit rire amusé.

— Ah bon, je vois, tu recherches les sensations fortes ?

— On peut dire ça comme ça, répondit-elle en souriant. J'avais toujours voulu travailler avec les sauveteurs, mais ma mère s'y opposait, jugeant que c'était un métier trop dangereux pour les femmes.

— Ai-je connu tes parents quand nous étions ensemble, toi et moi ?

Il avait posé la question d'un ton anodin, mais elle eut la nette impression qu'il cherchait à combler les lacunes de sa mémoire. Comment avait-il vécu cette épreuve après l'accident, alors qu'il n'avait autour de lui personne pour lui restituer les éléments perdus de son passé ?

— Non, tu n'as jamais rencontré personne de ma famille. À l'époque, mes parents étaient déjà décédés, et ma sœur vivait à Calgary, d'où est originaire ma famille maternelle.

— Y habite-t-elle toujours ?

— Non. Il y a quelques années, elle et son mari se sont installés en Colombie-Britannique… Ah, tourne ici !

Il mit son clignotant et prit le virage pour entrer dans Banff. Le centre-ville grouillait de gens en train de faire leur shopping et de profiter de l'air vif en cette fin de matinée.

Ne voulant plus parler de sa famille, elle chercha un sujet de conversation moins douloureux.

— J'avais l'habitude d'amener Bax à la maison de retraite l'après-midi, mais les résidents ont demandé qu'il vienne plus tôt. Au début, j'ai cru que c'était parce qu'ils étaient moins fatigués qu'en fin de journée, puis j'ai compris qu'ils aimaient lui donner en douce quelques reliefs de leur déjeuner. Je dois les surveiller de près.

Rohan éclata de rire et, elle n'aurait su dire pourquoi, ce rire lui alla droit au cœur. Avait-il ri aussi spontanément une seule fois depuis ce matin ? Il lui semblait que non.

— Tu l'as entraîné à devenir un animal de soutien affectif afin qu'il ne prenne pas de poids, sans voir que ce nouveau job l'expose justement à ce risque !

— Eh oui, au temps pour ma perspicacité…

Elle lui indiqua l'entrée du parking de la maison de retraite. Tandis qu'elle rassemblait les paquets qu'elle avait apportés, Rohan libéra Baxter, puis lui tendit la laisse.

Ni l'un ni l'autre ne portaient de gants, et elle sentit un frisson la traverser lorsque leurs doigts se frôlèrent. Avant qu'elle ait eu le temps de s'interroger sur le sens de sa réaction, Rohan recouvrit sa main de la sienne.

— J'ai encore une question à te poser, et j'espère qu'elle ne t'ennuiera pas. Pourquoi as-tu quitté l'équipe de sauveteurs ? Je voudrais en connaître la vraie raison.

Libérant sa main, elle poussa la porte d'entrée.

— Oh ! ça, c'est une longue histoire, lança-t-elle par-dessus son épaule. Ce sera pour un autre jour.

Et si cela ne tenait qu'à elle, ce jour-là ne viendrait jamais.

Les résidents les accueillirent avec des cris de joie et de bienvenue. Elle laissa Baxter aller de l'un à l'autre, et c'était à qui le couvrirait le plus de caresses. Elle remarqua que Rohan restait en retrait, observant la scène. Mais elle savait par expérience qu'aucun visiteur, ici, ne pouvait rester à l'écart bien longtemps.

— Qui est ce jeune homme ? demanda Mme Ferguson en lui adressant de loin un petit signe de la main. Venez, venez ! Il me rappelle beaucoup quelqu'un, mais je ne me souviens plus de qui il s'agit.

— Je trouve qu'il ressemble au fils d'Elise, dit Mme Durrant. Vous vous rappelez, Ada, qu'il est venu nous rendre visite avec elle ?

— Oh ! oui, répondit Mme Ferguson en examinant Rohan par-dessus ses lunettes. Vous avez raison.

— Si Rohan ressemble à Jeevan, c'est parce qu'il est son père, déclara Elise sans la moindre hésitation.

Elle était la première surprise de voir avec quelle facilité elle avait prononcé ces mots. Lorsque son regard croisa celui de Rohan, elle y lut l'étonnement et l'émerveillement, et elle en éprouva une sensation étrange, à la fois brûlante et sauvage. Une bouffée de désir qui l'obligea à détourner les yeux.

Elle se souvint alors, malgré le temps écoulé, qu'il lui suffisait à l'époque d'un regard ou d'une caresse de Rohan pour perdre la tête. Il avait été le seul homme à déclencher chez elle un désir aussi violent…

Non ! Ils n'iraient pas sur ce terrain-là. Ces retrouvailles dues au hasard n'avaient rien à voir avec l'histoire qu'ils avaient vécue autrefois, si ce n'est que la naissance de Jeevan en avait découlé. Ce qui importait, c'était de créer un lien entre le père et le fils, et elle refusait de permettre aux souvenirs du passé de venir brouiller les cartes.

Surtout ceux qui lui donnaient envie de se jeter dans les bras de Rohan pour recevoir ses caresses et ses baisers.

5.

À sa grande surprise, Rohan appréciait beaucoup sa visite à la maison de retraite.

Voir Baxter aller d'un résident à l'autre en remuant la queue et se faire couvrir de baisers et de caresses était un vrai plaisir. Le chien remplissait sa mission, présentant à chacun les petits cadeaux contenus dans le panier qu'il tenait dans sa gueule.

À la fin, Rohan fut tout de même assez content d'échapper à l'interrogatoire en règle auquel le soumettaient les vieilles dames dévorées de curiosité. Ce fut donc avec un certain soulagement qu'il suivit Elise et Baxter dans la chambre d'un des résidents, cloué au lit depuis plusieurs semaines.

— M. Robson est tombé et s'est brisé la hanche, expliqua Elise. Comme pour beaucoup de patients atteints de démence sénile, son séjour à l'hôpital a aggravé son état mental. Maintenant, il ne parle plus, sauf quand il voit Baxter.

Cette histoire rappelait tellement à Rohan ce qu'il avait vécu lors de sa dernière visite à son père qu'il fut tenté de rester dans le couloir. Mais quand l'infirmière lui tint la porte pour le faire entrer dans la chambre, il fut trop tard pour reculer.

Malgré sa répugnance à se trouver confronté à une situation qu'il ne se sentait pas capable de gérer, il ne put s'empêcher d'être ému en voyant Baxter interagir avec le vieil homme. Lorsque M. Robson ouvrit les yeux et vit le chien à côté de son lit, son visage s'illumina, et il tendit une main tremblante vers l'animal. Aussitôt, Baxter vint loger sa tête sous la paume du vieillard afin que celui-ci puisse le caresser. Obéissant à un ordre d'Elise, il posa ses pattes avant sur la barrière de sécurité du lit et se trouva ainsi face à face avec le vieux patient.

— Oh ! mon beau chien ! murmura M.Robson, tu es un

bon garçon, tu es revenu voir le vieux George. Je t'aime, tu sais, je t'aime.

Rohan avait toujours pensé que les animaux possédaient des qualités de guérisseurs, mais être le témoin de la mise en œuvre évidente de ce don l'émut profondément. Il sut que ce moment resterait longtemps gravé dans sa mémoire.

Il savait aussi qu'il n'oublierait jamais son émotion lorsque Elise l'avait présenté de façon très naturelle comme le père de son enfant. Il avait éprouvé alors une joie si grande que c'en était presque effrayant. En cet instant, Elise lui était apparue plus belle que jamais. Il avait même eu l'impression que quelque chose d'unique et de merveilleux s'était passé entre eux lorsque leurs regards s'étaient croisés…

Maintenant, il repoussait cette idée. Elise était belle, gentille et intelligente. Tout ce qu'un homme pouvait désirer. Mais lui n'avait rien à lui offrir en retour. Ses émotions étaient trop fluctuantes, presque impossibles à gérer. Il ne devait penser qu'à leur fils. En tant que parents, Elise et lui devaient faire en sorte que sa rencontre avec Jeevan se passe bien. Il n'y avait pas de place pour les complications que risquait d'apporter l'attirance croissante qu'il éprouvait pour la mère de leur enfant.

Après son accident, occupé qu'il était à tenter de survivre aux séquelles de son traumatisme crânien, il ne parvenait plus à s'attacher à quelqu'un en particulier ni à donner facilement de l'affection aux autres, et son entourage s'en était rendu compte. Les gens n'avaient cessé de dire qu'il avait beaucoup changé, qu'il n'était plus le jeune homme qu'ils avaient connu et aimé. On le trouvait froid, distant. Il ne riait plus, ne plaisantait plus. Elise avait sans doute gardé le souvenir du jeune homme qu'il avait été, et peut-être s'étonnait-elle de sa transformation. Il n'était pas pressé d'entendre à nouveau le genre de commentaire qu'il avait subi autrefois, surtout venant d'une femme à qui il était désormais lié à jamais.

Elise interrompit le cours de ses pensées alors qu'ils remontaient dans son SUV.

— Bon, allons acheter un sapin, et ensuite nous retournerons chez moi. J'avais envie de passer voir Ben à l'hôpital, s'il a le droit d'avoir des visites, mais je ne veux pas y aller vêtue comme ça.

— Mais ça ne te gêne pas d'acheter le sapin dans cette tenue ? dit-il, amusé.

— Le centre-ville de Banff ne pense qu'à fêter Noël. Personne ne fera attention à mon déguisement. Mais si le personnel de l'hôpital me voyait habillée en lutin, je sais que j'en entendrais parler pendant des années.

Rien d'étonnant à cela, se dit-il. Le costume d'Elise moulait à la perfection son corps athlétique, rendant incroyablement séduisante cette silhouette musclée adoucie par des courbes féminines qui appelaient les caresses. Une poitrine ronde, une taille encore fine, des hanches épanouies… Comment ne pas être excité en la voyant marcher devant lui à grandes enjambées, avec ce déhanché des plus suggestifs ? Ni ses chaussures pointues ni son extravagant bonnet ne parvenaient à la rendre moins désirable.

Il y avait foule au marché aux sapins, et il apprécia la rapidité avec laquelle Elise choisit son arbre.

— Nous allons dresser le sapin, dit-elle comme ils reprenaient la route, et ensuite nous couperons des branches pour décorer la maison avant de nous occuper de notre arbre de Noël. Ce soir, si tu es d'accord, il faudrait que je fasse quelques courses alimentaires, et aussi que j'achète des cadeaux. Nous pourrions ensuite passer à l'hôpital.

Il eut l'impression qu'elle récapitulait à haute voix une liste déjà établie.

— Cela me va parfaitement, dit-il en essayant de se détendre.

Alors qu'ils étaient arrêtés à un feu rouge, Elise ôta son bonnet de lutin. Voyant quelques mèches s'échapper de son chignon, il tendit la main sans réfléchir et les lui repoussa derrière l'oreille.

Elle ne dit rien mais lui lança un rapide coup d'œil. Il se maudit intérieurement d'avoir eu ce geste impulsif et bien trop intime. Il devait veiller à ce que cela ne se reproduise pas.

Sur la banquette arrière, Bax se mit à gémir. Elise se retourna.

— Du calme, mon chien, on sera bientôt à la maison.

Elle habitait dans un petit bungalow qui, avec toute la neige tombée pendant la nuit, semblait flotter sur une mer d'un blanc immaculé. Un côté avait été déblayé, et des chemins aménagés pour passer entre les congères. Elise le guida vers le garage, et il se gara juste à côté.

Une fois dans la maison, ils se rendirent dans la cuisine. Elise et Rohan se débarrassèrent de leurs chaussures pendant que le chien se précipitait vers son bol d'eau.

— Sers-toi un verre si tu veux, et installe-toi dans la salle de séjour, dit Elise en désignant la pièce sur laquelle s'ouvrait la cuisine. Je vais aller me changer.

Resté seul, il regarda autour de lui.

Sans surprise, il constata que tout était parfaitement rangé. Visiblement, Elise ne supportait pas le désordre.

— Bax ! Bax ! Viens voir maman ! fit une voix sonore.

Les cris du perroquet l'attirèrent dans la salle de séjour.

La première chose qu'il vit, ce fut le gris d'Afrique qui s'agitait dans sa cage. Puis, s'avançant dans la pièce, il découvrit qu'elle était remplie de photos. Il y en avait partout : sur les murs, les étagères, le manteau de la cheminée. Partout.

Il s'approcha pour les voir de près.

La plupart représentaient Jeevan dans diverses situations, et sur quelques-unes Elise était avec lui. Rohan avait devant lui une chronique racontant la vie de Jeevan depuis l'époque où on le voyait, bébé, jouer dans le sable au bord de la mer, jusqu'à celle où il posait en étudiant fraîchement diplômé.

Il y avait aussi une photo d'Elise dans son uniforme de secouriste avec Baxter à côté d'elle. Et puis, sur le mur, Rohan se trouva face à face avec lui-même.

La photo avait été prise en automne comme en témoignait le feuillage orangé des arbres à l'arrière-plan du cliché. Il riait, la tête rejetée en arrière, le visage éclairé par le soleil.

La seule chose qu'il reconnut dans cette photo, c'était le foulard qu'il avait autour du cou. Il l'avait porté durant toutes ses études sans se soucier des taquineries que lui valait le tissu imprimé d'une multitude de faces hilares.

Il était touché de voir qu'Elise avait conservé cette image toutes ces années, mais c'était à ses yeux celle d'un inconnu.

— Qui étais-tu ? dit-il à voix haute.

Incapable de regarder plus longtemps la photo, il reporta son attention sur celles de Jeevan exposées dans la pièce, s'émerveillant à nouveau.

Il était père. Il avait un fils. Un fils qui portait le nom de *baba*, son grand-père adoré. *Baba* qui lui avait appris à être un homme, et un homme honnête.

« Ton père pense que le plus important dans la vie, c'est le prestige, mais il a tort. Et l'argent non plus n'est pas le plus important. Le plus important, c'est que tu fasses ce qui est juste, toujours, et que tu apportes de la joie aux autres. C'est de cette façon seulement que tu trouveras le bonheur », lui disait-il.

Se souvenir des conseils que lui donnait *baba* l'apaisa et le poussa à une décision : mettre tout en œuvre pour les suivre.

Il avait douté de sa capacité à aimer, à s'attacher sérieusement à quelqu'un, mais il était prêt à tout pour son fils. Prêt à se battre à mort avec quiconque essaierait de nouveau de les séparer.

Elise se tenait sur le pas de la porte, observant Rohan qui examinait les photos accrochées au mur.

Il n'avait pas remarqué sa présence, et elle s'en réjouissait. Á cet instant, elle lisait facilement les émotions qui l'agitaient, comme s'il ne pouvait les exprimer que s'il se croyait seul. En voyant le chagrin, la joie, la confusion, la tendresse qui se peignaient tour à tour sur son visage, elle était émue. Et troublée par l'attirance qu'elle éprouvait pour lui.

La présence de Rohan, même le Rohan d'aujourd'hui, si différent de celui qu'elle avait connu, la déstabilisait. Lorsqu'il lui avait frôlé la joue pour lui replacer une mèche folle derrière l'oreille, elle avait eu l'impression d'être replongée dans le passé, de redevenir la jeune étudiante pleine d'insouciance et brûlant de désir pour lui qu'elle avait été autrefois.

— Pourquoi tes cheveux ne tiennent-ils jamais en place ? lui avait-il dit un jour en lui remettant une mèche rebelle en place.

— Parce qu'ils sont fins et raides. Rien n'arrive à les retenir longtemps.

— Tu sais quoi ? J'adore qu'ils s'échappent ainsi dans tous les sens ! s'était-il écrié.

Elle avait feint d'être contrariée.

— Ah bon ? Et pourquoi ?

Il avait alors approché son visage tout près du sien.

— Parce que ça me donne une occasion de plus de te toucher !

Elle respira profondément.

Tout cela appartenait au passé. Elle n'était plus la jeune fille naïve d'autrefois. Et Rohan Khan n'était plus l'homme dont elle était tombée follement amoureuse. Tous deux avaient profondément changé au cours des années qui s'étaient écoulées depuis. Le mieux qu'ils pouvaient faire à présent, c'était d'essayer d'exercer leur coparentalité sans faire souffrir personne. Et surtout pas Jeevan.

Quand elle entra dans la salle de séjour, elle vit aussitôt le visage de Rohan perdre toute expression, ce qui la blessa plus que cela n'aurait dû.

— As-tu un support pour le sapin ? demanda-t-il comme si c'était ce qui importait le plus au monde.

— Je vais aller le chercher, répondit-elle en lui tournant le dos pour lui cacher combien elle était peinée.

— Veux-tu que je t'aide ?

— Non, pas pour l'instant.

Pourtant, pensa-t-elle après coup, grand comme il l'était, il lui aurait été bien utile pour descendre le support rangé sur l'étagère supérieure d'un placard.

Elle approcha une chaise et grimpa dessus.

— J'aurais pu le faire à ta place.

Perdue dans ses pensées, elle n'avait pas entendu Rohan arriver derrière elle. Surprise par le son de sa voix, elle sursauta et perdit l'équilibre.

Il la rattrapa et se courba au-dessus d'elle pour la protéger de l'avalanche de cartons et de rouleaux de papier qui tombaient sur eux.

— Est-ce que ça va ? demanda-t-il en se redressant lentement tout en la tenant toujours dans ses bras.

Elle songea qu'elle devrait bouger, se libérer de son étreinte, mais elle s'enivrait de son odeur et se sentit soudain frémir et s'embraser.

Comment pouvait-il avoir toujours la même odeur ?

— Elise ?

La voix de Rohan était froide et parfaitement maîtrisée.

Dieu, qu'elle était stupide de se perdre dans de lointains souvenirs qui semblaient appartenir à une autre vie !

— Tout va bien, balbutia-t-elle tandis qu'un frisson glacé la traversait. Le support du sapin est juste là. Heureusement qu'il ne nous est pas tombé sur la tête !

Mais s'il était tombé sur la sienne, peut-être cela lui aurait-il remis les idées en place, se dit-elle tandis que Rohan attrapait l'objet en question sans la moindre difficulté.

L'après-midi se déroula dans une excellente ambiance, beaucoup plus amusante que ce à quoi Elise s'était attendue.

Après avoir installé le sapin, ils remirent leurs vestes pour se rendre dans le petit bois voisin afin de couper des branches qui orneraient la maison.

— D'habitude, Jeevan et moi décorons la maison ensemble, expliqua-t-elle à Rohan. Mais comme je ne sais pas quand il arrive, j'aimerais déjà accrocher des branches de sapin au-dessus des placards de la cuisine et sur le manteau de la cheminée. Il y a encore tant à faire que je ne sais pas si nous aurons le temps de nous y mettre aujourd'hui. Ça sera pour demain, sinon… Si tu es disponible, bien sûr, se hâta-t-elle d'ajouter.

Elle mesura soudain avec quelle facilité elle avait tenu pour acquis que Rohan serait dans les parages.

Il ne fallait pas qu'elle commence à raisonner de cette façon ! C'était hors de question !

— Oui, bien sûr, répondit Rohan d'un ton tranquille. À part

faire un saut à Trail's End pour m'assurer que le husky que nous avons opéré va bien, je n'ai rien de spécial à faire.

Tandis qu'ils coupaient des branches qu'ils entassaient sur le traîneau, ils continuèrent de bavarder.

— Alors, dit Rohan, Jeevan est ornithologue. Pourquoi n'a-t-il pas choisi la médecine vétérinaire ?

Elle éclata de rire.

— Pendant un moment, il a hésité entre les deux. Mais les oiseaux l'ont toujours fasciné, je n'ai jamais bien compris pourquoi. C'était chez lui une véritable obsession. Je savais toujours quoi lui offrir pour lui faire plaisir.

— Il n'a jamais été tenté par les soins à dispenser aux êtres humains ?

— Non, jamais. Il a fait des stages à l'hôpital en tant que bénévole, et il a détesté devoir rester enfermé toute la journée. Et il se plaignait d'avoir affaire à beaucoup trop de « vieillards grincheux ».

Ce qui fit rire Rohan.

— Je le comprends ! Même si je soigne maintenant surtout des petits animaux de compagnie, je préfère aller dans les fermes ou dans les ranchs. Il y a quelques semaines, j'ai aidé à la mise bas dans un élevage d'alpagas. J'avoue que j'aurais préféré que cela se passe en été mais, au moins, ça m'a sorti de ma clinique.

— Moi, j'adore travailler aux urgences à cause de l'animation qui y règne, et le fait qu'on ne sait jamais ce qu'il va se passer.

— C'est que tu as l'esprit et le tempérament faits pour cela.

Sa remarque la surprit.

— Que veux-tu dire ?

— Tout le monde n'est pas capable de garder son calme dans une situation de stress. Il faut avoir l'esprit ouvert, envisager toutes les possibilités pour établir rapidement un diagnostic. D'après ce que j'ai vu aujourd'hui, tu possèdes pleinement ces deux qualités. Elles ont dû aussi beaucoup te servir quand tu travaillais en tant que secouriste.

— J'imagine, répondit-elle, ridiculement flattée par son ton convaincu.

— Est-ce que ça ne te manque pas ? Je veux dire, ce travail-là ?

— Quelquefois, c'est vrai, l'esprit de camaraderie existant au sein de l'équipe de sauveteurs et le fait de porter secours à des gens en difficulté me manquent. Mais il y a aussi des choses que je préférerais oublier et dont le souvenir ne me quitte malheureusement pas.

Rohan ajouta sur le traîneau les branches qu'il venait de couper puis se tourna vers elle.

— De quelles choses parles-tu ?

Ne la trouverait-il pas lâche s'il savait ce qu'il s'était passé ?

Elle aurait voulu se taire, abandonner ce sujet, mais une petite voix intérieure lui conseillait de tout dire, d'essayer de se débarrasser une fois pour toutes de cette peur.

— Nous étions à la recherche d'un skieur qui avait disparu en faisant du hors piste. Il y avait un risque d'avalanche, mais l'équipe ne peut pas se permettre d'en tenir compte lorsqu'il s'agit de retrouver quelqu'un.

Elle marqua une pause et respira profondément.

— Bax et moi avons été pris dans une avalanche et ensevelis sous la neige. Bax était blessé, mais il a réussi malgré tout à me sortir de là.

— Mon Dieu, Elise…

Rohan fit un pas vers elle et s'arrêta.

— Je suis désolé. Tu as dû être terrifiée.

— Oui, sur le moment. Et même plusieurs mois après, je le suis toujours. Ce matin encore, en passant dans le tunnel, j'ai revécu tout cela en entendant le grondement de la neige qui tombait du toit de la grange… Il n'y a pas place pour l'erreur ou la peur quand on effectue une opération de sauvetage, j'aurais été un danger pour l'équipe. Alors, je suis partie.

— Voudrais-tu y retourner ?

— Je ne sais pas. Parfois, j'en ai envie, mais j'ai trop peur pour prendre ce risque. Pourtant, j'ai l'impression d'avoir renoncé à quelque chose que j'étais fière et heureuse de faire, et ça, c'est presque pire que la peur.

Il fronça les sourcils.

— Je pense qu'il te faut décider de ce qui est le plus important pour toi : la peur, ou l'envie de la surmonter. Tu es la seule à pouvoir faire ce choix.

— Tu as raison. Mais pour l'instant, je ne me sens pas assez forte pour prendre une telle décision.

— Accorde-toi du temps.

En entendant ces mots, quelque chose se libéra en elle, comme si elle avait dû attendre qu'on lui donne ce conseil pour pouvoir se détendre. Et le sentiment de culpabilité et de manque qu'elle éprouvait d'habitude quand elle parlait de cela lui sembla plus léger, d'une certaine façon plus supportable.

Lorsqu'elle jugea qu'ils avaient coupé suffisamment de branches et pouvaient regagner la maison, elle trouva le courage de poser une question qui l'avait taraudée toute la journée.

— Est-ce que ton père vit toujours ?

— Oui, mais il est atteint de démence.

— Je suis désolée.

Rohan haussa les épaules.

— Cela a commencé il y a déjà plusieurs années. Au début, la maladie progressait lentement. Et puis, il a eu plusieurs attaques cérébrales, et son état s'est aggravé. Il ne parle plus et bouge à peine.

— Je suis désolée, répéta-t-elle, incapable de trouver autre chose à dire.

Rohan lui jeta un regard en biais.

— C'est gentil à toi de le dire, compte tenu de ce qu'il t'a fait subir.

— Quoi qu'il ait pu faire et quelles qu'aient été ses raisons, il ne mérite pas de finir ses jours ainsi.

— Je sais.

Il y avait dans la voix de Rohan un mélange de tristesse et de colère qui donna à Elise l'envie de lui changer les idées.

— Veux-tu assister à une scène vraiment ridicule ? demanda-t-elle.

Il tourna vers elle un regard interrogateur.

— Bien sûr.

Elle se pencha vers le sol et prit dans sa main un peu de neige.

— Bax est un chien très intelligent, mais il perd la tête dès qu'on lui lance une boule de neige.

Lorsque Baxter la vit pétrir la neige, il se mit à s'agiter en aboyant, courant partout et bondissant, visiblement ravi de ce qui l'attendait.

— Allez, Bax, va chercher !

Elle jeta la boule de neige devant elle, et Baxter sauta pour l'attraper. Il la saisit au vol, mordit dedans, et la boule se désintégra aussitôt. Le chien, déçu, entreprit de la chercher. Pendant qu'il tournait en rond et reniflait le sol, Elise prépara une autre boule de neige.

— Bax, regarde !

Devant son air surpris lorsqu'il vit dans la main de sa maîtresse ce que, de toute évidence, il croyait être la boule qu'il cherchait, elle éclata de rire – elle ne se lassait jamais de ce spectacle.

— Il réagit toujours comme cela, dit-elle. Il ne comprend pas ce qu'il se passe.

Elle fut heureuse d'entendre Rohan émettre une sorte de petit grognement amusé.

En voyant Baxter se comporter de la même façon avec la deuxième boule de neige, Rohan, cette fois, éclata de rire franchement. Encouragée par la vue de son visage hilare, elle lança sa troisième boule de neige sur lui au lieu de l'envoyer à Baxter. Cela déclencha aussitôt entre eux une vraie bataille de boules de neige, avec Baxter qui courait de l'un à l'autre en aboyant, faisant des bonds et des cabrioles dans la neige.

C'était le moment de détente dont tous deux avaient besoin. Ils riaient encore lorsqu'ils rangèrent le traîneau dans le garage.

Pourtant, elle aurait presque préféré ne pas avoir vu chez Rohan cette facette qui lui rappelait le Rohan d'autrefois, éveillant en elle le désir nostalgique de quelque chose qui n'existait plus.

Même si Rohan riait, il ne pouvait pas se débarrasser du malaise qui l'avait saisi lorsqu'il avait parlé de son père.

Il restait tant de questions sans réponse concernant leur relation, et les raisons qui avaient poussé le vieil homme à se comporter comme il l'avait fait…

Il avait eu l'intention de s'asseoir un jour près de lui, peut-être avec un verre de rhum à la main, afin de parler du passé. Il aurait posé les questions auxquelles son père aurait certainement refusé de répondre autrefois. Des questions dont il aurait aimé discuter maintenant d'homme à homme, et non plus comme un fils face à son père.

Bien sûr, cela n'arriverait jamais. Et avec le modèle paternel qu'il avait eu sous les yeux, il se demandait quel genre de père il serait lui-même. La peur de ne pas savoir comment créer un lien avec son fils le tenaillait.

Une fois dans la maison, ils suspendirent des branchages dans la salle de séjour et les ornèrent de guirlandes lumineuses, sous le regard de Titan qui faisait force commentaires.

Alors qu'ils disposaient d'autres branches au-dessus des placards de la cuisine, Elise dit :

— Tu es bien silencieux.

Il descendit de l'escabeau et recula de quelques pas pour contempler son œuvre.

— Je me demandais simplement comment nous allions nous entendre, Jeevan et moi.

Il avait essayé de prendre un ton léger, mais elle ne fut pas dupe, car elle lui posa doucement la main sur le bras et l'enveloppa d'un regard compatissant.

— Je crois que vous allez très bien vous entendre. Tu es son père, c'est vrai, mais ce ne sera pas comme si tu allais rencontrer un enfant. Vous êtes l'un et l'autre des adultes, et des hommes de qualité. Étant donné la situation, peut-être cela vous prendra-t-il un peu de temps pour trouver un terrain d'entente, mais je pense que vous y arriverez.

— As-tu une relation d'adulte à adulte avec lui ?

Elle esquissa un petit sourire triste.

— Pour le moment, c'est un peu difficile pour moi, car j'ai toujours été seule pour l'élever et exercer l'autorité parentale.

Lorsqu'il est parti à l'université, j'ai dû commencer à mettre en sourdine mon rôle de parent et le laisser choisir ce qu'il voulait faire.

Elle soupira, le regard vague.

— On croit qu'il existe un moment précis où les parents cessent de traiter leur enfant comme un enfant et acceptent d'avoir affaire à un adulte, mais ce n'est pas vrai. Jeevan sera toujours mon bébé, même si je dois me tenir à la bonne distance et ne pas trop m'immiscer dans sa vie.

Il secoua la tête.

— Étant donné mon vécu, je me sens mal placé pour connaître la façon dont le lien se noue entre un père et son fils. Et je suis devenu de moins en moins sociable au fil des années. J'aimerais trouver le comportement qui convient avec lui, mais je ne sais pas très bien comment m'y prendre.

Il avait d'autres sujets de préoccupation, notamment certaines séquelles de son accident dont il lui semblait qu'il ne parviendrait jamais à se débarrasser.

Même s'il avait conservé en grande partie sa mémoire et se rappelait tout ce qu'il avait appris durant ses études, tout comme il se souvenait de sa famille et de ses amis, son traumatisme crânien avait eu une conséquence plus grave encore que l'amnésie touchant les mois qui avaient précédé l'accident : il ne pouvait se souvenir d'aucune des émotions qu'il avait pu vivre avant le moment où il s'était réveillé à l'hôpital. Il était incapable de se rappeler ce qu'il avait ressenti lors des événements marquants de sa vie. Du coup, de manière générale, il ignorait ce que c'était que d'être aimé, et il lui était difficile d'éprouver une émotion.

Certes, il lui était arrivé de ressentir quelque chose – de la colère par exemple, ou du chagrin quand sa mère était morte ⊠, mais il restait toujours à une certaine distance, comme si son amnésie dressait une barrière entre lui et le reste du monde.

Elise lui pressa le bras, compréhensive.

— Tu t'es retrouvé dans une situation inimaginable, et il te faut un peu de temps pour comprendre tout cela. Sois indulgent avec toi. Je suis sûre que tout se passera bien.

Il appréciait son air confiant, mais n'était-elle pas en train de le confondre avec ce jeune homme qu'il avait été et qui n'existait plus aujourd'hui ?

Il éprouva soudain une sensation qu'il connaissait bien : le besoin urgent de s'échapper, comme chaque fois qu'il était question de sa jeunesse.

Le réflexe qu'il avait pris de se soustraire à ce genre de conversation l'avait conduit à mener une vie solitaire, mais il ne pouvait plus agir ainsi, maintenant qu'il allait rencontrer son enfant… et passer un peu de temps avec la femme qui lui avait fait ce cadeau inattendu et merveilleux.

Cependant, il se sentit obligé de dire ce qu'il pensait.

— Je ne suis pas l'homme que tu as connu il y a vingt-sept ans. J'ai changé et, aux yeux de la plupart des gens, pas en bien.

Elise haussa les sourcils, puis esquissa un sourire.

— Si tu étais resté le même après toutes ces années, tu souffrirais d'un sérieux retard de croissance. Tout le monde change dans la vie, mais je peux affirmer que les belles qualités que tu avais quand je t'ai connu sont toujours là. Si ça n'avait pas été le cas, je ne t'aurais pas parlé de Jeevan.

Ces mots déclenchèrent en lui une vague de chaleur. Il n'aurait su donner un nom à cette sensation, mais Elise dut s'apercevoir de son trouble, car elle ouvrit de grands yeux.

Il ne put s'empêcher de remarquer la courbe douce de ses lèvres et le petit bout de langue qui apparut lorsqu'elle la passa sur sa lèvre inférieure.

Avait-il bougé, ou était-ce elle ? Ils s'étaient rapprochés au point qu'il sentait son souffle chaud contre sa bouche.

Il tenta de résister à l'envie folle de l'embrasser.

— Il ne peut rien en sortir de bon, grommela-t-il.

Il n'avait pas eu l'intention de prononcer cela à haute voix, mais Elise hocha imperceptiblement la tête.

— Tu as raison, murmura-t-elle.

Mais cela avait-il de l'importance, alors qu'il l'avait déjà saisie par la taille et qu'elle s'agrippait à ses bras ?

— Elise…

Il avait prévu d'ajouter : « On ne peut pas », mais sa voix se coinça dans sa gorge.

La sonnerie d'un téléphone posé sur la table les figea sur place. Simultanément, ils firent un pas en arrière et, avant qu'Elise ne se détourne, il entrevit ses joues cramoisies.

Elle attrapa son téléphone pour lire le message.

— Jeevan est à Hong Kong, dit-elle. Il a raté son avion, mais il espère trouver bientôt un autre vol.

Rohan laissa échapper un soupir, luttant pour se ressaisir.

Il ferait mieux de s'éloigner pour tenter de comprendre ce qu'il venait de se passer entre eux.

Il s'éclaircit la gorge.

— Je vais faire un saut à Trail's End voir comment va le husky.

Elise hocha la tête, le regard clair, comme si elle ne voyait pas les doutes et le désir qui tourbillonnaient en lui.

— Et moi, je mets le dîner en route, dit-elle. Ce sera prêt quand tu reviendras.

— Parfait, dit-il en enfilant sa veste. Si tu veux, on ira faire les courses après le dîner.

— D'accord, dit-elle en lui adressant un petit sourire, avant d'ouvrir le réfrigérateur.

Alors qu'il se dirigeait vers sa voiture, il fut frappé par le ton intime de cet échange domestique.

C'était une conversation de couple. Et ça sonnait tellement juste.

6.

Elise n'arrivait pas à croire qu'elle avait été tout près d'embrasser Rohan. Chaque fois qu'elle y pensait, elle avait le frisson et sentait le désir la submerger.

D'habitude, accomplir des tâches domestiques suffisait à l'apaiser, mais ce soir elle ne parvenait pas à retrouver son calme. Tout en préparant le dîner, elle ne pouvait s'empêcher de revivre mentalement ces moments exaltants.

Cette journée avait été pleine d'émotions, de révélations et de coups de théâtre, et Rohan l'attirait toujours autant.

Elle avait découvert qu'il avait conservé beaucoup des qualités qu'elle avait aimées chez lui quand il était jeune. Son calme, sa compassion, l'attention qu'il portait à ses paroles et à ses réactions. À plusieurs reprises, il l'avait surprise par la pertinence de ses questions.

Mais le plus important, à ses yeux, c'était de voir combien il tenait à rencontrer Jeevan et à faire en sorte qu'une belle relation se noue entre eux.

Qu'il montre une telle ardeur à créer ce lien avec leur fils était pour elle une grande joie et augurait bien de l'avenir. En revanche, laisser libre cours à l'attirance qui les poussait l'un vers l'autre pourrait être catastrophique. Une fois leur désir satisfait, le fait d'avoir couché ensemble créerait à coup sûr un malaise.

Tout en faisant réchauffer la fricassée de poulet qu'elle avait cuisinée et congelée la semaine précédente, elle ne cessait d'y penser, le cœur serré.

Rohan avait eu l'air gêné, presque choqué, quand ils avaient failli s'embrasser. Mais elle avait vu aussi combien il la désirait. Elle avait reconnu ce regard, même après toutes ces années, et il avait eu sur elle le même effet qu'autrefois.

Après avoir baissé le feu sous la cocotte, elle décida d'aller prendre une douche pour se détendre après cette journée riche en émotions.

Cela fait, elle vérifia la cuisson de son plat puis se rendit dans la chambre d'amis pour préparer le lit de Rohan.

Il semblait bizarre de considérer cet homme comme un étranger. C'était pourtant l'impression qu'elle avait, confrontée à cette situation complètement folle.

Ils se retrouvaient après presque trente ans, leur histoire s'inscrivant entre deux accidents – l'un qui les avait séparés, l'autre qui les réunissait. Mais il ne s'agissait pas vraiment d'une réunion. Plutôt l'effet d'un heureux hasard qui permettrait à son fils de rencontrer enfin son père. Cela seul était important. Le reste ne comptait pas.

Le plat étant prêt, elle jugea qu'il était temps de préparer la salade. En ouvrant le réfrigérateur, elle contempla la photo de Jeevan fixée sur la porte, les larmes aux yeux.

Il lui manquait tant ! Depuis son départ, elle n'avait cessé de s'inquiéter. Et maintenant, que ressentirait-il en découvrant que son père était bien vivant ?

Quand il était enfant, elle avait craint qu'il ne souffre de la perte de son père, mais il lui avait toujours juré que tout allait bien. À l'adolescence, il lui avait donné du fil à retordre, et elle s'était dit que la présence d'une solide figure paternelle, ou même une simple influence masculine exercée au quotidien, aurait pu calmer son caractère impulsif.

Lorsqu'ils vivaient à Calgary, ils avaient auprès d'eux Ray, son beau-frère, mais depuis qu'ils s'étaient installés à Banff – Jeevan avait alors quatorze ans –, ils s'étaient retrouvés tous les deux en tête à tête. Comment allait-il réagir en voyant Rohan entrer dans leur vie et en apprenant les raisons de son absence durant toutes ces années ?

Il faudrait attendre son retour pour le savoir, mais elle ne pouvait s'empêcher d'être inquiète.

Alors qu'elle coupait un concombre, son téléphone sonna.

C'était Rohan.

Avait-il changé d'avis après qu'ils avaient failli s'embrasser ? Appelait-il pour dire qu'il préférait ne pas loger chez elle ?

— Tout va bien ? demanda-t-elle.

— Oui, ça va, mais je voulais t'avertir que j'aurai un peu de retard.

— À cause du husky ?

— Celui que nous avons opéré ce matin se porte bien, mais la femelle, elle, pose des problèmes. Elle se montre très agitée. Nathan pensait que c'était parce que le mâle lui manquait, alors il l'a emmenée le voir un moment, mais ça n'a rien arrangé. Elle ne s'est calmée que lorsque je suis arrivé et que je l'ai sortie du chenil. Je vais rester un peu avec elle pour voir si cela suffira à la rassurer et à l'empêcher d'aboyer toute la nuit.

— Tu n'as qu'à l'amener ici. Peut-être que la compagnie de Bax lui fera du bien.

Il y eut un petit silence.

— Elle n'est pas habituée à vivre dans une maison, Elise.

— Prends avec toi des tapis absorbants, et les deux chiens passeront la nuit ensemble dans la cuisine. Je ne suis pas une petite violette délicate qui risque de s'évanouir en découvrant au petit matin que la cuisine est en chantier.

Elle l'entendit émettre un drôle de petit rire.

— Tu es sûre ?

— Absolument.

— Eh bien, d'accord. Je serai là dans quelques minutes, alors.

— Et, je t'en prie, donne-lui un nom. Comment veux-tu qu'elle nous obéisse si elle ne sait pas que c'est à elle que nous nous adressons ?

Cette fois, Rohan rit franchement avant de raccrocher.

En l'entendant rire, elle sentit ses jambes devenir molles.

Pourquoi se laissait-elle troubler ainsi ? Et envahir par des pensées qu'elle s'était promis de ne pas avoir ? Comme si faire l'amour avec lui pouvait être aussi magique qu'autrefois. Évoquer le souvenir du plaisir qu'ils avaient partagé étant jeunes suffit à l'embraser.

Durant leurs quelques mois ensemble, ils avaient passé des

heures à explorer leur sexualité. Ni l'un ni l'autre n'étaient vierges, mais Rohan disait qu'il n'avait jamais eu autant de plaisir qu'avec elle, et elle avait reconnu qu'il en était de même pour elle. Un simple baiser les transportait.

Mais Rohan n'avait plus aucun souvenir de cette période. Dans un sens, elle préférait cela. Grâce à cette amnésie, il ne pouvait pas comparer la femme qu'elle était devenue avec la jeune fille qu'elle était autrefois. Il ne pouvait pas juger des changements physiques et émotionnels qui s'étaient opérés en elle au fil du temps.

La fille fougueuse qu'elle avait été avait disparu au profit d'une femme qui savait se contrôler. C'était à cette image de femme raisonnable qu'elle devait s'accrocher aujourd'hui pour résister à ses pulsions érotiques incongrues.

Malgré ses bonnes résolutions, elle sentit son cœur s'emballer en entendant la voiture de Rohan arriver.

La femelle husky regimba quand ils voulurent la faire entrer dans la maison. Ce fut Baxter qui réussit à la convaincre. Une fois à l'intérieur, elle alla s'allonger tranquillement à côté de lui.

— Tu vois, je t'avais dit que Bax pourrait nous aider, dit Elise en posant le dîner sur la table. As-tu décidé du nom que tu allais donner à cette chienne ?

— Non, pas encore, répondit Rohan en lui présentant une chaise avant de s'asseoir à son tour. D'habitude, nous laissons ce soin aux familles d'accueil ou aux gens qui veulent adopter l'animal.

— Eh bien, je trouve ça idiot. Cette chienne a besoin d'être rééduquée, ce qui veut dire aussi qu'elle doit apprendre à bien se comporter, à obéir aux ordres qu'on lui donne et à se socialiser. Je ne vois pas comment ce serait possible si elle n'a pas un nom auquel répondre. Je vais l'appeler Phoebe.

Rohan sourit et attaqua le contenu de son assiette.

— Cela sent merveilleusement bon, dit-il.

— La fricassée de poulet est l'un des plats préférés de Jeevan, commenta-t-elle.

— Peut-être as-tu eu la prémonition qu'il serait là pour Noël ? dit-il, le regard rieur.

Elle secoua la tête.

— Non, j'étais sûre que ce ne serait pas le cas. Il était tellement excité à l'idée d'aller en Australie et de voir tous ces oiseaux. Quand je lui ai demandé s'il se rendrait à la Grande Barrière de corail et s'il visiterait Sydney pour découvrir son opéra et Bondi Beach, il m'a répondu que c'était peu probable. Son ami avait organisé des expéditions dans le bush pour aller observer les oiseaux.

— Il faudra que je lui parle. J'ai entendu dire que Bondi Beach est un site extraordinaire pour qui s'intéresse aux oiseaux.

— Ooh…

Elle le regarda et comprit qu'il plaisantait.

— Ne va pas exercer une mauvaise influence sur lui, dit-elle.

— Quoi ? rétorqua-t-il en tentant de prendre un air innocent. Il aime les oiseaux.

Elle lui donna une petite tape sur la main.

— Fais gaffe à toi, mon ami !

Tout en mangeant et en échangeant des plaisanteries avec Elise, Rohan ne pouvait s'empêcher de l'observer : la façon dont elle bougeait, le dessin de ses lèvres, ses mains à la fois fortes et délicates. Et son visage expressif le fascinait.

Alors qu'ils finissaient de dîner, il retint un bâillement, et Elise lui lança un regard plein de compréhension.

— La journée a été longue. Je crois que nous ferions bien de remettre les courses à demain. Veux-tu prendre une douche avant d'aller te coucher ?

— Il est trop tôt pour me mettre au lit. Si j'y vais maintenant, je me réveillerai à 3 heures du matin ! Mais je me doucherai volontiers. Et puis, j'aimerais bien regarder les photos de Jeevan.

— Bien sûr, dit-elle avec un grand sourire.

Elle semblait heureuse qu'il veuille voir ces photos. Ne voyait-elle donc pas à quel point c'était important pour lui ?

Mais comment pourrait-elle comprendre ? Jeevan avait vécu avec elle depuis le jour de sa naissance. Un lien d'amour profond, noué au fil du temps, les unissait. Mais pour lui, après toutes ces années perdues, la chance de pouvoir enfin connaître et aimer son enfant apparaissait comme un véritable cadeau.

Après la douche, il se sentit beaucoup mieux.

Elise était dans la salle de séjour, une pile d'albums de photos à côté d'elle. Elle avait allumé les guirlandes lumineuses qu'ils avaient installées dans l'après-midi.

Á quoi ressemblerait le sapin lorsqu'elle l'aurait décoré ? Y accrocherait-elle des babioles multicolores, des petites figurines insignifiantes datant de l'enfance de Jeevan ? Ou bien choisirait-elle d'orner l'arbre avec sobriété et élégance, veillant à harmoniser les couleurs ?

Il penchait pour la première hypothèse car, derrière sa façade de femme solide et raisonnable, elle lui paraissait sentimentale.

Il alla s'asseoir près d'elle sur le canapé.

— J'avais l'habitude de ranger mes photos dans des albums, et j'ai continué à le faire même après la révolution numérique. Mais j'ai des centaines d'autres photos dans mon ordinateur.

Elle lui posa les albums sur les genoux.

— Tu trouveras la date indiquée au dos de chaque album. Je pense qu'ils sont rangés en ordre chronologique, mais tu vérifieras. Je vais sortir les chiens, ajouta-t-elle en se levant du canapé.

— Merci.

S'il était déçu qu'elle ne reste pas près de lui pendant qu'il regarderait les photos, il se sentait tout de même très excité en ouvrant le premier album.

Celui-ci était consacré à la naissance de Jeevan, et il comportait des empreintes de sa main et de son pied.

En les découvrant, il se sentit profondément déstabilisé.

Ce qu'il avait cru n'être qu'un moyen d'en apprendre un peu plus sur son fils se révélait une expérience bouleversante. Il était si ému qu'il fut tenté de refermer l'album et de sortir de la pièce, mais il parvint à se dominer.

Durant des années, il s'était cru incapable de ressentir des émotions, alors qu'il était peut-être simplement effrayé à l'idée de ressentir quelque chose. Regarder ces photos lui faisait mal, mais cela pouvait peut-être aussi le guérir.

Alors il se força à se pencher de nouveau sur l'album et à regarder ces petites mains et pieds minuscules qu'il n'avait jamais vus. Ces orteils qu'il n'avait jamais embrassés. Ces paumes qu'il n'avait jamais lavées.

Il brûlait d'envie de remonter le temps, de vivre tous ces moments perdus. D'être là pour donner le biberon de minuit. Pour bercer Jeevan afin de l'endormir. Et même pour lui changer sa couche.

Elise avait dû faire tout cela seule, assurer sans lui toutes les responsabilités parentales, et c'était pour lui un véritable déchirement.

Pendant un long moment, il ne put faire un geste, puis il se força à passer à une autre page.

Sur la photo suivante, il vit Elise, toute jeune, l'air débraillée, qui tenait contre sa poitrine un Jeevan nouveau-né tournant le dos au photographe. Le bébé avait beaucoup de cheveux, aussi noirs que les siens, et montrait sur sa nuque de petites boucles rebelles, tout comme lui. Cette particularité faisait le désespoir des coiffeurs. Rohan se souvenait avoir entendu l'un d'eux s'exclamer amèrement :

— Comment peut-on avoir un épi sur la nuque ?

Qu'avaient-ils d'autre en commun ? La forme de leurs doigts ou de leurs orteils ? Un goût prononcé pour le sucré ou pour les produits de la mer ? Il voulait tout savoir, même si chaque révélation, chaque découverte, lui déchirerait le cœur.

Il inspira profondément et se remit à tourner les pages.

Il prenait son temps, examinant chaque photo avec soin, notant les changements qui apparaissaient à mesure que Jeevan grandissait.

Une chose, pourtant, ne variait pas : l'amour qui se lisait dans les yeux d'Elise quand elle regardait leur enfant.

D'autres personnes apparaissaient sur les photos, mais c'était à peine s'il leur jetait un coup d'œil. Les seules qui l'intéressaient, c'étaient son fils et la femme qui lui avait donné la vie.

— Alors, comment ça se passe ?

Perdu dans ses pensées, il n'avait pas entendu Elise revenir. Il battit des paupières pour mieux la voir et se rendit compte que c'étaient des larmes qui lui embuaient les yeux. Il avait pleuré en feuilletant cet album, qui lui montrait tout ce qu'il avait manqué. Tout ce qu'il avait à jamais perdu.

— Oh non, Rohan, ne pleure pas !

Elle était déjà là, près de lui, le serrant dans ses bras.

Il pouvait se laisser aller à présent, car il savait qu'elle ne le laisserait pas tomber.

— Tout va bien. Tout va bien.

Elise ne trouvait rien d'autre à dire à l'homme qui tremblait dans ses bras. Elle ne savait pas comment le réconforter. Il pleurait en silence, les tremblements de son corps exprimant tout son chagrin.

Elle était consciente que rien ne pourrait vraiment le consoler d'avoir manqué tant de choses durant ces années. Regarder les photos lui avait fait prendre conscience qu'il ne rattraperait jamais ces moments de vie perdus. Il resterait à jamais privé des expériences qu'elle-même avait connues.

Elle se rappelait encore ce qu'elle ressentait quand elle tenait Jeevan tout bébé dans ses bras. Elle se souvenait de son poids, de son odeur. Elle se souvenait aussi de ses batailles avec Jeevan devenu adolescent. À cette époque, elle lui reprochait sa façon de s'habiller, ses mauvaises notes scolaires, ses amis peu fréquentables, les cigarettes qu'il fumait en cachette – heureusement, il n'avait pas pris goût au tabac. Une fois, même, elle avait trouvé un serpent dans sa chambre…

Pour rien au monde elle ne voudrait changer quoi que ce soit à ces souvenirs, même s'il y avait certains épisodes qu'elle ne souhaitait pas revivre.

Elle comprenait que Rohan aurait donné n'importe quoi pour

avoir vécu tous ces moments-là, et que cette impossibilité lui causait un immense chagrin. Aucune parole n'était en mesure d'alléger sa peine. Tout ce qu'elle pouvait faire, c'était rester auprès de lui et attendre qu'il surmonte cette épreuve.

D'une certaine manière, elle aussi était passée par là. Elle conservait une gratitude immense envers sa sœur Emma, qui l'avait soutenue lorsqu'elle avait pleuré la mort de Rohan. Emma l'avait accompagnée durant cette période de deuil, l'encourageant à se tourner vers l'avenir au lieu de songer au passé. Elle pouvait en faire autant maintenant pour Rohan.

— Tu ne peux pas retourner en arrière, Rohan. Pense à tout ce que tu as devant toi. Je sais, ça fait mal de mesurer tout ce que tu as manqué, mais c'est le moment de prendre un nouveau départ, de construire une relation avec Jeevan et d'être heureux.

Il leva la tête.

En voyant ses yeux rougis et ses longs cils noirs trempés de larmes, elle eut le cœur serré. Il était si proche qu'elle pouvait voir nettement les cicatrices qui marquaient son visage. Pour la première fois, elle nota que l'une d'elles se trouvait tout près de l'œil.

Sans réfléchir, elle la toucha, remerciant le ciel que la blessure ne soit pas allée plus loin. C'était un vrai miracle que Rohan ne soit pas devenu aveugle.

— Est-ce que nous nous aimions autrefois, Elise ?

Elle soupira.

Dire la vérité n'était pas facile, mais c'était le seul moyen de l'aider à aller de l'avant.

— Oui, on s'aimait. Énormément, même si j'étais trop effrayée pour me laisser aller complètement. Tu voulais qu'on vive ensemble, et nous faisions des projets d'avenir. Tu avais décidé d'attendre de savoir où je ferais mon internat pour te chercher un job, car tu préférais que j'aille où je le souhaitais plutôt que ce soit moi qui te suive.

Rohan ne la quittait pas des yeux, et elle soutint son regard, afin qu'il sache qu'elle était prête à lui dire tout ce qu'il voulait savoir.

— Est-ce que la naissance de Jeevan était programmée ? Je veux dire, nous sommes tous deux médecins. Ce n'est pas comme si nous ignorions comment on fait un bébé.

Elle sourit et secoua la tête.

— Non, ce n'était pas prévu, mais nous n'avons rien fait non plus pour l'éviter. Quand nous étions en canoë dans Algonquin Park, un de nos sacs de voyage est tombé à l'eau. Mes pilules contraceptives étaient dedans. Nous savions tous les deux à quoi nous nous exposions, mais pour autant nous n'avons pris aucune précaution par la suite.

Elle s'en était rendu compte plus tard, c'était un signe qu'elle avait commencé à admettre qu'elle l'aimait. Mais elle n'avait pas eu le temps de le lui dire, ce qui avait encore accru son chagrin par la suite.

Rohan resta un moment les yeux baissés. Lorsqu'il releva la tête, son regard exprimait une profonde tristesse.

— J'aimerais pouvoir me rappeler tout cela. J'aurais tant voulu être là pour toi et pour Jeevan. Ça me donne un énorme sentiment de culpabilité.

Elle lui caressa la joue, comme autrefois.

— Je comprends. Mais il ne sert à rien de se noyer dans les regrets. Tourne-toi plutôt vers l'avenir.

D'un geste impulsif, Rohan lui saisit la main et lui embrassa l'intérieur du poignet.

Elle retint son souffle, troublée par cette douce sensation qui lui était si douloureusement familière.

Lorsqu'il se redressa, son regard était devenu sombre, enveloppant, comme si lui aussi se rappelait le passé, même si elle savait que ce n'était pas le cas. Il se rapprocha d'elle et posa ses lèvres sur les siennes avec une grande délicatesse, sans la moindre injonction qui aurait pu l'effrayer et la pousser à résister.

Ce baiser ressemblait plutôt à un tendre hommage, à la fois interrogateur et plein d'une subtile séduction. La bouche de Rohan était chaude et ferme, si excitante qu'elle sentit le désir monter en elle. Elle eut l'impression de glisser dans l'un des rêves qu'elle faisait encore de temps en temps, où ils étaient réunis, riaient et faisaient l'amour avec la passion d'autrefois.

L'envie d'être encore à lui ne serait-ce qu'une nuit était trop violente pour qu'elle résiste à la tentation. Alors, au lieu de s'écarter, elle lui passa les bras autour du cou et l'attira à elle afin de l'embrasser plus profondément.

Il n'avait aucun moyen de savoir à quel point ils avaient été heureux ensemble. Il ne savait rien du plaisir qu'ils se donnaient, ni de la merveilleuse entente physique qui avait été la leur. Elle ignorait comment il allait réagir. Il pouvait la repousser, s'il jugeait qu'elle allait trop loin…

Mais il n'en fit rien. Et elle fut au comble du bonheur lorsqu'il lui rendit son baiser avec encore plus d'ardeur.

Juste encore un baiser. Un baiser de plus, et c'était tout.

Mais Rohan savait qu'il se mentait à lui-même, car il n'avait aucune envie d'arrêter. Jamais.

Il embrassait Elise avec toujours plus de fièvre.

Sa bouche était si douce. Elle avait si bon goût. Un goût nouveau pour lui, mais qui l'enivrait plus sûrement qu'un rhum de douze ans d'âge.

Avoir le corps d'Elise collé au sien lui procurait une sensation presque trop sublime pour être réelle. Ils s'accordaient parfaitement bien, s'emboîtant comme s'ils étaient faits l'un pour l'autre. Pour faire l'amour.

Il changea de position et, vaguement conscient que les albums glissaient de ses genoux, amena Elise à s'asseoir à califourchon sur ses cuisses. Elle obéit d'un mouvement souple, sans la moindre hésitation, et lorsqu'elle le chevaucha, il grogna de plaisir. Malgré leurs vêtements, il sentait la pointe de ses seins contre sa poitrine, et le contact de son entrejambe contre son érection acheva de lui faire perdre la tête.

Ils continuaient de s'embrasser, mêlant leurs lèvres et leurs langues.

Il ignorait jusqu'où Elise voulait aller. Tout ce qu'il savait, c'était qu'il était prêt à lui faire l'amour, aussi longtemps qu'elle le voudrait.

Lorsqu'il promena les lèvres sur son cou, elle renversa la tête en arrière, lui offrant sa gorge. Il n'hésita pas à satisfaire sa requête silencieuse.

Au contact de ses lèvres sur sa peau, elle poussa un gémissement sourd et frissonna de plaisir.

Tout en lui caressant le dos, il rêvait de la déshabiller mais n'osait rien faire qui puisse la pousser à battre en retraite.

Soudain, elle se redressa, si brusquement qu'il en fut surpris et craignit un instant qu'elle ne veuille s'enfuir. Mais elle attrapa le bord de son sweater et, d'un geste rapide, le passa par-dessus sa tête avant de le jeter par terre.

Figé sur place, il braqua le regard sur ses seins ronds qui jaillissaient d'un soutien-gorge en dentelle, les pointes saillant de façon bien visible sous le tissu fin.

Comme il commençait à suivre du doigt la courbe d'un sein, elle se mit à haleter doucement, parcourue de frissons. Il glissa la main sous la dentelle et, lorsqu'il toucha l'aréole, Elise fut agitée de tremblements tandis que sa peau devenait brûlante.

Transporté, il répéta ses caresses sur l'autre sein.

Le contraste de sa peau foncée avec celle plus claire d'Elise était sublime, comme la douceur du sein palpitant sous son doigt.

Le désir qui les poussait l'un vers l'autre ne cessait de s'intensifier. Il s'enhardit à la débarrasser de son soutien-gorge et perdit le souffle à la vue de son buste dénudé.

Il aurait voulu lui dire combien il la trouvait belle, combien il avait envie d'elle, mais aucun son ne sortait de sa bouche. La violence de son désir l'empêchait de parler.

Le chevauchant toujours, Elise se mit à rouler des hanches. Il invoqua son nom en grognant de plaisir et, lorsqu'elle tendit son buste vers lui en un mouvement d'offrande, il prit l'un des mamelons dans sa bouche et se sut perdu.

Comme elle lui relevait la tête pour l'embrasser, il sentit, pendant qu'ils échangeaient un baiser fiévreux, les mains d'Elise se glisser dans son dos et soulever le bord de sa chemise. De toute évidence, elle ne voulait plus aucune barrière entre eux.

Mais lorsqu'elle mit fin à leur baiser pour lui enlever sa chemise, la peur le saisit.

Son corps n'était plus celui qu'elle avait connu autrefois. Il était couvert de cicatrices, marqué par l'accident et par les opérations chirurgicales destinées à le réparer. Jusqu'à présent, il ne s'en était pas soucié mais, maintenant, il éprouvait une telle gêne qu'il avait envie de rester habillé pour qu'Elise ne voie pas combien il avait changé.

— Elise...

Trop tard. Elle détaillait déjà son corps d'un œil attentif, promenant les mains sur son ventre, sa poitrine, ses épaules. Elle caressait chaque boursouflure, chaque marque et chaque cicatrice, suivant du bout des doigts le tracé de ses blessures comme elle l'avait fait sur son visage.

Lorsque leurs regards se croisèrent, elle dut voir la honte et la peur qui le paralysaient, car elle sourit.

— Tu es toujours très beau. Et j'ai envie de toi.

Descendant de ses genoux, elle se dressa devant lui, les mains tendues.

L'impression de vivre un rêve le poussa à oublier toute prudence. Il se leva et saisit les mains d'Elise.

L'entraînant dans le couloir, elle le fit entrer dans une chambre imprégnée de son parfum.

Un tas de questions l'assaillait.

Était-elle en proie à une nostalgie qui lui faisait oublier le présent ? Le comparerait-elle à l'homme qu'il était autrefois ? Allait-elle regretter ce moment d'abandon impulsif ? Demain, lui demanderait-elle de partir, se rendant compte qu'ils avaient eu tort de laisser parler leur désir au lieu de se montrer raisonnables et de ne songer qu'à leur fils ?

Il essaya de trouver les mots pour lui demander si elle voulait vraiment aller plus loin avec lui. Mais elle se blottit dans ses bras, et il cessa de penser à tout ce qui n'était pas son corps accueillant.

7.

Au fond d'elle, Elise était consciente qu'elle ne devait pas se laisser aller à ses fantasmes, mais comment résister à l'envie de faire l'amour encore une fois avec Rohan ?

Jamais elle n'avait essayé de l'oublier avec un autre durant toutes ces années, sentant que ce serait trahir ce qu'ils avaient partagé, et une insulte envers lui et leur fils.

Il lui arrivait parfois de rêver de lui la nuit. Au réveil, elle avait le cœur serré et elle était habitée par un sentiment de frustration qui ne la quittait pas de la journée.

Maintenant encore, elle avait du mal à croire qu'il était vivant et qu'elle pouvait le serrer dans ses bras. Même la vue des cicatrices ne parvenait pas à la ramener à la réalité. Ces marques ne faisaient que la remplir de tendressc. Elle trouvait plus simple de penser que tout était le fruit de son imagination. Vivre ce moment comme si c'était un rêve lui facilitait les choses. Elle pouvait se montrer hardie, ne rien cacher de ses envies à Rohan, lui dire ce qu'elle voulait.

Cela lui permettait aussi d'oublier ses interrogations et ses doutes. Peut-être ce moment ne se renouvellerait-il jamais, et elle avait l'intention d'en profiter pleinement.

Elle alluma la lampe de la table de chevet car elle voulait voir Rohan autant que le toucher. Il se tenait là, l'air abasourdi mais le regard brûlant – un regard qu'elle connaissait bien et qui s'intensifia lorsqu'elle ôta le reste de ses vêtements.

Elle s'allongea sur le lit.

— Tu ne te déshabilles pas ? dit-elle.

Il ne répondit pas mais commença à se dévêtir sans la quitter des yeux un instant. Lorsqu'il fut complètement nu, elle lui tendit les bras. Sans hésiter, il la rejoignit et l'étreignit de toutes ses forces.

Elle se serra contre lui, l'emprisonnant entre ses bras et ses jambes, presque au bord des larmes d'être ainsi peau contre peau avec lui, à s'enivrer de son odeur. Sous l'effet de l'excitation, elle se mit à trembler.

Ils s'embrassèrent et, pour elle, ce fut comme si toutes les années passées sans lui n'avaient jamais cu licu. Les sensations qu'elle éprouvait en cet instant lui étaient si familières qu'elle crut être revenue à l'époque où ils s'étaient tant aimés. Elle oublia tout de la douleur et de la frustration qu'elle avait connues pour se concentrer uniquement sur le moment présent et le souvenir des temps heureux.

Malgré les années écoulées, elle savait où et comment le caresser pour le faire gémir de plaisir. Et tandis que, bras et jambes entremêlés, ils roulaient sur le lit, elle trouva le point sensible, situé tout près de la hanche.

Ses caresses déclenchèrent chez Rohan une réaction immédiate. Abandonnant toute réserve, il utilisa ses mains et sa bouche pour explorer son corps dans ses moindres recoins, l'amenant à perdre le contrôle d'elle-même.

Submergée par le plaisir, elle s'entendit supplier, crier et réclamer, encore et encore, jusqu'au moment où l'orgasme survint, la plongeant dans une extase presque insupportable.

Rohan la garda dans ses bras jusqu'à ce qu'elle cesse de trembler, puis il lui releva doucement le menton pour la regarder droit dans les yeux.

— Merci, dit-il.

Et avant qu'elle n'ait eu le temps de lui demander pourquoi, il l'embrassa, faisant renaître en elle le désir.

Cette fois, elle voulut prendre l'initiative.

Lorsqu'ils étaient jeunes, Rohan adorait la laisser faire, et il semblait que, de ce côté-là, rien n'avait changé. Il ne protesta pas lorsqu'elle le fit rouler sur le dos et commença à pratiquer sur lui sa propre technique de torture amoureuse.

Il finit par la tirer doucement par les cheveux.

— Si tu continues, je ne vais plus pouvoir me contrôler, dit-il d'une voix enrouée.

Elle sourit et se remit à le couvrir de baisers, heureuse de le voir frissonner de plaisir. Puis elle le chevaucha, observant ses joues s'empourprer et la tension évidente de ses muscles.

Son visage et son corps avaient changé – ils avaient vieilli et étaient couverts de cicatrices –, mais c'était toujours Rohan, son amant.

Son amour.

À cet instant, elle décida de le considérer comme tel, même si elle savait qu'il lui faudrait faire face à la réalité le lendemain matin et s'adapter.

Cette nuit lui appartenait. Il n'était plus question de Jeevan, ni même de Rohan. C'était sa nuit à elle. Sa dernière chance de se sentir jeune et amoureuse, comme la dernière fois où ils avaient fait l'amour ensemble.

Elle ondula au-dessus de lui et le laissa la pénétrer profondément. Enivrée par une sensation indicible, elle s'abandonna à la passion, ne songeant qu'au plaisir qui l'inondait.

Oui, cette nuit lui appartenait. En cet instant, il n'y avait de place que pour l'amour et l'ivresse des sens. Il lui en resterait un délicieux souvenir qu'elle garderait précieusement dans sa mémoire, avec ceux des mois passés avec Rohan alors qu'ils étaient jeunes.

Mais après avoir fait l'amour, elle sentit venir la tristesse. Alors, elle s'écarta de la chaleur de ses bras, craignant de s'habituer trop vite au confort qu'elle y trouvait.

Allongé à côté d'Elise, les yeux grands ouverts, Rohan l'écoutait respirer de plus en plus profondément tandis que le sommeil la gagnait.

Est-ce que le fait qu'elle lui tournait le dos préfigurait ce qui allait se passer entre eux ?

Il n'en serait pas autrement surpris. Après ce qu'elle avait vécu aujourd'hui – découvrir qu'il était vivant et le voir revenir dans sa vie –, il était compréhensible qu'elle ait eu l'impulsion de coucher avec lui sous l'effet du choc émotionnel. Cependant, ils venaient de faire l'amour d'une façon plus belle et plus déchirante que tout ce qu'il avait connu auparavant. La serrer dans ses bras lui avait paru la chose la plus naturelle du monde. La caresser avait éveillé chez lui des élans de tendresse et une attention qu'il avait ignoré posséder. Même si cela ne lui avait évoqué aucun souvenir, il avait eu l'impression de retrouver des sensations à la fois familières et confortables. Il avait perdu la mémoire de ce qu'il avait vécu avec Elise autrefois, mais son corps, lui, semblait s'en souvenir.

Une fois de plus, il songea à tout ce qu'il avait perdu. À toutes ces années qu'il aurait pu passer avec cette belle et merveilleuse femme. Et avec leur fils. Sa vie, il en était sûr, aurait été bien plus riche et plus satisfaisante que celle qu'il avait eue. Et ce constat le mettait en colère.

Mais à quoi bon se lamenter sur le passé alors qu'il n'y pouvait rien changer ? Il devait accepter cette nuit d'amour comme un cadeau qui ne se renouvellerait probablement jamais. Sans doute était-ce préférable. Entretenir avec Elise une relation autre que celle que leur imposait leur rôle de parents risquait de l'exposer à un type de souffrance qu'il ne voulait pas connaître – l'angoisse de la décevoir, de ne pas être l'homme qu'elle croyait ou qu'elle espérait qu'il soit.

En proie à une angoisse grandissante, il se glissa hors du lit et, attrapant ses vêtements, quitta la chambre.

Une fois rhabillé, il se dirigea vers la cuisine. Lorsqu'il entra dans la pièce, les deux chiens levèrent la tête. Le voyant marcher vers la porte de derrière, ils le suivirent.

Il fit une pause dans le couloir pour enfiler sa veste et ses bottes. Avant de sortir, il se demanda s'il devait tenir la femelle husky en laisse, mais il décida de la laisser en liberté, supposant qu'elle ne chercherait pas à s'éloigner de Baxter.

L'air glacial lui pinça les joues, et il prit conscience qu'il n'était pas vêtu aussi chaudement qu'il aurait fallu, mais son besoin d'être dehors était presque vital. Cette nuit d'hiver correspondait à son état d'esprit et calmait son anxiété.

Il savait avec certitude que cette nuit passée avec Elise serait sans lendemain. Il ne pouvait pas se permettre de prolonger cette relation amoureuse avec elle, car cela risquerait de nuire au lien qu'il voulait établir avec Jeevan.

Après son accident, il s'était cru incapable de s'attacher à qui que ce soit. Tout le monde disait qu'il avait beaucoup changé. Comment pourrait-il aimer, alors qu'il semblait ne rien pouvoir ressentir profondément ?

Cependant, les révélations de la journée avaient mis à mal cette théorie. Il n'était plus qu'un torrent d'émotions, et la perspective de rencontrer bientôt son fils provoquait chez lui autant de plaisir que de peur. Il était conscient de tout ce qu'il avait déjà perdu dans sa vie, et il refusait de s'exposer au risque de perdre encore davantage.

Il ne devait songer qu'à Jeevan mais, s'il voulait tenter d'être un bon père, il devait commencer par ne pas causer de peine ni de déception à la mère de son fils…

Se rappelant combien son père était devenu de plus en plus autoritaire au fil des années tandis que sa mère s'éteignait jusqu'à n'être plus qu'une ombre silencieuse brimée par un mari tyrannique, il sentit son estomac se nouer.

Il savait qu'il n'était pas comme son père, mais il existe mille façons de faire du mal et de blesser ceux qui nous sont proches.

Il secoua la tête, essayant de ne songer qu'à l'avenir.

Elise méritait mieux que lui, mais, pour Jeevan, il devait trouver le moyen de devenir le meilleur possible en tant qu'homme afin de ne pas détruire la seule chance qu'il avait de nouer une belle relation avec son fils.

Il appela les chiens et rentra à l'intérieur avec eux. Après s'être débarrassé de sa veste et de ses bottes, il retourna dans la salle de séjour et se replongea dans les albums photo.

Le lendemain matin, avant-veille de Noël, Elise se réveilla de bonne heure, l'esprit trop confus pour se remettre en tête la liste des choses à faire dans la journée.

Elle savait qu'elle devait se lever, vu le nombre de tâches qui l'attendaient, mais elle traîna encore un moment au lit, se demandant pourquoi tout lui semblait si étrange.

Elle avait de nouveau rêvé de Rohan qui lui faisait l'amour. Sauf que, au lieu de se réveiller frustrée et seule, elle se sentait cette fois heureuse et comblée.

C'était absolument merveilleux.

Son cœur se mit à battre plus vite lorsqu'elle se souvint qu'il ne s'agissait pas d'un rêve : non seulement Rohan était vivant, mais il était ici, à Banff, et dans son lit.

Ou, du moins, il y avait été.

En voyant qu'il n'était plus là, elle poussa un soupir de déception.

Tendant la main, elle constata que les draps étaient froids. Cela faisait donc un bon moment qu'il l'avait quittée. Quand était-il parti ?

Quelle importance, au fond ? Elle ne devait plus penser à la nuit fantastique qu'elle avait passée avec lui. Il était temps à présent qu'elle se ressaisisse et ne songe plus qu'à son devoir de mère – sa priorité.

Tout ce qui comptait maintenant, c'était de révéler la vérité à Jeevan et de faire en sorte que son père et lui puissent nouer une belle relation. Cela impliquait qu'elle reste en retrait et se tienne à l'écart de l'un comme de l'autre afin de leur laisser la marge de manœuvre dont ils avaient besoin pour établir ce lien.

Elle n'avait pas la naïveté de croire que cela se ferait facilement, dès leur première rencontre. Il s'était déjà produit un premier miracle de Noël. Elle ne devait pas se montrer trop gourmande et espérer qu'il s'en produise un second.

Et puis, les préparatifs de Noël l'attendaient, se dit-elle en sautant du lit. Elle était bien décidée à ne rien changer aux festivités traditionnelles.

Sauf que, cette fois, Rohan serait là lui aussi.

C'était si incroyable que, prise d'un étourdissement soudain, elle se laissa retomber sur le lit.

Il y avait des années, il lui avait promis d'être de retour pour Noël. Et il n'était pas venu. Le cœur brisé, accablée à l'idée de ne plus jamais le revoir, elle s'était isolée, n'acceptant que la compagnie de sa sœur et de ses parents. Et puis, Jeevan était né. Il lui avait donné une raison de vivre et la force de continuer, mais, pour elle, Noël n'avait plus jamais été pareil. Elle s'était forcée à le fêter chaque année afin que Jeevan puisse en rêver comme tous les autres enfants. Mais, en ce qui la concernait, le cœur n'y était pas. Son seul réconfort était de voir le regard émerveillé de Jeevan et d'entendre son rire et ses cris de joie devant le sapin illuminé et les cadeaux attendant d'être ouverts.

En grandissant, il avait conservé le même attachement aux traditions de Noël. Il tenait à le fêter avec elle, à la maison.

Maintenant, après toutes ces années, Rohan avait réapparu, et elle devait accepter l'idée que, désormais, rien ne serait plus pareil.

D'une certaine façon, elle aurait préféré pouvoir lui reprocher sa désertion, lui rétorquer que revenir trop tard ne valait plus la peine. Mais Rohan, bien loin d'être fautif, était une victime. Découvrir qu'il avait un fils dont il avait si longtemps ignoré l'existence était pour lui une épreuve douloureuse. Elle l'avait vu dans ses yeux et à l'expression de son visage lorsqu'il regardait les photos. Elle avait su alors qu'elle ne ferait jamais rien qui puisse le blesser encore davantage. Comme, par exemple, donner à Jeevan une raison de ne pas l'aimer.

Elle savait son fils très protecteur à son égard. Si Jeevan pensait que Rohan entretenait une relation avec elle sans prendre cela au sérieux, nul doute qu'il lui en voudrait.

Mais pourquoi Rohan prendrait-il les choses au sérieux ?

Certes, leur entente sexuelle était exceptionnelle, mais il n'avait pas pour elle l'attachement qu'elle avait pour lui. Il ne gardait aucun souvenir de leur liaison d'autrefois ni de la passion qu'ils éprouvaient alors l'un pour l'autre.

Car cela n'avait pas été seulement une question de sexe entre eux, mais une entente immédiate, profonde, du cœur et de l'âme, même si elle avait dû le perdre pour s'en rendre compte. Elle se souvenait de tout ce qu'ils avaient partagé, tous les deux. Elle ne s'en souvenait que trop bien. Mais elle ne pouvait pas s'engager dans une nouvelle relation avec lui, sachant qu'elle serait la seule capable de faire revivre un amour aussi profond que celui qu'ils avaient connu.

Le mieux était de s'en tenir à une relation amicale, simple et légère, même si la nuit torride qu'ils venaient de passer ensemble avait montré que l'attirance qu'ils éprouvaient l'un pour l'autre était toujours là.

Sa décision prise, elle quitta son lit pour de bon, essayant d'ignorer le trouble sensuel où la plongeait l'odeur de Rohan qui imprégnait les draps.

Elle entra dans la salle de bains et vit par la fenêtre Rohan qui longeait l'allée, suivi de Baxter et de Phoebe. Pendant un moment, elle s'offrit le luxe de l'épier, se rappelant chaque instant de la nuit érotique fabuleuse qu'elle avait connue dans ses bras.

Soudain, Phoebe marqua un temps d'arrêt, la tête penchée sur le côté. Baxter s'arrêta lui aussi. Puis les deux chiens sautèrent par-dessus la congère qui bordait l'allée pour observer quelque chose qui se trouvait de l'autre côté.

Rohan se retourna et vit que les chiens avaient cessé de le suivre. À son tour, il contourna la congère pour voir ce qui attirait leur attention.

Que regardaient-ils tous ?

Elise enfila un pull confortable et un jean. Elle était sur le point de se rendre à la cuisine lorsqu'elle entendit la porte de derrière s'ouvrir.

— Elise, tu peux venir un instant ? s'écria Rohan.

— J'arrive.

Lorsqu'elle le rejoignit, elle vit qu'il tenait quelque chose dans les mains.

— Qu'est-ce que c'est ?

— Un corbeau. Ce sont les chiens qui l'ont trouvé. Il vit encore, mais il est en piteux état.

Elle s'approcha et découvrit un misérable petit tas de plumes noires.

— De quoi as-tu besoin ? demanda-t-elle tout en partant chercher une serviette propre. J'ai une bouillotte pour le réchauffer.

Il la regarda en haussant les sourcils.

— Je vois que ce n'est pas la première fois que tu entreprends de sauver un oiseau.

— En effet, dit-elle en riant. Jeevan a le chic pour dénicher les oiseaux blessés et les rapporter à la maison. Et il a un faible pour les corvidés.

— Celui-ci est un jeune, sans doute un petit de l'année.

Il posa doucement l'oiseau sur la serviette qu'elle avait dépliée.

— Il a une aile abîmée, ajouta-t-il. Où puis-je le mettre afin de l'examiner de plus près ?

— Sur la table de la cuisine, dit-elle en sortant la bouillotte du placard. Je la désinfecterai après. Et je crois avoir une petite cage dans le garage. Je vais aller voir.

— Pourras-tu, par la même occasion, prendre la trousse médicale dans ma voiture ?

Il avait ôté sa veste et son écharpe et commencé à rouler ses manches de chemise.

— Bien sûr.

Avant de sortir, elle remplit d'eau chaude la bouillotte, qu'elle glissa dans les plis de la serviette tandis que Rohan soulevait le corbeau.

L'oiseau ne se débattait pas et ne semblait pas effrayé, ce qui n'était pas très bon signe. En général, les corbeaux fuient les hommes, même quand ils sont blessés, mais celui-ci se montrait vraiment léthargique.

Lorsqu'elle revint avec la cage et la trousse médicale, Rohan avait recouvert l'oiseau avec un pan de la serviette.

— Le pauvre a une blessure du coracoïde, et il est très maigre, dit-il lorsqu'elle posa la trousse près de lui.

— L'aile est cassée ?

— Non. C'est enflé, ce qui semble indiquer une déchirure musculaire. Ce sera sans doute douloureux un bon moment.

Je vais lui faire un bandage pour immobiliser l'aile, mais il va falloir l'emmener dans un centre de soins pour la faune sauvage. Y en a-t-il un ici ?

— Non. Le plus proche se trouve à Cochrane, à une heure d'ici.

— Je le conduirai là-bas dès que je lui aurai mis le bandage.

Elle maintint le petit blessé pendant que Rohan le soignait.

À un moment, leurs doigts se frôlèrent, et elle sentit un frisson la parcourir.

Rohan la regarda un instant. Ses yeux brillaient d'un étrange éclat, comme s'il se rappelait la nuit qu'ils avaient passée ensemble, puis son visage afficha une expression neutre et distante.

Elle n'aurait pas dû en être blessée. Après tout, n'était-elle pas arrivée elle-même à la conclusion qu'il valait mieux renoncer à toute relation physique avec lui ? Elle était même prête à lui dire clairement qu'il était préférable qu'ils ne fassent plus jamais l'amour ensemble.

La froideur de Rohan lui faisait mal. Pourtant, elle ferait en sorte qu'il ne s'en aperçoive pas, l'essentiel étant qu'ils restent à bonne distance l'un de l'autre.

— Quand nous aurons fini, je préparerai le petit déjeuner. Tu vas bien prendre quelque chose avant de partir ?

— Avec plaisir. Je ne suis pas sûr que ce pauvre corbeau s'en tire, alors il vaut mieux que je le garde en observation un moment avant de prendre la route.

Le bandage posé, ils installèrent l'oiseau dans la cage, puis elle se lava les mains et prépara le café.

Regardant Rohan, elle fut frappée par son air fatigué.

— Est-ce que tu te sens bien ? Tu as une mine affreuse.

Il secoua la tête, les sourcils froncés.

— Un peu de fatigue, c'est tout. Cette nuit, j'étais trop nerveux pour pouvoir dormir, alors j'ai regardé les photos pendant des heures.

Était-il inquiet à cause de ce qu'il s'était passé entre eux ?

Elle avait décidé de ne pas aborder le sujet la première, mais il lui parut préférable d'évoquer clairement la question pour la régler une bonne fois pour toutes.

— À propos de cette nuit… Je me suis laissé emporter par la nostalgie et de vieilles émotions, mais je sais que ce n'était pas une bonne idée. Nous ne sommes plus des enfants, toi et moi, alors parlons-en et assurons-nous que nous sommes bien tous les deux sur la même longueur d'onde.

— D'accord.

Il la regardait, attendant visiblement qu'elle continue.

Surmontant sa frustration de le voir si distant, elle poursuivit.

— Je ne veux pas que mes souvenirs compromettent tes chances de construire une relation solide avec Jeevan. Je pense qu'il a besoin de nous voir comme étant maintenant deux êtres bien distincts. Nous ne devons pas brouiller les cartes en lui laissant croire que nous pourrions être ensemble, toi et moi.

Rohan hocha lentement la tête.

— Merci pour ta franchise. Je pense que tu as raison, ce n'était pas une bonne idée.

Pourquoi se sentit-elle blessée par ce commentaire, alors qu'elle avait elle-même prononcé ces mots la première ?

— Il me semble que le plus important est de réfléchir à ce que nous allons dire à Jeevan et à la meilleure façon de lui montrer que nous acceptons sa réaction, quelle qu'elle soit.

— Je suis d'accord. Notre fils doit être notre priorité.

Comme Rohan détournait le regard, elle crut noter chez lui une certaine nervosité. Sans réfléchir, elle lui prit la main.

— Tout se passera bien, j'en suis sûre.

— J'espère que tu dis vrai, répondit-il d'un ton calme en libérant sa main. Alors, quel est ton programme pour aujourd'hui ?

Devant un tel détachement, elle décida d'en faire autant.

Elle ouvrit la porte du réfrigérateur et feignit de se passionner pour son contenu.

— J'irai faire des courses au supermarché, dit-elle en sortant des œufs et des saucisses pour le petit déjeuner. J'ai prévu de préparer les plats favoris de Jeevan. Penses-tu que le corbeau a faim ? Nous pourrions essayer de lui donner de l'œuf ?

— Pas maintenant. Je ne crois pas qu'il soit en état de manger. Et ils auront sûrement une nourriture adaptée au centre de soins.

Il marcha jusqu'à la fenêtre, jeta un coup d'œil dehors, puis il se retourna vers elle.

— Pendant que tu feras les courses, j'emmènerai le corbeau à Cochrane, et ensuite j'irai à Trail's End. Je leur donnerai un coup de main, car Janice a sûrement beaucoup à faire en ce moment.

— D'accord.

Il semblait content de s'absenter. Presque soulagé.

— Au fait, dit-elle, est-ce que cela te dirait d'assister demain soir à la fête organisée par le groupe de sauvetage pour lever des fonds ? Généralement, on s'y amuse beaucoup. Ils organisent des ventes aux enchères, et le dîner est préparé par un excellent traiteur. Et par la même occasion, tu pourrais parler de Phoebe avec Tom.

— Quelle tenue faut-il avoir ? demanda Rohan. Je n'ai apporté que des jeans.

Il restait toujours aussi flegmatique, comme s'il ne s'intéressait pas vraiment à la conversation mais voulait se montrer poli.

— C'est une soirée assez habillée. La plupart des hommes sont en costume. Tu risques de te sentir mal à l'aise avec un jean.

— Eh bien, j'achèterai quelque chose. Cela fait très longtemps que je ne me suis pas offert un costume.

— Nous pourrons aller en ville à ton retour de Trail's End, je dois acheter quelques cadeaux.

Rohan s'approcha de la cage et regarda le corbeau.

— Je… j'aimerais offrir quelque chose à Jeevan, mais je ne veux pas qu'il pense que je cherche à acheter son affection. Pourrais-tu m'aider à choisir un cadeau qui lui plaise ?

— Bien sûr. Nous nous occuperons de cela ce soir, si tu veux, et tu en profiteras pour t'acheter un costume.

— Parfait.

Leur conversation avait l'air tout à fait normale, et même amicale, mais Elise était consciente de la distance que Rohan maintenait entre eux. Et elle avait beau se dire qu'il serait stupide de sa part de souffrir de ce changement d'attitude, cela n'allégeait en rien sa peine.

8.

Après avoir laissé le corbeau blessé à Cochrane, Rohan passa le reste de la matinée à Trail's End à s'occuper des huskies. Il discuta aussi un moment avec quelques-uns des mushers qui étaient arrivés plus tôt. Ce sport ne l'intéressait pas particulièrement mais, en parlant avec les conducteurs d'attelage, il se découvrit une certaine curiosité pour leur activité.

Lorsqu'il les interrogea sur les chances qu'avait Phoebe de devenir chien de sauvetage, ils parurent assez sceptiques.

— Si elle avait commencé l'entraînement quand elle n'était qu'un chiot, ce serait envisageable, mais les huskies ont tendance à chasser et cela peut les distraire de leur mission, lui dit un homme du nom de Ron.

— Et certains sont vraiment têtus, ajouta son fils, Tyler. Ils n'obéissent pas toujours immédiatement aux ordres qu'on leur donne, alors que c'est indispensable dans une situation d'urgence.

— Cette chienne n'a pas été bien traitée, et je pense qu'elle a déjà au moins un an, admit Rohan, dépité.

— Il y avait un type, au Danemark, je crois, qui avait entraîné son husky à devenir chien de sauvetage. Tu te rappelles, papa ? Il avait mis une vidéo sur un forum consacré aux huskies.

Ron hocha la tête.

— Oui, je me souviens. Mais le chien avait huit semaines quand il avait commencé l'entraînement. C'est sans doute très différent avec un chien plus âgé.

— Surtout quand il est resté longtemps sans avoir de nom, dit Rohan. La chienne dont je parle vient tout juste d'être baptisée. Mais elle est très intelligente. En ce moment, elle cohabite avec un golden retriever, et elle le suit partout.

— Vous pourriez essayer de les mettre en attelage tous les

deux, suggéra Ron en riant. Si vous êtes dans le coin ces jours-ci, je vous propose de venir faire une sortie en traîneau avec moi afin de vous initier à ce sport.

— Papa, intervint Tyler, c'est Noël. Le Dr Khan va sans doute passer les fêtes en famille. Tout le monde n'est pas aussi obsédé que nous par les courses en traîneau !

Rohan s'apprêtait à dire qu'il n'avait personne avec qui passer Noël quand il se rappela que c'était faux. Il en ressentit un tel plaisir qu'il sourit.

— Oui, je vais être en famille mais, lorsque mon fils sera de retour à la maison, je pourrais peut-être l'amener avec moi si vous êtes encore là.

À cet instant, son téléphone sonna. C'était Elise.

— Salut, je vais bientôt manger. Tu as faim ?

De nouveau, il éprouva la délicieuse sensation d'avoir une vie de famille. Un foyer.

— Je serai ravi de déjeuner avec toi, dit-il avec un certain enthousiasme dans la voix.

Elise parut surprise.

— Ah ! Eh bien, ce sera prêt dans un quart d'heure.

— Je pars d'ici dans quelques minutes.

Il raccrocha, dit au revoir aux mushers et regagna sa voiture.

Il savait pourquoi Elise avait semblé étonnée : ce matin, en la quittant, il s'était montré distant.

Le calme avec lequel elle avait parlé de ce qu'il s'était passé entre eux la nuit dernière l'avait mis en fureur. Il avait eu l'impression qu'elle le voyait comme un vieux manteau retrouvé au fond d'une armoire, un manteau qu'elle avait aimé porter autrefois et qu'elle avait voulu remettre une dernière fois par nostalgie. Cette façon de voir les choses lui avait fait l'effet d'une douche froide, car leur nuit torride avait déclenché chez lui l'ouverture des vannes, le bousculant émotionnellement et mentalement.

Cependant, elle avait eu raison de souligner qu'il leur fallait penser avant tout à Jeevan et que le plus sage était de mettre entre eux deux une certaine distance. Il ne devait voir en elle que la mère de Jeevan, rien d'autre, même si c'était difficile.

Il avait mis des années à bâtir une muraille autour de ses émotions, et tout s'était écroulé en un seul jour, semblait-il, à cause d'une femme dont il n'avait gardé aucun souvenir et d'un fils dont il venait juste de découvrir l'existence.

La nuit dernière, alors qu'il regardait les photos, il avait essayé de réveiller sa mémoire, d'y trouver des traces d'Elise et de la relation qu'ils avaient eue. En vain.

Cela l'avait rendu fou. Comment avait-il pu l'aimer, faire un bébé avec elle, et avoir tout oublié ?

Mais, aujourd'hui, il découvrait qu'il avait une famille. Une famille avec qui il allait passer Noël. Ce constat était à la fois terrifiant et merveilleux, car, dans son esprit, Elise et Jeevan formaient un tout.

Si la voix de la raison lui soufflait de rester sur ses gardes et de ne pas trop s'engager avec Elise, il savait tout au fond de lui-même qu'il était déjà trop tard.

De retour chez elle, il la trouva s'activant devant la cuisinière, en train de préparer des sandwichs au fromage fondu. Il régnait dans la cuisine une délicieuse odeur de gâteau.

— J'étais tellement occupée à faire de la pâtisserie que j'en ai oublié le déjeuner, dit-elle. J'espère que ces sandwichs te suffiront.

— Si tu veux, tu peux me donner juste quelques-unes de ces tartelettes au beurre.

— Ah, je vois. Tu aimes toujours autant le sucré, pas vrai ?

— Absolument. Ces tartelettes m'ont l'air fantastiques. J'aimerais bien y goûter avant que Jeevan soit là, pour m'assurer qu'elles sont aussi bonnes que belles.

Elise éclata de rire, et ils se mirent à table dans une ambiance plus détendue que lors du petit déjeuner.

Pendant le repas, il évoqua sa conversation avec les mushers, et Elise parla de l'appel qu'elle avait passé à l'hôpital pour avoir des nouvelles de Ben.

— Il est sorti du service des soins intensifs. On l'a mis dans une chambre mais, pour l'instant, il n'a pas droit aux visites.

— Est-ce normal ?

Elle haussa les épaules.

— Cela dépend. La consigne peut venir des médecins ou être une demande de la famille. Dans le premier cas, c'est que les médecins craignent une infection, ou bien ils veulent qu'il reste au calme. Son état est stable, m'a-t-on dit, et le fait qu'il ne soit plus aux soins intensifs est plutôt bon signe.

— Avant d'aller faire nos achats, nous pourrions passer à l'hôpital voir s'il est maintenant possible de lui rendre visite.

Elle hocha la tête.

— Bien sûr. Á 15 heures, je pense que j'aurai terminé ce que j'ai à faire ici.

— Que puis-je faire pour me rendre utile ?

— Démêler les guirlandes lumineuses pour le sapin ! répondit-elle sans hésiter. Chaque année, je me promets de les ranger correctement dans leur boîte, mais je ne le fais jamais.

— Je m'en occupe, dit-il, ravi de se voir confier une mission. Veux-tu aussi que je les accroche dans le sapin ?

— Ce serait formidable. D'habitude, c'est Jeevan qui s'en charge, et ensuite nous décorons l'arbre ensemble. Je me suis dit que, s'il n'était pas de retour à la maison demain, nous pourrions le faire, toi et moi. Comme cela, tout sera prêt quand il arrivera.

En l'écoutant, Rohan eut de nouveau l'impression de faire partie de leur vie, à elle et à Jeevan. Il s'en sentit incroyablement heureux, même s'il était conscient qu'il ne devait pas y attacher trop d'importance.

Le repas terminé, pendant qu'Elise mettait de l'ordre dans la cuisine, il alla s'atteler à la tâche délicate de désentortiller les guirlandes lumineuses.

Tout en cuisinant pour préparer le repas de Noël, Elise tendait l'oreille, au cas où Rohan aurait besoin d'aide. Mais, mis à part un juron lâché de temps à autre, dans l'ensemble il paraissait ne pas trop mal se débrouiller.

— Crois-tu que Jeevan aimerait faire une sortie avec des chiens de traîneau ? lança-t-il soudain depuis la pièce voisine.

Les mushers que j'ai vus ce matin à Trail's End m'ont proposé de m'emmener. Quand je leur ai expliqué que je serais en famille, ils m'ont dit de venir les voir après Noël, en précisant que je pouvais amener qui je voulais.

Un bref instant, elle se sentit exclue et eut un petit pincement au cœur.

— Cela pourrait lui plaire, dit-elle. Il a l'esprit aventurier.

— Comme sa mère. Voudrais-tu venir, toi aussi ?

— Peut-être.

Elle se reprocha aussitôt son esprit de contradiction : deux minutes auparavant, elle se plaignait en son for intérieur d'être laissée de côté et, l'instant d'après, elle lançait une réponse évasive !

Elle mourait d'envie de faire cette sortie, bien sûr. Non pas que les courses en traîneau la passionnent, même si ça pouvait être amusant, mais elle désirait passer du temps avec Rohan. Ce nouveau Rohan énigmatique, qui semblait lui avoir volé son cœur une fois de plus.

— Jeevan aime-t-il le sport ?

La question de Rohan l'arracha à ses pensées, et elle se rendit compte qu'elle fonctionnait depuis un moment en pilotage automatique au lieu de se concentrer sur ce qu'elle faisait.

— Pour le regarder ou pour le pratiquer ?

— Les deux.

Elle voyait à quel point il était avide d'en savoir plus sur Jeevan. Il voulait comprendre qui était son fils après toutes ces années où il avait ignoré jusqu'à son existence.

— Il est assez athlétique, dit-elle. Il aime regarder le sport, mais aussi en faire : skate-board, snowboard, ski. C'est aussi un bon joueur de tennis. J'ai dû cesser de jouer avec lui quand il est devenu adolescent, car cela devenait embarrassant pour moi.

Entendre le rire de Rohan lui réchauffa le cœur. Elle attendit, persuadée qu'il allait lui poser d'autres questions, mais il resta silencieux.

Elle replongea alors dans ses pensées.

Un peu plus tôt dans la journée, elle avait profité de son

absence pour ouvrir l'album contenant les photos où ils figuraient tous les deux et, en tournant les pages, elle avait eu les larmes aux yeux. Chaque cliché témoignait de l'amour qu'ils avaient l'un pour l'autre. Leurs regards, la façon dont ils se donnaient la main, dont ils se tenaient par la taille, tout montrait à quel point ils s'aimaient.

Arrivée à la dernière page, elle était tombée sur la photo prise à Toronto la veille du départ dc Rohan pour Trinité-et-Tobago. Alors qu'ils se tenaient devant l'aéroport, il avait demandé à un passant de les photographier tous les deux.

— Tu m'attendras ?

Il lui avait posé la question plusieurs fois avant de s'en aller. Elle avait répondu que oui, elle l'attendrait, mais il avait semblé sceptique. Elle ne lui avait pas caché qu'elle ne croyait guère à l'amour éternel, alors il avait juré qu'il la ferait changer d'avis, même si ça devait prendre du temps.

En effet, il l'avait fait changer d'avis, mais pas comme il l'avait imaginé. Dès qu'elle avait tenu leur fils dans ses bras, elle avait compris ce que c'était que d'aimer pour la vie.

Bien sûr, elle n'avait pas attendu Rohan pendant vingt-sept ans mais, en regardant les photos, elle s'était dit qu'elle avait peut-être cherché mais qu'elle n'avait jamais trouvé quelqu'un qui lui apporterait autant que lui.

Il n'était plus le même aujourd'hui, mais elle avait rapidement cessé de chercher en lui des traces de l'homme qu'il avait été pour accepter simplement celui qu'il était devenu.

Autrefois, Rohan avait une grande confiance en lui. Du moins, il en donnait l'impression. Mais, la nuit dernière, elle avait vu son air inquiet lorsqu'elle lui avait retiré sa chemise, révélant les terribles marques laissées par son accident.

Était-ce ce qui le mettait dans cet état de vulnérabilité qu'elle ne lui avait pas connu par le passé ? Quel autre changement s'était-il produit en lui ? Et avec tout ce qu'il venait de vivre durant les dernières trente-six heures, comment parvenait-il à tenir le coup ?

Elle n'ignorait rien des possibles conséquences à long terme d'un traumatisme cérébral. Ce qu'elle avait pris pour de la froideur pouvait être un mécanisme de défense pour se protéger d'un flot d'émotions qu'il avait du mal à gérer ou que son cerveau n'arrivait pas à analyser correctement.

Si c'était le cas, pouvait-elle l'aider ? Lui en voudrait-il s'il la voyait tenter de faire quelque chose ?

— Elise ! Aurais-tu un couteau, ou bien une grenade ?

Elle éclata de rire, heureuse de cette diversion bienvenue. Après s'être essuyé les mains, elle le rejoignit.

— Ne fais pas exploser la maison, Rohan, je t'en prie ! dit-elle en entrant dans la pièce.

— Tiens, c'est une idée ! Mais je pourrais aussi acheter de nouvelles guirlandes pour éviter de devenir fou à force d'essayer de démêler ce truc-là.

Leurs regards se croisèrent. Voyant la lueur amusée qui brillait dans les yeux de Rohan, elle eut une envie folle de se pencher vers lui et de l'embrasser.

Au lieu de quoi, elle s'accroupit à côté de lui.

— Donne-moi cela, je vais le faire.

— Ah non, rétorqua-t-il en mettant les guirlandes hors de sa portée. *Nous* allons le faire, et ensemble nous y arriverons.

Ces mots de Rohan l'avaient hantée tout l'après-midi.

Elle le regardait d'un œil différent, à présent, se dit-elle tandis qu'ils montaient dans son pick-up pour se rendre en ville. Elle ne le comparait plus au Rohan d'autrefois, ne s'intéressant désormais qu'à l'homme qu'il était devenu.

Il avait traversé bien des épreuves, mais il avait su vaincre l'adversité, refusant de se laisser abattre. Et aujourd'hui, il était capable de sourire, de rire et de dire des bêtises avec elle.

Elle avait vu les cicatrices qui marquaient son corps et deviné ses blessures intérieures, mais toutes ses souffrances ne l'empêchaient pas d'accepter avec joie l'idée qu'il avait un fils. Il n'avait émis aucune réserve, ce qui, là encore, plaidait en sa faveur.

Ben ne pouvant pas encore recevoir de visite, ils se rendirent dans la rue commerçante de Banff.

Les boutiques brillaient de mille lumières, les lampadaires étaient couverts de décorations, et des chorales en costumes semblant sortir de l'œuvre de Dickens circulaient au milieu des passants, s'arrêtant régulièrement pour entonner des chants de Noël.

— Je sais que tu n'apprécies pas particulièrement l'ambiance de Noël, fit-elle, mais c'est dans ce quartier qu'on peut faire des achats intéressants. Et il y a un magasin de vêtements tout près d'ici.

— En fait, répondit Rohan, l'air détendu, ce Noël-ci me plaît beaucoup. C'est la première fois depuis très longtemps.

Elle ne dit rien, la gorge nouée par l'émotion.

Dans le magasin de vêtements, la vendeuse se fit un plaisir d'aider Rohan à choisir un costume, et elle constata d'un ton admiratif qu'il n'y avait aucune retouche à faire.

— Celui-ci vous va à la perfection, commenta la vendeuse, le sourire aux lèvres, avec un peu trop d'enthousiasme au goût d'Elise. Et la couleur sied vraiment à votre teint.

— Qu'en penses-tu ? demanda Rohan en se tournant vers elle. Il te plaît ?

Le costume bleu marine mettait en valeur ses larges épaules, la minceur de ses hanches et ses cuisses musclées.

— Tu es superbe.

À vrai dire, il était absolument fantastique. Rien qu'à le regarder, elle avait l'eau à la bouche.

Rohan avait choisi une chemise bleu clair, une cravate bleue avec de discrètes rayures rouges, et des chaussures noires vernies complétaient sa tenue.

Elle le trouvait à la fois élégant et sexy. Elle serait fière de se rendre à la soirée avec lui. Heureusement qu'elle avait acheté une nouvelle robe la semaine précédente au lieu d'avoir à porter l'une de ses « vieilleries » comme elle avait d'abord pensé le faire !

— Je prends tout cela, dit Rohan à la vendeuse, qui afficha un visage rayonnant.

Revenus dans la rue principale, ils se mirent à flâner en regardant les vitrines des magasins.

Soudain, Rohan s'arrêta.

— J'aimerais entrer dans cette boutique, dit-il.

Elle le suivit et, lorsqu'elle découvrit ce qui lui avait attiré l'œil, elle sourit.

C'était un petit tableau représentant un geai bleu, réalisé par un artiste qu'elle connaissait.

Rohan lui lança un regard interrogateur.

— Crois-tu que cette peinture plairait à Jeevan ?

— Il l'adorera, j'en suis sûre. C'est l'œuvre d'un artiste local qu'il aime beaucoup. Mais il n'a de lui que quelques reproductions, aucun original.

— Et tu m'as dit qu'il aimait les corvidés, n'est-ce pas ? dit Rohan en s'emparant du tableau.

— En effet.

Il se dirigea vers la caisse avec son emplette.

— Voulez-vous que je l'enveloppe ? demanda le vendeur.

— Oui, s'il vous plaît. C'est pour mon fils, et je ne voudrais pas que ce tableau soit abîmé.

Elle se mit à l'écart afin qu'il ne voie pas à quel point elle était émue. Et à quel point elle le désirait, là, maintenant.

Il ne s'agissait pas seulement d'une envie sexuelle, mais de quelque chose de plus profond. Elle avait beau se dire que ce n'était que l'écho d'un ancien amour, elle savait que ce n'était pas vrai.

Lorsqu'elle était tombée amoureuse de Rohan Khan autrefois, c'était à cause de son côté solaire, de son optimisme, de son humour, et aussi de son beau visage et de son corps athlétique. Ce dont elle se souvenait le mieux, c'était son ouverture d'esprit et la joie qui émanait de lui.

En dépit de ses cicatrices, il était encore très beau et en bonne forme physique, mais, par bien des aspects, il avait complètement changé. S'il faisait encore de l'humour, c'était seulement par moments. Il n'affichait plus ce sourire permanent qu'elle avait tant aimé chez lui. Et maintenant, il gardait pour lui ses pensées et ses émotions, alors qu'ils partageaient tout auparavant... Pourtant, ces changements ne l'empêchaient pas de l'aimer tel qu'il était à présent.

Pendant que le vendeur emballait le tableau, elle eut le temps de se ressaisir et de se rappeler que ce qui comptait, ce n'était pas ce qu'il pouvait y avoir entre Rohan et elle, mais entre Rohan et Jeevan. C'était la seule et unique priorité.

Une fois dehors, Rohan leva les yeux vers le ciel qui s'était assombri.

— Le temps s'est refroidi. Si on allait boire un café ou un chocolat chaud avant de continuer les achats ?

— Bonne idée.

Ils laissèrent passer une voiture avant de traverser la rue en direction du café situé de l'autre côté.

Comme ils atteignaient le trottoir, ils entendirent des cris et virent des gens s'agiter à quelques mètres de là.

— Eh, regardez devant vous !

— Maman, maman !

— Est-ce que ça va ?

— Je pense qu'elle est ivre !

Une jeune femme chancelait et s'appuyait contre un mur pour tenter de garder l'équilibre. Mais elle chuta lourdement sur le sol. Une petite fille qui se trouvait à côté d'elle se mit à hurler.

— *Maman !*

Sans prendre le temps de réfléchir, Elise se rua vers la jeune femme, consciente que Rohan était juste derrière elle.

— Laissez-moi passer, je suis médecin.

Écartant la foule, elle s'agenouilla près de la femme tandis que Rohan tenait à l'écart la petite fille en larmes.

Regrettant de ne pas avoir sa trousse médicale avec elle, Elise commença à examiner la jeune femme. Celle-ci tenta de la repousser tout en bredouillant de façon inintelligible.

— J'appelle une ambulance, dit Rohan d'une voix calme.

La jeune femme marmonna d'une voix plus forte, mais de manière tout autant inintelligible. Elise lui tâta le pouls, qu'elle trouva trop rapide. Sa respiration était superficielle, et son regard semblait avoir du mal à se focaliser. Elle nota une nette différence entre les deux paupières : celle de gauche était tombante.

C'était peut-être un signe d'anévrisme ou d'AVC. Il fallait de toute urgence l'emmener à l'hôpital.

— Tout va bien, dit-elle pour essayer de la calmer. Votre petite fille est en sécurité, et je suis médecin. Laissez-moi m'occuper de vous.

— Donne-lui ma veste, dit Rohan. L'ambulance est en route.

Elle prit la veste qu'il lui tendait pour couvrir la jeune femme.

— Nous allons vous soigner, d'accord ?

De ses doigts glacés, la jeune femme lui pressa légèrement la main.

Quand elle entendit le bruit d'une sirène qui approchait, Elise poussa un soupir de soulagement. Elle tendit ses clés de voiture à Rohan quand l'ambulance apparut.

— Je vais avec elle à l'hôpital. On se retrouve là-bas.

— D'accord, répondit-il, d'un ton toujours aussi calme.

Il tenait maintenant la petite fille dans ses bras. La tête posée sur son épaule, celle-ci suçait son pouce.

— Elle a de la chance que tu te sois trouvée là, ajouta-t-il en prenant les clés.

Il semblait avoir si confiance en elle qu'Elise eut soudain l'impression d'être très précieuse à ses yeux.

Rohan devait remettre la petite fille, qui lui avait dit s'appeler Brenna, aux deux officiers de police présents sur place, mais l'enfant regimbait. Les policiers parurent mal à l'aise lorsque, l'un d'eux l'ayant prise dans ses bras, elle se mit à pleurer, tendant ses petites mains vers Rohan.

— Je vais aller à l'hôpital, dit-il.

— C'est inutile, monsieur, dit l'autre policier, l'air guindé. Nous nous occuperons d'elle jusqu'à ce qu'on ait trouvé quelqu'un de sa famille à qui la confier.

— Je dois de toute façon me rendre à l'hôpital. Je faisais des achats avec le Dr Van Hagan, et je vais aller la rechercher là-bas.

En l'entendant prononcer le nom d'Elise, les policiers parurent se détendre. Aucun d'eux ne protesta lorsqu'il dit à Brenna qu'ils se reverraient dans quelques minutes.

Il remonta dans le pick-up et, grâce au GPS, trouva sa route pour se rendre à l'hôpital.

En entrant dans le bâtiment, il vit dans le hall la boutique à cadeaux.

Brenna était effrayée. Peut-être qu'une peluche l'aiderait à se sentir un peu mieux ?

Il choisit un lapin rose vif et aussi un album destiné aux enfants de trois ans – à peu près l'âge de Brenna.

Il emprunta ensuite un couloir qui, d'après les flèches, conduisait aux urgences. Mais il ne tarda pas à se rendre compte qu'il avait dû rater un tournant. Il allait rebrousser chemin lorsqu'il entendit une voix derrière lui :

— Jeevan ! Tu es déjà de retour ?

Ce fut seulement lorsqu'il sentit une main se poser sur son épaule qu'il comprit que la femme en blouse blanche s'adressait à lui.

— Désolé, vous faites erreur.

La femme parut à la fois surprise et déçue.

— Oh ! excusez-moi, je vous avais pris pour quelqu'un d'autre. Puis-je vous aider ?

Après qu'elle lui eut indiqué comment se rendre aux urgences, il parcourut les couloirs en songeant à la méprise dont il venait d'être l'objet.

Le fait que cette femme l'ait pris pour son fils conférait à sa paternité une réalité dont il n'avait pas vraiment eu conscience jusqu'à présent.

Je suis père. J'ai un fils qui me ressemble.

Alors qu'il approchait de la salle d'attente, il vit Elise sortir d'une autre pièce.

Il la rejoignit.

— Comment va la patiente ? demanda-t-il.

— Elle tient le coup, mais j'ai demandé qu'un neurologue vienne la voir.

— Elise, Rohan…

En entendant leurs noms, ils se retournèrent et virent Janice venir vers eux.

— Comment va Ben ?demanda Elise.

— Tout se passe bien. Il a été opéré du cerveau et de la jambe, et maintenant il est réveillé. Il a quitté le service des soins intensifs pour être transféré dans une chambre. Il ne parle pas encore, sans doute à cause des suites de l'anesthésie. Les médecins disent qu'il risque d'avoir des séquelles d'ordre cognitif, mais je suis sûre que tout ira bien. Il sortira bientôt de l'hôpital.

Rohan songea à ce qu'il avait vécu. Il ne voulait pas effrayer Janice, mais la voir si optimiste l'inquiétait.

— Il va se rétablir, dit-il, mais cela peut prendre du temps.

— Oh ! Ben est solide. Il sera bien vite sur pied.

— Je souhaite que vous ayez raison, mais il faut du temps pour se remettre d'un traumatisme crânien. J'en parle en connaissance de cause. Et je sais à quel point c'est frustrant de ne pas pouvoir répondre aux attentes de ses proches alors qu'on tente de faire de son mieux pour guérir.

Comme Janice hochait la tête, les yeux humides, il la prit dans ses bras et la laissa pleurer sur son épaule.

Levant la tête, il croisa le regard d'Elise et y lut une telle compassion qu'il détourna les yeux.

Il se sentait fragile, vulnérable, et il ne voulait pas de la pitié d'Elise. Mais ce que son regard exprimait, c'était de la compréhension, et il en fut bouleversé.

— Tenez, dit Elise en tendant un mouchoir à Janice.

— Merci.

Janice prit le mouchoir et s'écarta de lui avec un air gêné.

— Je suis désolée de m'être laissée aller ainsi, Rohan. Excusez-moi.

— Vous avez vécu des moments éprouvants. Vous n'avez pas à vous excuser.

— Je vais retourner auprès de Ben, murmura-t-elle.

Elle se redressa, comme prête à mener un combat, mais ses lèvres tremblaient.

— En tant que parent, continua-t-elle, on veut tellement le bien de son enfant qu'on met parfois la barre trop haut, mais je vais garder en tête ce que vous m'avez dit : ne pas donner à Ben le sentiment qu'il me déçoit s'il ne se rétablit pas aussi vite que je l'espère.

— C'est ce que vous pouvez faire de mieux pour lui, je pense. Laissez-lui le temps de guérir et apportez-lui votre soutien en attendant.

— Je le ferai, promit Janice.

Après les avoir serrés tous les deux dans ses bras, elle s'éloigna pour prendre l'ascenseur.

— Tu lui as donné de bons conseils, Rohan, dit Elise, le regard approbateur.

— J'espère qu'elle les suivra. Autrement, elle risque de faire plus de mal que de bien à Ben.

Quelqu'un passa la tête dans l'embrasure d'une porte et appela Elise.

— Je dois y aller, dit-elle en adressant à Rohan un sourire qui lui ravagea le cœur.

Et elle s'éloigna en hâte.

9.

Dix minutes après avoir quitté Rohan, Elise sortit du box où se trouvait sa patiente. Elle alla jeter un coup d'œil dans la salle d'attente des urgences pour voir s'il s'y trouvait et ressentit de l'émerveillement et à la fois de la tristesse devant la scène qui s'offrait à elle.

La fille de sa patiente, qui pouvait avoir trois ans, était assise en sandwich entre Rohan et un policier. Elle serrait contre elle le lapin rose qu'Elise avait vu un peu plus tôt dans les mains de Rohan, et les deux hommes se relayaient pour lui lire à tour de rôle le livre qu'elle avait sur les genoux.

Voilà quel genre de père Rohan aurait été pour Jeevan : gentil, doux, attentionné. En songeant à tout ce qu'ils avaient raté l'un et l'autre, elle avait le cœur brisé.

Une infirmière qui avait suivi la direction de son regard crut bon de l'informer :

— C'est la fille de votre patiente. Ces deux hommes ont réussi à la calmer. Celui de gauche lui a même acheté cette peluche à la boutique de l'hôpital. Ils ont à cœur de la distraire pendant que nous essayons de trouver où réside cette famille. La petite ne connait pas le nom de l'hôtel, mais elle a dit que son père était venu ici avec elles.

— On n'a trouvé aucun indice dans le porte-monnaie de la mère ?

— Non, et son téléphone est verrouillé. J'ai demandé à une infirmière auxiliaire d'appeler tous les hôtels de la ville, mais cela peut prendre un certain temps.

— La maman a eu un petit AVC, il faut qu'un neurochirurgien vienne la voir, alors nous devons trouver le père le plus rapidement possible.

— Nous faisons de notre mieux.

— Je vais voir si je peux obtenir quelque chose en interrogeant l'enfant.

Quand Elise s'approcha du petit groupe, le sourire avec lequel Rohan l'accueillit faillit la faire chanceler. Le genre de sourire auquel ni son corps ni son cœur ne pouvaient résister. Une fois de plus, malgré l'endroit parfaitement inapproprié, elle eut une envie folle de se jeter à son cou pour l'embrasser.

Elle sut y résister et s'accroupit devant la petite fille.

— Bonjour, je m'appelle Elise. Et toi, quel est ton nom ?

— Brenna, répondit l'enfant. Tu veux lire mon livre avec moi ?

— J'aimerais bien, mais peut-être un peu plus tard, d'accord ? D'abord, peux-tu me dire ce que ta maman, ton papa et toi avez fait depuis que vous êtes arrivés ici ?

Brenna plissa le front.

— On a joué dans la neige et caressé les animaux. Il y avait un âne, des chèvres, et aussi un lapin comme le mien. Mais il était blanc, pas rose.

Le policier intervint :

— Il y a une auberge, le George's Inn, près de Chester Road, qui possède un petit zoo. J'y suis allé une ou deux fois avec mes enfants.

Elise hocha la tête. Elle se leva et caressa les cheveux de la petite fille.

— Je vais leur dire d'appeler là-bas. Merci, Brenna.

Tout en donnant ses instructions pour que quelqu'un téléphone au George's Inn, elle ne cessait de revoir Rohan faisant la lecture à Brenna et le sourire fabuleux qu'il lui avait adressé quand elle les avait rejoints.

Il prenait de plus en plus de place dans ses pensées…

Mais ils étaient tombés d'accord pour ne songer qu'à Jeevan. Elle devait mettre de côté ses désirs égoïstes.

— Je l'ai trouvé, docteur Van Hagan, dit l'infirmière auxiliaire en reposant le téléphone. Le mari de Mme Pilar. Il sera bientôt là.

— Excellent. Et maintenant, je vous prie, téléphonez pour

demander que le neurochirurgien vienne le plus rapidement possible.

Elle ne résista pas à l'envie de jeter encore un coup d'œil à la salle d'attente.

Rohan tenait le lapin rose sur ses genoux et faisait comme si c'était la peluche qui lisait l'album.

Ce spectacle lui chavira le cœur à l'idée tout ce dont Jeevan et elle avaient été privés depuis que Rohan était reparti dans son île. Chaque fois qu'elle y pensait, la colère la prenait.

Mais elle savait aussi que c'était dangereux et malsain, puisqu'on ne peut rien changer au passé. Mieux valait se réjouir du présent et ne rien souhaiter de plus.

Alors qu'Elise confiait Mme Pilar aux soins d'un médecin et du neurochirurgien, le père de Brenna finit par arriver, le libérant de son rôle de baby-sitter. Rohan vit Brenna se jeter dans les bras de son père, et ce dernier le remercia chaleureusement d'avoir pris soin d'elle.

Elise aussi le félicita tandis qu'ils regagnaient le pick-up.

— Merci d'avoir tenu compagnie à Brenna. Elle a dû avoir si peur !

— C'est vrai. Le policier faisait de son mieux pour la consoler, mais cela ne marchait pas.

— Le lapin et l'album étaient un vrai coup de maître, dit-elle alors qu'ils grimpaient dans le véhicule. Quelle femme resterait insensible à quelque chose de doux et de vaporeux, tout en ayant deux hommes pour s'occuper d'elle ?

Rohan voulut rire, mais ce fut un drôle de bruit qui sortit de sa gorge tant était violent le désir qu'il ressentait pour la femme assise à son côté.

Arrête. Calme-toi. N'y pense plus.

Au prix d'un gros effort, il reprit la conversation comme si de rien n'était.

— Comment va sa mère ?

— Je ne peux pas te donner de détails sur son état de santé, mais je pense qu'elle ira bien dans quelque temps.

Il remarqua son air sombre.

— Peux-tu au moins me dire s'il s'agit d'un problème d'alcool ou de drogue, ou si le malaise qu'elle a eu est dû à une maladie ?

Elle lui lança un bref regard et soupira.

— À une maladie.

Sans doute un problème d'ordre neurologique ou lié à un diabète, pensa-t-il.

— Rentrons à la maison, suggéra Elise. Je meurs de faim.

— Si nous dînions en ville ? Cela t'éviterait d'avoir à faire la cuisine.

— Cela risque d'être bondé un peu partout, dit-elle. À moins que… Si, je connais un endroit où nous pourrions avoir une table.

Lorsqu'ils entrèrent dans le petit restaurant animé, une jeune femme vint à leur rencontre.

— Docteur Van Hagan, bienvenue chez nous ! Cela fait si longtemps… Papa va être ravi de vous voir.

Elle les conduisit vers une table située à l'écart. Peu après qu'elle les eut laissés pour leur chercher des boissons, un homme en tenue de chef sortit de la cuisine et fonça vers eux.

— Docteur Elise !

Comme elle se levait pour le saluer, il la serra dans ses bras.

— Cette dame a sauvé la vie de mon fils, lança-t-il d'une voix assez forte pour être entendu des clients des tables voisines.

Elise rougit et tenta de tempérer son enthousiasme.

— C'était un travail d'équipe, monsieur Kitterly !

Mais le chef ne voulait rien savoir.

— Si vous n'aviez pas été sur les pentes où vous l'avez retrouvé, il ne s'en serait jamais sorti. Les chirurgiens me l'ont dit.

Lorsque le chef repartit en cuisine, Elise attrapa le menu, les joues cramoisies, évitant visiblement de croiser son regard.

— Son fils était un excellent skieur, un athlète de classe internationale avant son accident, marmonna-t-elle. Quel dommage !

— Tu as fait un travail formidable avec l'équipe de sauveteurs. Pourquoi es-tu gênée quand les gens t'en parlent ?

— Je ne faisais pas cela pour qu'on me félicite.

— Pourquoi, alors ?demanda-t-il d'une voix douce.

Elle soupira et reposa le menu.

— J'ai toujours voulu faire cela, depuis que je suis toute petite, après avoir vu un documentaire sur ce sujet. Mais ma mère m'en a dissuadée, craignant que je ne puisse en vivre.

La serveuse leur apporta leurs boissons, et ce ne fut qu'après son départ qu'il reprit la parole.

— Quel dommage que tu aies abandonné ! J'ai vu hier à quel point tu étais compétente, alors que tu n'avais fait aucune intervention depuis un an.

— Mais j'étais pétrifiée ! Cela ne doit pas se produire au cours d'un sauvetage.

— Tu as pourtant réussi à dominer ta peur et à sauver un jeune homme qui serait mort sans ton intervention. Même terrifiée, tu as fait ce qu'il fallait.

— Tout comme toi.

— Que veux-tu dire ?

— J'ai entendu ce que tu as dit à Janice tout à l'heure, et je me rappelle ce que tu me disais de ta famille quand nous étions jeunes. J'imagine que tu n'as pas eu le soutien et la compréhension dont tu aurais eu besoin après ton accident. Peu de gens auraient été capables de réussir à traverser toutes ces épreuves aussi bien que tu l'as fait.

— « Réussir » ? répéta-t-il avec ironie. J'ignorais qu'on pouvait qualifier ainsi ce que j'ai fait au cours de ces dernières années.

La serveuse revint vers eux pour prendre leur commande. Rohan espérait qu'Elise passerait à autre chose après son départ, mais il n'en fut rien.

— Tu ne trouves pas qu'être associé dans une clinique vétérinaire en exerçant le métier dont tu rêvais depuis toujours, c'est une réussite ?

— Peut-être sur le plan matériel. Mais, socialement, je me suis coupé des gens. Ma façon de faire face aux problèmes n'est pas très… sympathique. Lorsque je rencontre une difficulté, je me replie sur moi-même. Cela a détruit mon mariage, parce que Survana ne supportait pas mon attitude.

Il n'avait jamais parlé de cela à personne, mais il avait besoin qu'Elise comprenne.

— J'aurais aimé lui donner ce qu'elle attendait de moi, mais le mur que je dressais entre moi et les autres, elle y compris, était trop épais. Je ne pouvais pas exprimer mes émotions, et plus elle me poussait dans mes retranchements, plus je battais en retraite. Si je sens que je perds le contrôle, ou si je suis stressé, je m'isole jusqu'à ce que j'aie réussi à me ressaisir.

— Je l'ai remarqué. Mais en même temps, une fois que tu es prêt, tu commences à communiquer. C'est cela, l'important, non ? dit-elle avec un petit sourire.

— Vraiment ? Je voudrais communiquer avec mon fils, et non me couper de lui s'il me pose des questions qui me mettent mal à l'aise.

— Sois simplement toi-même, répondit-elle sans hésiter. Ce n'est pas un enfant sans aucune expérience de la vie. Sois honnête et sincère, et il t'acceptera tel que tu es.

— Comment le sais-tu ? Comment savoir quelle sera sa réaction ?

Elise prit une profonde inspiration.

— Parce qu'il t'aime déjà, même s'il te croit mort. Je l'ai élevé dans cet esprit. Je voulais qu'il sache quel homme bien était son père. Jeevan se rendra compte que tu as vieilli, que tu es devenu un peu plus sérieux que la description que je lui faisais de toi, mais il a déjà de l'amour pour toi. Tout ce que tu as à faire, c'est d'accepter cet amour, conclut-elle en posant sa main sur la sienne.

À ce contact, il éprouva à la fois du plaisir et de la peine.

— Comment ai-je pu t'oublier, Elise ? T'aimer et balayer tout souvenir de ton existence ?

Les mots étaient sortis de sa bouche malgré lui.

Elle haussa les épaules, le regard triste, mais elle affichait un visage serein. Elle semblait en paix.

— Ce n'était pas ta faute, Rohan. Le cerveau est un organe

complexe. Le mieux pour nous est d'accepter ce qu'il s'est passé et de ne plus y penser, pour aller de l'avant.

— *Nous ?*

— Oui, nous. Crois-tu que c'est facile pour moi ? Cela me fait mal de savoir que tu n'as aucun souvenir de l'époque où nous étions ensemble. Mais je sais que ce n'est pas volontaire de ta part, et je me fais une raison. J'ai l'impression que, de ton côté, tu n'acceptes pas cette perte de mémoire.

Il prit son temps avant de répondre.

— Pendant longtemps, j'ai évité d'y penser, puis j'ai eu recours à Internet pour essayer de reconstituer ce que j'avais fait durant ces mois dont je ne savais plus rien. J'ai pris contact avec d'anciens camarades d'école, des amis que je n'avais pas revus depuis des années, et je les ai interrogés. Et quand j'ai vu qu'aucun d'entre eux ne pouvait m'éclairer, j'ai décidé qu'il était inutile de continuer à chercher. Je ne saurai jamais rien.

Il marqua une pause et hocha la tête.

— Mais ce trou dans mes souvenirs est pour moi une douleur permanente. Rien ne peut la soulager. Et maintenant, ça me fait encore plus mal car je sais que, si j'avais pu retrouver une partie de mes souvenirs, tu en aurais fait partie. Toi, ton amour, et le bonheur que nous avons partagé.

À présent, c'était Elise qui baissait la tête, comme si elle cherchait à se cacher.

Il fut sur le point de dire qu'ils pourraient peut-être connaître de nouveau cet amour et ce bonheur, mais il se retint, effrayé à l'idée de céder à ses pulsions.

Entendre Elise admettre qu'elle aussi souffrait de son amnésie rendait son propre combat un peu plus supportable, mais la situation lui paraissait encore plus triste.

Si lui-même avait tout oublié de leur relation d'autrefois, Elise, elle, se souvenait de tout : les petits gestes, les plaisanteries, les projets. Après tant d'années, il serait ridicule de croire qu'elle l'aimait encore comme autrefois, mais elle avait dû garder quelques sentiments pour lui, ce qui lui rendait la situation encore plus douloureuse.

C'était ce qui l'avait poussée à faire l'amour avec lui la nuit précédente… Mais il ne devait plus y penser, car elle avait clairement dit que cela ne se reproduirait pas.

Il fut soulagé de voir la serveuse apporter leurs commandes.

Ils quittèrent le restaurant en silence, chacun perdu dans ses pensées. Elise se sentait épuisée et incapable de faire face à la situation. Elle prit la décision de ne plus aborder de sujet de fond ce soir-là.

De toute évidence, elle était de nouveau tombée amoureuse de Rohan, et elle ne savait pas quoi faire. Elle aurait voulu avoir un peu de temps à elle pour réfléchir mais, avec Jeevan qui allait bientôt revenir et Rohan qui habitait chez elle, il lui serait impossible de trouver la solitude dont elle avait besoin.

Lorsqu'ils arrivèrent à la maison, il était trop tôt pour aller dormir.

— As-tu envie de jouer aux cartes ? demanda-t-elle à Rohan. Je te propose une partie de cribbage.

Il sourit.

— Cela fait des années que je n'ai pas joué mais, oui, avec plaisir.

Elle alluma le feu dans la cheminée, et ils s'installèrent sur le tapis près du foyer. Rohan semblait distrait, et comme il manquait de concentration, elle gagna la partie. Il réclama une revanche, qu'elle gagna aussi.

Tout en jouant, ils bavardaient de choses et d'autres, évitant les sujets graves pour ne parler que de leurs métiers et de la vie qu'ils avaient menée jusque-là.

— J'aurais pensé que tu choisirais plutôt de t'installer à Toronto, dit-elle. Tu adorais la vie citadine.

— C'est là que j'ai vécu lorsque je suis revenu au Canada, mais ensuite je suis allé de plus en plus vers l'ouest. Quand je suis arrivé à Calgary, je m'y suis senti bien, et cela fait maintenant huit ans que j'y habite.

— Moi, j'ai quitté Calgary il y a douze ans, quand ma sœur

et son mari sont partis vivre à Vancouver. Je voulais travailler dans une équipe de sauveteurs et j'ai pensé qu'ici c'était l'endroit idéal pour réaliser mon rêve.

Avant d'entamer une troisième partie de cartes, elle se rendit à la cuisine et revint avec un assortiment de pâtisseries traditionnelles de Noël.

— Oh ! Cela a l'air délicieux ! s'exclama Rohan d'un air gourmand.

Elle sourit.

— Il y a des biscuits au citron, des barres Nanaimo, et ces tartelettes au beurre que tu aimes tant.

Il en prit une et mordit dedans, les yeux clos, comme en extase.

— Au fait, dit-il, il y a une femme à l'hôpital, qui, de dos, m'a pris pour Jeevan.

— Comment as-tu réagi ?

— Je lui ai dit qu'elle faisait erreur. Mais je dois avouer que cette méprise m'a vraiment fait prendre conscience que j'avais un fils. Cela devenait soudain plus réel.

Elise n'avait pas envie de se relancer avec Rohan dans une conversation sérieuse. Elle préférait de loin bavarder et rire, ce qui lui rappelait les jours anciens. Mais elle se garda bien de le lui dire, de crainte que cela ne le ramène à son amnésie et ne réveille son stress. Mais quelque chose la préoccupait, et elle hésitait à lui en parler.

Rohan lui avait fait part de sa tristesse et de sa déception que sa famille se soit si mal conduite avec lui après son accident. Elle se souvenait de sa colère lorsqu'il avait découvert comment son père et Chandi s'étaient comportés avec elle. C'était le genre de colère qui vous ronge de l'intérieur, et elle détestait l'idée que Rohan la conserve en lui.

Ils terminaient leur troisième partie lorsqu'elle aborda le sujet.

— Es-tu toujours en colère contre ta famille à cause de ce qu'il s'est passé autrefois ?

— Comment peux-tu me poser la question ? Bien sûr !

Il avait l'air indigné, et voir combien il souffrait lui fit mal.

— Je crois que tu devrais leur pardonner, dit-elle lentement.

Cette fois, il la fusilla du regard, mais elle tint bon.

— Ce qu'ils ont fait est impardonnable, lança-t-il.

— C'est vrai. Mais pourtant il faut le faire, dans ton intérêt et dans celui de Jeevan. Ne penses-tu pas qu'il va vouloir connaître ta famille un jour ou l'autre ?

— Oui, mais…

— Que feras-tu si tu l'emmènes les voir ? Tu sélectionneras ceux à qui il aura le droit de parler et ceux à qui il devra lancer un regard incendiaire ? Quand il apprendra la vérité, il aura suffisamment à faire avec sa propre colère, tu ne crois pas ? Pourquoi y ajouter la tienne ?

— Il aura le droit d'être en colère. Comme nous tous. N'es-tu pas en colère, Elise ?

— Si, bien sûr. Seulement, je sais que cela ne me rendra pas ce que j'ai perdu. Alors, pourquoi laisser cette colère gouverner ma vie ? Et surtout, pourquoi la léguer à Jeevan ?

— Tu peux pardonner à mon père et à Chandi et continuer comme si de rien n'était ? C'est complètement fou ! Moi, j'en suis incapable.

— Écoute, je vais te rappeler ce que tu m'as déclaré un jour : « Je ne sais pas ce qui a poussé ton père à se conduire comme il l'a fait, mais parfois il faut accepter les gens tels qu'ils sont et admettre qu'on ne peut rien y faire. »

— Quand t'ai-je dit cela ? demanda Rohan, l'air curieux.

— Après que je t'ai raconté comment mon père nous avait abandonnées quand j'étais enfant et n'avait plus jamais donné de nouvelles…

Elle prit une profonde inspiration avant de continuer.

— Quand nous nous sommes rencontrés, toi et moi, ma mère était morte depuis seulement quelques années, et je ne m'étais pas encore remise de cette perte. Tu m'as posé des questions sur mon père, et je t'ai appris qu'il avait quitté la maison quand j'avais huit ans. Ce que tu m'as dit ce soir-là m'a aidée à prendre conscience qu'en fait je ne connaissais pas toute l'histoire. Alors, quelques années plus tard, ma sœur et moi avons fait des recherches. Nous avons réussi à retrouver une sœur de mon père. Elle nous a expliqué qu'il avait des problèmes de santé mentale et qu'il en souffrait depuis l'enfance. Il suivait un traitement qui s'était révélé efficace pendant un certain temps, mais cela n'avait pas duré. Peut-être avait-il cessé de le suivre, pensant qu'il était guéri. Sa sœur ne l'avait plus revu depuis des décennies, et personne dans sa famille n'avait eu de ses nouvelles, tout comme nous. Nous pensons à présent que ce besoin de disparaître fait partie de sa maladie, mais cela ne rend pas les choses plus faciles, surtout que je ne sais toujours pas ce qu'il est advenu de lui.

Rohan lui caressa la main, ce qui lui fit l'effet d'une petite décharge électrique dans le bras.

— Je ne t'ai pas raconté cela pour que tu me plaignes, dit-elle. Je voulais que tu comprennes à quel point cela a été dur pour moi quand je t'ai cru mort. C'était comme si j'étais de nouveau abandonnée. J'éprouvais même de la colère envers toi. Mais tu étais le père de mon enfant, et je devais te pardonner si je voulais l'élever de sorte qu'il soit fier de qui il était et d'où il venait. J'aurais pu le dresser contre toi en lui communiquant mon chagrin et ma colère, mais je n'ai pas voulu agir ainsi. Ne le dresse pas contre ta famille avec tes propres rancœurs.

Rohan fixa les flammes dans la cheminée comme pour éviter de croiser son regard, puis il secoua la tête.

— Je vais y réfléchir, mais je ne te promets rien. Je ne suis pas aussi magnanime que toi.

Rohan regarda Elise se lever, la fluidité de ses mouvements lui rappelant à quel point elle était forte et souple.

— Je vais faire du thé, dit-elle. Tu en veux ? Ou bien préfères-tu du café ?

Il lui sourit.

— Je boirais volontiers un café, merci.

Il commençait à comprendre comment elle fonctionnait : après une conversation sérieuse qui l'avait mise mal à l'aise, elle avait envie de bouger, de trouver quelque chose à faire, comme si cela l'aidait à évacuer son stress ou à digérer ce qui venait d'être dit.

Quelle chance qu'elle soit la mère de son enfant ! Elle avait su mettre de côté sa douleur et sa colère pour que Jeevan apprenne à aimer un homme qu'il n'avait pas connu et ne pourrait jamais rencontrer – du moins était-ce ce qu'elle avait cru durant toutes ces années.

Il était de plus en plus excité à l'idée de voir son fils. Si la peur n'avait pas complètement disparu, il avait maintenant de bonnes raisons d'espérer qu'ils parviendraient à créer un vrai lien.

Titan se mit à siffler. Comme Rohan regardait dans sa direction, l'oiseau exécuta une petite danse et pencha la tête sur le côté.

— Bon oiseau ! Joli Titan !

— Tu n'es qu'un cabotin, lui lança Rohan en riant.

Il entendit le téléphone d'Elise sonner, puis le murmure de sa voix dans la pièce voisine.

Jugeant que la conversation durerait un moment, il regarda autour de lui, cherchant quelque chose qui le distrairait de son désir omniprésent de faire de nouveau l'amour avec elle.

Les albums de photos étaient posés sur la table basse. Il prit celui qui se trouvait sur le sommet de la pile.

Lorsqu'il l'ouvrit, il se figea.

Ce n'étaient pas des photos de Jeevan, mais d'Elise et de lui-même. Ils étaient si jeunes, l'un et l'autre ! Et ils se souriaient en échangeant des regards pleins d'amour.

Alors qu'il contemplait une photo de lui, il porta inconsciemment la main à son visage et toucha ses cicatrices. Puis, prenant conscience de ce qu'il était en train de faire, il la laissa retomber.

Elise lui avait dit que tout le monde changeait avec l'âge, et il prenait conscience que, là, elle l'avait accepté tel qu'il était, comme elle l'avait fait par le passé. Durant toutes ces années, il avait oublié à quel point il est important de s'accepter. Il avait continué à souffrir de tous les changements que l'accident avait provoqués en lui.

Se voir tel qu'il était à l'époque l'aidait à se réconcilier avec la disparition du jeune homme qui regardait l'objectif en souriant, et à se sentir bien avec l'homme qu'il était aujourd'hui : un homme plus âgé et aussi plus sage, du moins il l'espérait.

En tournant les pages, il découvrit aussi autre chose. Quelque chose qui le poussa à reprendre l'album depuis le début pour y regarder de plus près.

Son cœur se mit à battre plus fort, et l'incrédulité l'amena à feuilleter fébrilement les pages.

Ce qu'il voyait lui paraissait incroyable, mais c'était là, sous ses yeux. Il ne pouvait y avoir qu'une explication, qui éclairait d'un coup ce qu'il ressentait pour Elise depuis leurs retrouvailles.

Celle-ci entra dans la pièce, apportant un plateau qu'elle posa sur la table.

— C'était Jeevan, au téléphone. Il a réussi à trouver un vol au départ de Hong Kong, mais il ne pourra pas être là avant le matin de Noël.

Il leva les yeux vers elle. Il devait avoir une expression étrange, car elle abandonna son plateau et s'agenouilla près de lui sur le tapis.

— Qu'est-ce qui ne va pas, Rohan ?

— Ça peut paraître bizarre, dit-il d'une voix étranglée, mais je crois que je t'ai cherchée.

— Quoi ?

— Je t'ai cherchée depuis que je suis revenu au Canada. Ce n'était pas conscient de ma part mais, depuis mon retour, je suis allé partout où nous étions allés ensemble il y a vingt-sept ans.

— Cela semble vraiment bizarre. Tu ne crois pas que tu te l'imagines ?

Il pointa du doigt une photo.

— C'est bien Corner Brook, en Nouvelle-Écosse, n'est-ce pas ?

Elise regarda la photo et hocha lentement la tête.

— Oui, je pense.

— Et là, c'est pris à Tignish, sur l'Île-du-Prince-Edouard. Celle-là, c'est à Truro, dit-il en tournant les pages. Et là, c'est à Moncton. Je le sais, parce qu'il y a quinze ans j'ai décidé de voyager dans les provinces maritimes. Je ne savais pas pourquoi, mais je me sentais obligé d'y aller. Je me suis aussi rendu à Halifax et à Québec.

Il feuilleta l'album pour lui montrer les photos prises dans ces deux villes.

— Et l'année suivante, j'ai passé un mois dans l'Algonkin Park pour y camper et faire du canoë.

— Rohan, il s'agit d'une simple coïncidence !

— Non, je ne crois pas. Après avoir travaillé quelque temps à Toronto et fait tous ces voyages, j'ai voulu bouger. Et le premier endroit où j'ai choisi d'habiter, c'était Guelph.

— Cela n'a rien de surprenant, puisque tu y avais étudié. C'était un endroit que tu connaissais.

Il secoua la tête.

— Je n'ai pas voulu y rester. J'ai continué de déménager, en me dirigeant toujours plus vers l'ouest. Je restais sur place un an, parfois moins, et j'allais ailleurs, jusqu'au jour où je suis arrivé à Calgary. Et là, j'ai cessé de bouger. Pourquoi, après des années d'errance, me suis-je arrêté là, si ce n'est parce que je savais, tout au fond de moi, que tu étais originaire de cette ville et que probablement tu y étais encore ?

10.

Elise regardait fixement Rohan qui, le regard brillant, affichait un large sourire.

C'était comme s'il avait ôté un masque, révélant le Rohan qu'elle pensait ne plus jamais revoir. Malgré les cicatrices qui marquaient son visage, il était redevenu l'homme qu'elle avait connu vingt-sept ans plus tôt. Et cela l'effrayait autant que les propos qu'il lui tenait.

Il ne pouvait certainement pas croire que, sans le savoir, il n'avait cessé de tenter de la retrouver ?

— Ce que tu dis ne tient pas debout, Rohan. Cela n'a aucun sens !

Elle vit son sourire s'élargir.

— Mais si, Elise ! Sinon, comment expliquer que j'aie été tellement attiré par toi dès qu'on s'est revus ? Et la nuit dernière, quand nous avons fait l'amour, pourquoi cela semblait-il si naturel ? Je crois que nous sommes faits pour être ensemble : quoi qu'il arrive, nous revenons toujours l'un vers l'autre.

— Non, je ne crois pas, dit-elle, apeurée au point d'en avoir la nausée. Ce n'est pas comme cela que fonctionne la mémoire, et le cerveau non plus.

Il lui lança un regard si amoureux qu'elle manqua défaillir.

— Ne m'as-tu pas dit que le cerveau est un organe complexe ? Pourquoi quelque chose d'aussi important que l'amour que nous avons eu l'un pour l'autre ne se serait pas stocké quelque part dans le mien, même si j'ai perdu les souvenirs des mois passés ensemble ?

— Je ne sais pas, mais je ne crois pas que tu aies été à ma recherche durant toutes ces années, ni qu'il y ait entre nous un lien autre que la nostalgie et le fait que nous avons un fils ensemble. Le reste n'a aucun sens.

Pourtant, elle aurait tellement voulu y croire ! Mais elle ne pouvait pas se le permettre, car il existait toujours le risque que Rohan se rende compte plus tard qu'il avait commis une erreur et qu'il la quitte de nouveau.

— Je n'ai aucun souvenir du passé, dit-il, je ne peux donc pas être nostalgique. Et je sais que la façon dont tu réagis à mes caresses n'est pas due seulement à de bons vieux souvenirs. Pourquoi as-tu peur ?

— Arrête, Rohan, murmura-t-elle. Je t'en prie, ne fais pas cela.

Quand il la prit dans ses bras, elle voulut résister, mais elle en fut incapable. Elle se laissa aller contre lui, partagée entre le sentiment de sécurité et de confort que lui procurait cette étreinte et la peur de le voir disparaître pour ne plus revenir.

— Quand nous sommes ainsi, comment peux-tu douter que nous sommes faits l'un pour l'autre ? lui murmura-t-il à l'oreille. Aurais-tu peur que je te quitte de nouveau comme je l'ai fait autrefois ?

Elle leva la tête et, sous son regard débordant de tendresse, les larmes aux yeux, elle trouva le courage de dire la vérité.

— Oui.

Rohan resserra son étreinte et lui donna un doux baiser.

— Je ne peux pas t'en faire le reproche, dit-il. Je t'avais promis d'être de retour pour Noël, et il m'a fallu vingt-sept ans pour tenir ma promesse. Et si nous y allions doucement, en nous accordant du temps pour que tu réapprennes à me faire confiance ? Si tu n'y parviens pas, je serai quand même toujours là pour toi. Je n'ai pas l'intention de disparaître.

— Et que dirons-nous à Jeevan ? Je ne veux en aucun cas qu'il souffre à cause de nous.

— C'est un adulte, maintenant. Il comprendra probablement qu'il y a encore un lien très fort entre nous deux. Mais nous n'allons rien précipiter, et nous ferons en sorte qu'il sache qu'il n'aura jamais à choisir entre toi et moi. Nous serons toujours là pour lui, en toutes circonstances.

Elle était partagée entre l'envie d'accepter sa proposition de donner une nouvelle chance à leur amour et la peur de souffrir à nouveau. Aimer Rohan et l'avoir perdu l'avait presque anéantie, cela lui avait laissé des cicatrices invisibles qui marquaient encore profondément son cœur…

Soudain, elle repensa à ce qu'elle avait dit à Rohan le jour même : qu'il faut laisser le passé derrière soi pour aller de l'avant. Il était temps pour tous les deux de se libérer du passé. Peut-être que, avec le temps, ils parviendraient grâce à leur amour à se guérir mutuellement ?

— J'aimerais tenter ce que tu proposes, dit-elle. Nous pourrions commencer par nous voir de temps en temps, comme si nous étions au début d'une relation amoureuse, mais Calgary est assez loin d'ici.

— Une heure et demie de route, ce n'est pas si long. De toute façon, il me reste encore des congés à prendre. Je pourrais m'installer une quinzaine de jours ici à l'hôtel. Cela nous donnerait le temps de voir comment nous organiser.

S'écartant légèrement de lui, elle le regarda.

— Pourquoi ne pas simplement rester chez moi ?

Il haussa les sourcils.

— Dans la chambre d'amis ?

— Mais non !

— Et Jeevan ? Je croyais que tu ne voulais pas qu'il pense que nous étions ensemble, toi et moi ?

— Honnêtement, il est temps que je cesse de me servir de lui comme excuse pour ne pas avoir de vie personnelle. Et je pense que ce sera bien pour lui de se rendre compte que nous essayons de voir si cela remarche entre nous. Après tout, il m'a toujours entendu dire que tu étais un homme merveilleux. Si je te laissais partir de nouveau, il penserait que je suis une menteuse ou une folle !

Rohan éclata de rire, ce qui la remplit d'espoir.

S'ils pouvaient se parler, rire, s'aimer, partager leurs peurs et leurs rêves comme ils le faisaient autrefois, tout devrait bien se passer.

Elle lui prit le visage entre ses mains et posa un baiser sur ses lèvres. Comme il l'attirait contre lui et lui rendait fiévreusement son baiser, elle cessa de songer au passé pour vivre pleinement l'instant présent avec le Rohan d'aujourd'hui. Et de demain avec un peu de chance.

Rohan la renversa doucement devant le feu de bois. Il se montrait si tendre qu'elle en eut presque les larmes aux yeux.

— Comme tu es belle, murmura-t-il.

— Toi aussi, tu es beau, répondit-elle en suivant du doigt le tracé de ses lèvres.

Ils se caressaient mutuellement, prenant tout leur temps pour redécouvrir le corps de l'autre.

Elle se mit à gémir, en proie à une excitation si violente que cela s'apparentait à une torture.

Parvenue au comble du plaisir, elle cria et s'accrocha à Rohan comme pour ne plus jamais le lâcher.

Une fois leur désir assouvi, ils restèrent dans les bras l'un de l'autre, jambes entremêlées.

— J'aurais tant aimé te voir enceinte de Jeevan, dit Rohan avec une pointe de mélancolie dans la voix. Ou te retrouver plus tôt, ce qui nous aurait permis d'avoir d'autres enfants.

— Il ne faut rien regretter, Rohan. Maintenant, il faut regarder devant nous.

— Je sais, mais… Qu'est-ce que… ?

Il se redressa brusquement.

Lorsque Elise s'assit à son tour, ce fut pour voir Rohan fixer du regard Baxter, l'air furieux. Phoebe se tenait dans l'embrasure de la porte, gardant ses distances, mais visiblement très intéressée par ce qui était en train de se passer.

— Il… Il m'a *reniflé* ! lança Rohan d'un ton indigné. Et il a la truffe très froide !

Elise voulut lui expliquer que c'était le moyen qu'avait trouvé le chien pour leur rappeler que l'heure de sa promenade était passée depuis longtemps, mais elle fut prise d'un fou rire qui redoubla d'intensité lorsque Rohan tourna vers elle son regard offusqué.

Lui aussi finit par éclater de rire, tandis que Baxter s'éloignait, l'air digne.

Riant toujours, elle commença à rassembler ses vêtements.

— Qu'est-ce que tu fais ? grommela Rohan.

— Les chiens ont besoin de sortir.

Rohan bâilla et s'étira, puis il attrapa son jean.

— Je t'accompagne.

Ils sortirent par la porte de derrière et, dès qu'ils furent dehors, il prit sa main gantée dans la sienne.

Ce simple geste réussit à faire disparaître toutes ses craintes, à part celles concernant la rencontre des deux hommes de sa vie lorsque Jeevan reviendrait à la maison.

Comme s'il devinait son changement d'humeur, Rohan lui pressa la main.

— As-tu des regrets ?

— Non, aucun. Je me fais simplement un peu de souci en pensant à la façon dont Jeevan réagira quand il saura, pour nous deux.

— Moi aussi, avoua-t-il. Nous allons prendre tout notre temps, comme nous avons dit, même si, je te l'avoue, ce ne sera pas facile pour moi.

— Et pourquoi ?

Il se tourna vers elle et, à la faible lumière donnée par l'éclairage extérieur fixé au-dessus de la porte, elle lut dans ses yeux tout le désir qu'il avait pour elle.

— Pourquoi ? Parce qu'il suffit que je te regarde pour que j'aie envie de toi, dit-il d'une voix feutrée. Et je ne sais pas quoi faire pour empêcher que tout le monde s'en aperçoive.

Qu'était-il arrivé à l'homme sombre et renfermé qui masquait ses sentiments et évitait toute implication ?

Lorsqu'elle lui posa la question, il eut un petit rire gêné.

— Je n'en ai pas la moindre idée. Au cours de ces deux derniers jours, l'homme que j'étais a fondu peu à peu. Non pas que j'imagine redevenir la personne que j'étais avant l'accident, mais j'ai l'impression d'être délivré du poids du passé.

— J'en suis heureuse si cela t'aide à te sentir mieux. Mais

si jamais une situation ou une conversation te met mal à l'aise, tu as parfaitement le droit de reprendre tes distances comme tu l'as fait durant toutes ces années. Cette capacité à te mettre en retrait t'a rendu service. C'est bien de savoir se protéger.

Il leva la tête vers le ciel nocturne et respira profondément, puis il la prit par la taille et la serra contre lui.

— Pendant des années, j'ai cru que l'homme que j'étais devenu était beaucoup moins bien que celui d'avant. Les gens ne cessaient de me le répéter, et je l'avais intégré. C'était comme un poison qui me tuait lentement.

Il la fit pivoter pour qu'elle se trouve face à lui, et elle eut le cœur serré en lui voyant l'expression émerveillée d'un homme heureux.

— Tu m'as donné l'antidote dont j'avais besoin, et je t'en serai toujours reconnaissant.

Il l'attira à lui, et leurs lèvres s'unirent en un long baiser passionné. Les mots étaient devenus inutiles.

Elle rappela les chiens et emmena Rohan directement dans sa chambre.

Le lendemain matin, en se réveillant avec Elise blottie contre lui, Rohan sourit, submergé par le bonheur. Et quand elle ouvrit les yeux et roula sur lui, réclamant un baiser, il crut toucher à l'extase.

Ils sortirent les chiens ensemble, tenant à la main leur mug de café brûlant.

Bien que la météo ait annoncé que la neige ne recommencerait à tomber que tard dans la soirée, des nuages s'entassaient à l'horizon.

Voyant le regard d'Elise fixé vers l'ouest, il comprit qu'elle s'inquiétait.

— Il arrivera, dit-il simplement.

Elle sourit.

— Oui, j'en suis sûre.

Cherchant à lui changer les idées, il commença à jeter des boules de neige à Baxter.

Baxter montrait toujours autant de perplexité en voyant les boules de neige disparaître comme par enchantement quand il mordait dedans. Quant à Phoebe pour qui ce jeu était certainement une nouveauté, elle tentait d'y participer, adoptant des attitudes si saugrenues qu'il était impossible de la regarder sans éclater de rire. Elise et Rohan furent saisis d'un fou rire inextinguible au spectacle que leur offraient les deux chiens.

Lorsqu'ils regagnèrent la maison, Elise se mit à préparer le petit déjeuner pendant que Rohan séchait les chiens et remplissait leurs gamelles. Quand il eut terminé, il se lava les mains à l'évier, mais toute son attention était focalisée sur Elise. Il ne pouvait pas s'en empêcher.

Jamais il ne s'était senti aussi léger, aussi libre, aussi heureux. Mais il était stressé à l'idée de rencontrer bientôt Jeevan. Comment réagirait-il si son fils le rejetait ? Serait-il capable de renoncer au bonheur qu'il venait juste de trouver auprès d'Elise, pour ménager le lien qui unissait la mère et le fils ? Était-ce ce qu'elle attendait de lui ?

— Eh, dit-elle, l'arrachant à ses sombres pensées, tout se passera bien !

— Oui, bien sûr.

Mais il n'en était pas convaincu.

— J'ai un rendez-vous chez le coiffeur à 14 heures, dit-elle en retournant les crêpes dans la poêle. Tu peux rester ici si tu veux, ou bien m'accompagner en ville.

— J'irai avec toi. Pendant que tu seras chez le coiffeur, je me promènerai.

Il voulait lui acheter un cadeau. C'était l'occasion de le faire sans qu'elle se doute de quoi que ce soit.

La journée s'écoula dans une atmosphère paisible. Le simple fait d'être en compagnie d'Elise suffisait à le remplir de bonheur. Il ne vit pas le temps passer, et bientôt arriva le moment de se préparer pour aller au gala de bienfaisance de l'équipe de sauvetage.

Quand il fut prêt, il s'installa dans la salle de séjour en attendant qu'Elise le rejoigne. Quelques minutes plus tard, il entendit le bruit de ses pas dans le couloir, leva les yeux et resta interdit, les yeux braqués sur elle.

— Quoi ? demanda-t-elle, l'air gêné.

— Tu es magnifique ! Tout le monde va me détester d'avoir à mon bras la plus belle femme de la soirée.

Elle rougit légèrement et sourit.

— Merci. Toi aussi, tu n'es pas mal du tout.

— J'ai très envie de t'embrasser, mais cela risque de t'enlever ton rouge à lèvres et tu m'en voudrais sûrement.

Le regard d'Elise s'embruma tandis que ses lèvres se plissaient en une moue sexy.

— Je pourrai toujours en remettre, murmura-t-elle.

Il n'avait pas l'intention de renoncer à une telle invitation, aussi quittèrent-ils la maison plus tard que prévu.

L'hôtel où se déroulait le gala avait été décoré de façon à évoquer la magie de Noël. Quand ils arrivèrent, la salle de bal était déjà pleine à craquer. Un homme de haute taille, à l'allure sportive, vint à leur rencontre, affichant un sourire de soulagement.

— Elise ! J'ai bien cru que tu ne viendrais pas.

— Je t'avais dit que je serais là, Tom, répondit-elle en tendant la joue pour recevoir un baiser. Laisse-moi te présenter le Dr Rohan Khan. Rohan, voici Tom Harding, le chef de l'équipe.

Rohan échangea une poignée de main avec Tom, qui planta son regard dans le sien.

— On m'a dit que vous étiez entré dans cette grange avec Elise pour sortir de là Ben Sullivan.

— Oui, en effet.

— Janice était si reconnaissante de ce que vous avez fait tous les deux qu'elle m'a téléphoné de l'hôpital pour tout me raconter.

— Désolée, Tom, de ne pas t'avoir déjà envoyé un rapport sur cette opération de sauvetage, dit Elise. Je ne l'ai pas encore commencé.

— C'est Noël, cela peut attendre quelques jours. Mais je

me demandais si le Dr Khan ne voudrait pas rejoindre l'équipe. Nous avons toujours besoin de volontaires.

Rohan secoua la tête.

— Vous m'en voyez très flatté, mais ce n'est pas dans mes projets. D'autre part, je vis à Calgary, alors je ne pourrais pas vous êtes très utile ici.

— Dommage. J'espérais vous recruter et vous voir nous ramener Elise. C'est une des meilleures recrues que nous ayons eues.

— En fait, Tom, je voulais te parler de cela, dit Elise.

Le visage de Tom Harding s'illumina.

— Tu serais prête à revenir ?

— J'y songe. Mais si tu veux que je travaille avec un chien, il m'en faudra un nouveau. Je ne veux pas mettre en danger la santé de Baxter.

Tom se frotta les mains comme s'il venait de décrocher le gros lot.

— Nous rediscuterons de tout cela plus tard mais, pour moi, c'est la meilleure nouvelle depuis des semaines.

Elise se mit à rire.

— Vous vous êtes très bien débrouillés sans moi.

— Mais avec toi, nous sommes encore meilleurs.

Quelqu'un appela Tom, réclamant sa présence.

— Je vous laisse, dit-il. Mêlez-vous aux autres et n'hésitez pas à participer aux enchères. Et ouvrez bien vos oreilles, il y aura quelque chose de spécial dans quelques minutes.

Quand Tom se fut éloigné, Elise se rendit compte que Rohan la regardait avec un grand sourire.

— Pourquoi as-tu cet air ravi ? demanda-t-elle.

— Parce que ce que tu viens de dire à Tom me rend très fier de toi.

— Sans toi, je n'en aurais pas eu le courage, avoua-t-elle.

Comme il se penchait vers elle pour lui poser un petit baiser sur la joue, elle sut que son destin était de partager sa vie avec lui. Son amour n'avait jamais vraiment disparu, il était simplement resté endormi au fond de son cœur pour se réveiller, plus fort que jamais.

— J'ai quelque chose à te dire, murmura-t-elle en lui caressant la joue.

— Je t'écoute, répondit Rohan tout bas.

— Je t'aime, je t'ai toujours aimé, et je t'aimerai toujours.

Il devint tout pâle, puis il sourit, et son visage s'illumina.

— Moi aussi, je t'aime, Elise. Mais n'aurais-tu pas pu attendre un peu pour me le dire ? Je risque de te mettre dans une situation embarrassante devant tes collègues !

— Non, j'ai déjà attendu trop longtemps.

— Eh bien, je crois que je vais te demander de me le prouver d'ici peu, juste pour m'assurer que tu penses vraiment ce que tu viens de dire.

Elle étouffa un petit rire, envahie d'une bouffée de désir.

— D'accord. Si on allait boire quelque chose ? Je commence à trouver qu'il fait très chaud ici.

La prenant par la taille, il l'entraîna vers le bar.

Pendant qu'ils circulaient dans la salle, un verre à la main, elle prit conscience des regards curieux qu'ils suscitaient. Personne ne leur posait de question, mais elle savait que tous s'interrogeaient. La plupart connaissaient Jeevan. Comment ne remarqueraient-ils pas l'extraordinaire ressemblance qui existait entre Rohan et son fils ?

Mais cela lui était bien égal. Bientôt, tout le monde saurait que le père de Jeevan avait refait surface et avait repris sa place dans sa vie pour toujours !

Alors qu'ils bavardaient avec des anciens collègues, elle vit Tom monter sur l'estrade et s'emparer du micro.

Le silence se fit bientôt dans la salle.

— Mesdames et messieurs, bonsoir. Merci à tous d'être venus ce soir apporter votre soutien à notre collecte de fonds qui a lieu chaque année à Noël. Dans un instant, nous allons passer à table mais, ce soir, nous commençons avec une petite surprise.

Des murmures s'élevèrent dans la foule. Dans l'expectative, tout le monde fixa son attention sur Tom.

— L'an dernier, comme vous le savez, notre équipe a perdu un de ses membres, qui avait choisi de nous quitter. Le Dr Elise Van Hagan était, et est toujours, l'une des meilleures secouristes avec qui j'aie eu le privilège de travailler.

Sous le choc, Elise sentit ses jambes flageoler et fut heureuse de pouvoir s'appuyer sur Rohan, qui lui passa un bras autour des épaules.

— Lorsque le comité s'est réuni pour préparer cette soirée, continua Tom, nous avons parlé de l'admiration que nous avions pour le Dr Van Hagan, et nous avons décidé de lui rendre hommage ce soir. Elise, veux-tu venir me rejoindre sur cette estrade, je te prie ?

— Allez, vas-y, murmura Rohan en la débarrassant de son verre.

Comme elle ne bougeait pas, il la poussa légèrement.

D'un pas hésitant mais la tête haute, elle marcha parmi les applaudissements vers Tom, qui l'accueillit d'un large sourire.

— Elise, tout ceci était organisé bien avant que tu ne m'annonces, il y a quelques instants à peine, que tu songeais à revenir dans l'équipe.

Il marqua une pause pendant qu'éclataient des applaudissements nourris. Lorsque ceux-ci se calmèrent, il reprit la parole.

— Tu peux imaginer à quel point ta décision nous ravit, mais cela ne fait pas oublier le magnifique travail que tu as accompli au sein de l'équipe durant les dix dernières années.

Il se tourna alors vers le public.

— Il y a deux jours, j'ai appelé Elise pour lui demander de se rendre sur les lieux d'un accident. Une grange s'était effondrée, et l'équipe ne pouvait être sur place aussi rapidement qu'elle. Elise a accepté sans hésiter un instant, et elle a sauvé la vie d'un jeune homme.

Cette fois, il y eut un tonnerre d'applaudissements et des sifflets admiratifs.

Elise se sentit devenir écarlate.

— Allez, Tom, viens-en au fait. Je suis sûre que tout le monde meurt de faim.

Ce qui déclencha l'hilarité générale.

— Bon, d'accord. Ordre du médecin. Elise, au nom de l'équipe de sauveteurs de Banff et de toutes les personnes que tu as contribué à sauver au cours de ces années, je suis heureux de t'offrir cette plaque célébrant les services que tu as rendus à notre communauté.

Entendant des pas résonner derrière elle, Elise se retourna, s'attendant à voir apparaître quelque personnalité officielle. Au lieu de quoi…

— Jeevan !

Il arborait un large sourire, mais elle le connaissait assez pour voir dans son regard qu'il se posait des questions.

Tandis que l'assistance applaudissait à tout rompre, elle serra son fils dans ses bras.

— Tu es là ! Tu es rentré !

11.

Rohan restait figé sur place, le regard braqué sur le jeune homme qui venait de surgir des coulisses pour embrasser sa mère. En l'observant, il ne put s'empêcher de sourire, le cœur battant à tout rompre.

Son fils !

Pendant que la mère et le fils s'étreignaient, il n'avait d'yeux que pour eux.

Elise avait les larmes aux yeux, et Jeevan lui caressait la joue, riant de la surprise qu'il venait de lui faire. Il y avait tant d'amour entre ces deux-là…

Puis il les vit se tourner tous les deux vers lui. Jeevan souriait toujours, mais avec un regard interrogateur. Il avait dû observer la salle depuis les coulisses et se demander qui était cet homme qui semblait si proche de sa mère.

Le trio quitta la scène et disparut derrière le rideau.

Que devait-il faire ? Les rejoindre ? Rester où il était ?

Il vit Elise écarter le rideau. Elle n'eut même pas à lui faire signe, il se dirigeait déjà vers l'estrade. Il avait l'estomac noué et la gorge sèche, mais rien n'aurait pu l'empêcher d'aller les retrouver, elle et son fils.

Tandis qu'il grimpait les marches de l'estrade, il entendit la voix de Jeevan :

— Il n'y a jamais eu de voyage en Australie. J'avais décidé de te faire une surprise, avec l'aide de Tom. Mais qui est ce type ? Vous semblez vraiment très proches, tous les deux. Est-ce lui qui t'a convaincue de réintégrer l'équipe ?

— C'est…

Elle s'interrompit en le voyant apparaître, et Jeevan se retourna.

À cet instant, Rohan vit à quel point ils se ressemblaient tous les deux. Et ils étaient à peu près de la même taille, sauf que Jeevan le dépassait de quelques centimètres.

Il sentit son cœur s'emballer, mais il soutint le regard de son fils, qui fronçait les sourcils, la bouche crispée.

— Maman ?

Elise semblait incapable de faire un geste ou de dire un mot.

— Maman ? répéta Jeevan en se tournant vers elle.

Tremblante comme une feuille, elle essaya de sourire.

— Oui, c'est bien lui. Il est vivant, et il nous a trouvés.

— Comment… ? Je croyais… Tu m'avais dit qu'il était mort !

— Je t'expliquerai, dit Elise.

Rohan sentit son sang se figer dans ses veines. Elise avait dit « je ». Pas « nous ».

Mais n'en avait-elle pas le droit ? Elle avait élevé Jeevan seule. Il existait une vraie relation entre eux, alors que lui n'était encore qu'un étranger qui espérait être accepté.

— Je vais vous laisser, dit-il en essayant de ne pas prendre un ton glacial.

Et il pivota sur ses talons pour regagner la salle de bal.

— Attends !

Entendre les deux voix l'appeler en même temps le bloqua sur place. Il se retourna et vit Jeevan venir vers lui.

Il se retrouva dans les bras de son fils, qui le serrait à l'étouffer.

— Papa. Papa !

C'était comme si, soudain, tout rentrait dans l'ordre.

Elise se demandait comment elle avait réussi à tenir le coup durant la soirée. Le dîner à peine terminé, ils s'étaient éclipsés tous les trois.

Sur le chemin du retour, Jeevan les avait bombardés de questions, ne s'interrompant que pour aller chercher ses bagages chez l'ami qui l'avait hébergé. Rohan et elle avaient dû tout reprendre depuis le début, expliquer l'accident et raconter comment le père de Rohan avait menti pour s'assurer qu'elle sorte définitivement de la vie de son fils.

— Ouah ! C'était vraiment minable. Sais-tu pourquoi il a fait cela, papa ?

— Je crois que c'était pour m'amener à épouser la fille de l'un de ses amis. Il voulait que les deux familles s'allient. Mon père ne pensait qu'à faire des affaires et de l'argent.

— Et que s'est-il passé ? As-tu épousé cette femme ?

— Oui, mais cela n'a pas marché entre nous.

Il y eut un petit silence. Comme Elise jetait un coup d'œil dans le rétroviseur, elle aperçut Jeevan qui secouait la tête.

— Je suis désolé que tu aies vécu tout cela, papa.

— Merci, fils, répondit Rohan.

Elle eut le cœur serré en le voyant essuyer une larme.

— Bon sang ! s'écria Jeevan. Mon père est là ! Mon père est revenu ! Dis, papa, tu voudras bien m'apprendre à lancer la balle au base-ball ?

— Désolé, fils, j'ai grandi à Trinité-et-Tobago, alors je peux t'apprendre à jouer au cricket, si tu veux. Mais pour le base-ball, c'est non. Et pour ce qui est du hockey, n'y pense même pas !

Tous trois riaient encore en sortant de la voiture.

— Maman, j'espère bien qu'il y a quelque part dans la maison des tartelettes au beurre qui m'attendent. Sinon, ce ne serait pas Noël !

— À condition que ton père ne les ait pas toutes mangées.

— Eh, ne le pousse pas à me prendre déjà en grippe, protesta Rohan en riant. Laisse-lui au moins le temps d'apprendre à me connaître, pour qu'il puisse me détester pour de bonnes raisons, et pas pour des gâteaux !

— Je ne t'ai jamais détesté, dit Jeevan d'un ton grave. Et cela n'arrivera jamais.

— Heureux de te l'entendre dire.

Et, comme s'ils ne pouvaient s'en empêcher, ils se prirent de nouveau dans les bras.

Baxter fit une telle fête à Jeevan que Phoebe en fut effrayée.

Elise prépara du chocolat chaud qu'elle servit dans la salle de séjour.

Voyant que le sapin n'était pas encore décoré, Jeevan insista pour que tous trois comblent cette lacune de suite. Il jugeait inacceptable que le sapin soit nu le matin de Noël.

— Tu devrais écrire un livre, dit-il à son père tout en accrochant une guirlande. Ton histoire ressemble à un soap opera, ou à un film de Bollywood. On croit le héros mort, et puis, quand on s'y attend le moins, le voilà qui réapparaît.

— Raconté comme ça, bien sûr, c'est peu crédible. Les gens penseraient que j'ai tout inventé.

— De nos jours, intervint Elise, on a du mal à imaginer ce qu'était la communication autrefois. L'information restait très locale. On savait à peine ce qu'il se passait dans la ville voisine. Aujourd'hui, tout le monde a un téléphone portable, et l'on s'envoie des messages, des photos, des vidéos... Internet a changé la face du monde.

Elle savait qu'il faudrait un peu de temps à Jeevan pour comprendre comment une telle situation avait pu se produire. Mais elle avait maintenant la conviction que tout se passerait bien.

Rohan et elle étaient tombés d'accord pour cacher pour l'instant à leur fils la nature de leur relation actuelle. Ils avaient donc décidé que, dans un premier temps, ils ne dormiraient pas ensemble, jugeant qu'il valait mieux ménager Jeevan. Une surprise à la fois leur semblait largement suffisante pour lui.

— Ah, j'adore Noël ! s'exclama Jeevan. Et celui de cette année est vraiment le meilleur.

— J'ai hâte que tu nous racontes ton voyage en Indonésie et à Bornéo, dit Rohan. As-tu rassemblé assez de données pour ton doctorat ?

— Oui, je pense. Cette mission était passionnante, mais la vie là-bas s'est révélée assez dure. Je comprends que certains scientifiques préfèrent le terrain, mais la vie dans la jungle n'est pas faite pour moi. En tout cas, pas en permanence.

Elise se sentit soulagée. Elle avait craint que Jeevan ne passe son temps à voyager dans des pays lointains ou ne réside dans des lieux inaccessibles. Même s'il ne restait pas à Banff, elle aurait probablement des chances de pouvoir aller le voir régulièrement là où il se fixerait.

— Est-ce toi qui as poussé maman à réintégrer l'équipe de sauvetage ? demanda Jeevan à son père. Je lui avais dit, l'an dernier, qu'elle ne devait pas abandonner. Sais-tu qu'elle avait quarante-deux ans quand elle a passé brillamment les épreuves physiques, alors que des candidats de la moitié de son âge ont échoué ?

Rohan la regarda avec une expression qui la fit rougir. Elle se réjouit que Jeevan, occupé à accrocher des babioles aux branches du sapin, leur tourne le dos.

— Je l'ignorais, dit Rohan, mais je n'en suis pas surpris. Non, ce n'est pas moi qui l'ai poussée, mais je lui ai dit que je lui trouvais des qualités exceptionnelles dans ce domaine.

Et il se mit à raconter à leur fils les interventions qu'ils avaient faites ensemble – le sauvetage de Ben, l'aide apportée à Mme Pilar, et même l'histoire du corbeau blessé.

— Vous n'avez pas chômé, tous les deux ! s'exclama Jeevan.

— Tu peux le dire, confirma-t-elle.

La décoration du sapin était à présent presque terminée.

— Je crois vraiment que vous avez matière à écrire un best-seller, déclara Jeevan. Et si l'histoire se terminait par un mariage, ajouta-t-il en leur lançant un regard taquin, vous pourriez le publier dans une collection de romans à l'eau de rose ! Il paraît que le marché est énorme.

— Jeevan ! protesta-t-elle, s'efforçant de prendre un air offusqué.

Mais Rohan vint tout gâcher.

— Chut, fiston, ne va pas lui faire peur. J'y travaille.

— Décidément, c'est vraiment le plus beau des Noëls, lança Jeevan, le visage rayonnant.

Il était clair qu'il savait déjà que ses parents s'aimaient toujours, et de toute évidence cela ne lui posait pas de problème.

— Le premier d'une longue série, affirma Rohan.

Il avait l'air si sûr de lui et si amoureux qu'elle alla l'embrasser, sans plus se soucier de ce que Jeevan pourrait en penser.

— Oui, dit-elle en souriant. Le premier d'une longue série de très beaux Noëls où nous serons ensemble.

LOUISA GEORGE

L'infirmière amoureuse

Traduction française de
CAROLINE JUNG

BLANCHE

HARLEQUIN

Titre original :
NURSE'S ONE-NIGHT BABY SURPRISE

1.

— Je ne veux pas aller à l'école !

Fraser se tourna vers la jeune passagère de sa voiture. Elle regardait les bâtiments blanchis à la chaux et aux toits d'ardoise, devant lesquels un grand panneau annonçait : « Bienvenue au lycée de Bowness »

— J'ai mal au ventre, ajouta-t-il en se massant l'estomac, cherchant à s'attirer un peu de compassion.

Mais elle n'était manifestement pas disposée à lui en accorder une once. Elle fronça les sourcils puis leva au ciel ses yeux un peu trop maquillés et resserra sa queue-de-cheval.

— N'importe quoi ! rétorqua-t-elle. Tu es en pleine forme.

— S'il te plaît, Lily ! Tu ne veux pas me faire un mot d'absence ?

— Ce ne serait pas plutôt à toi de me faire un mot ?

— J'ai besoin d'une personne responsable. Tu en connais une ?

— Arrête, papa !

Mais un sourire se dessina sur ses lèvres – enfin ! – et elle fit mine de lui donner un coup de poing dans le bras.

— Franchement, tu es pire que moi. Il faut que tu y ailles. C'est ton travail. Tu as signé un contrat et tout. Arrête de faire l'andouille.

— J'ai quand même réussi à te faire sourire, constata-t-il.

Ce mince sourire lui permettrait de tenir le coup pour la suite, qui n'allait probablement pas être simple. Pas plus que les mois qui venaient de s'écouler.

Elle lui jeta un regard désabusé.

— J'ai souri par pitié.

— Mes blagues te faisaient rire, avant.

— C'est parce que, *avant*, elles étaient drôles. Quand j'avais six ans, par là.

Elle en avait désormais quinze, et cherchait à en paraître dix de plus. Ses cils étaient alourdis par un mascara interdit par le règlement du lycée, tout comme le gloss qui faisait briller ses lèvres – mais il n'avait rien dit, ne voulant pas se disputer avec elle avant de partir. Elle portait aussi une jupe dont il aurait juré qu'elle était plus longue quand ils l'avaient achetée, deux semaines auparavant. Il avait décidé de faire comme si de rien n'était. Il ne pouvait pas se battre sur tous les fronts. Surtout le premier jour de son nouveau contrat dans un nouvel établissement.

Un nouveau départ.

Il se souvenait, comme si c'était hier, du premier sourire de Lily, de sa première dent, de son premier jour de crèche. Comment le temps avait-il pu passer aussi vite ? Comment ce petit bout qui tenait dans le creux de son bras s'était-il métamorphosé en cette magnifique ado boudeuse et en colère ?

Ils avaient toujours fait équipe, et elle avait toujours ri à ses blagues. Pourquoi le voyait-elle désormais comme la cause de toutes ses contrariétés ?

Il croisa son regard, aussi noir que celui de sa mère, et y perçut de la souffrance. De la peur, aussi.

Il devait faire en sorte que tout se passe bien. C'était son rôle de père.

Jusqu'aux dix ans de Lily, il avait partagé ce rôle avec la mère de sa fille : Ellen. Ils avaient opté pour la garde partagée et vivaient dans le même quartier. Ce qui avait commencé comme une aventure d'un soir s'était transformé en une belle et sincère amitié. Mais cette femme drôle, adorable, généreuse était morte, à présent. Et il avait dû assumer seul l'éducation de leur fille, être là tant bien que mal pour elle face au deuil puis, à présent, face aux hormones de la puberté. Rien de ce qu'il disait ou faisait ne trouvait plus grâce à ses yeux.

Il tapota sa main.

— Sérieusement, Lily, ça va ?

Elle regarda la neige qui fondait sur le pare-brise et son

visage retrouva l'expression maussade qui ne l'avait pas quitté pendant les cinq heures qu'avaient duré le voyage entre Londres et le Lake District, la région où Ellen avait grandi. Lily avait arboré la même expression pendant toutes les vacances de Noël, en particulier quand ils étaient allés acheter l'uniforme qu'elle portait à présent. Lily ne voulait pas de cette nouvelle vie : l'ancienne lui convenait parfaitement bien.

C'était précisément la raison pour laquelle ils avaient quitté Londres.

Elle dégagea sa main et tripota les sangles de son nouveau sac à dos hors de prix. Il lui trouva l'air plus déprimé que d'habitude.

— Non, répondit-elle dans un haussement d'épaule. Ça ne va pas et tu le sais. Mais qu'est-ce que ça change ? On est là et je n'ai pas mon mot à dire.

Son cœur se serra. Si seulement Ellen était là ! Elle saurait quoi faire. Cela dit, si Ellen était là, il n'aurait pas levé les voiles pour s'éloigner de tout ce qui faisait le quotidien de Lily. Désespéré, il avait pensé au Lake District. Et s'était demandé si, à tout hasard, la marraine de Lily était revenue, elle aussi, dans sa région natale. Tout en doutant, après ce qui s'était passé cinq ans auparavant, qu'elle ait envie de les revoir.

La culpabilité l'assaillit de nouveau. Avait-il bien fait d'éloigner Lily de sa vie d'avant ? De l'endroit où elle avait vécu depuis sa naissance ?

— Tu vas voir, on va être bien ici. Il faut juste faire un petit effort, Lily chérie. C'est un nouveau départ pour nous deux. Nous avions besoin de ça. Fais-moi confiance.

Un autre regard noir, de ceux qui disent : « J'avais confiance. Mais maintenant, plus tellement. »

— Tu parles d'un nouveau départ ! dit-elle. C'est nul.

— Ça ira mieux quand tu te seras fait des copains.

— J'ai déjà des copains, papa. Plein. À Clapham.

Des copains ? Ce n'était ni plus ni moins qu'une bande de délinquants. Il avait assisté avec impuissance à la métamorphose de sa petite fille joyeuse en une ado qui ne l'écoutait plus, ne faisait plus d'effort pour lui parler et encore moins pour obéir aux règles, à la maison comme à l'école. La situation était devenue ingérable. Même pour lui, le médecin de proximité qui avait la réputation de comprendre les jeunes.

Cela dit, il venait de lui soutirer un sourire. Il n'allait pas gâcher ce moment en ressassant ses problèmes.

— Avec ton attitude de gagnante et les talents incroyables que tu as hérités de moi, tu t'en feras vite de nouveaux.

Il suffirait d'un. Un sympa, qui ne consomme ni alcool ni drogues, qui ne sèche pas les cours. Si possible.

Il pouffa de rire pour lui montrer qu'il plaisantait, du moins en ce qui concernait ses talents. Mais elle leva de nouveau les yeux au ciel.

— Tu parles ! Bref, passons.

— Ils ont de très bons cours de théâtre.

— J'ai arrêté de vouloir être actrice en primaire !

— Ils ont gagné un prix pour leurs cours de sciences.

— Je ne veux pas être scientifique non plus.

— Que veux-tu, Lily chérie ?

— Je veux être ailleurs.

Elle lui jeta un regard noir et il se demanda si c'était parce qu'il l'avait appelée « Lily chérie » ou à cause de la situation. Ou les deux.

— Tu vas peut-être changer d'avis. Essaie.

À Londres, elle avait *tout* essayé, ou presque. Elle était à un cheveu du centre de détention juvénile, qui aurait peut-être été l'étape suivante, s'ils étaient restés là-bas.

Le silence retomba dans l'habitacle.

Il afficha un autre sourire et prit sa voix le plus enthousiaste.

— Bien, il faut que j'y aille. On se retrouve cet après-midi. Je passerai te prendre après mes consultations.

— Je peux marcher.

— Nous sommes en janvier et ils prévoient encore de la neige. Tu n'es pas habillée pour affronter la neige.

Il se retint de faire un commentaire sur la longueur de sa jupe et sa chemise d'uniforme un peu trop décolletée, et se demanda comment cette fille de la ville allait s'intégrer dans un lycée de province. Mais il était trop tard pour y penser. Ils étaient là et il était bien décidé à ce que cela se passe bien.

— On se racontera notre première journée d'école, ajouta-t-il.

— Tu n'en as que pour quelques heures. Moi, il va falloir que je supporte ça toute la journée. Tous les jours. Je vais mourir d'ennui.

— Tu peux aussi décider de profiter de la vie. Cet endroit est magnifique, regarde !

Les montagnes enneigées, visibles derrière les bâtiments scolaires, étaient d'une beauté à couper le souffle, sous des nuages bas chargés de neige. Il s'éclaircit la gorge, écarta le bras comme s'il était sur scène et déclama le premier vers d'un poème.

— Arrête, papa ! C'est toi qui devrais prendre des cours de théâtre, pas moi. En tout cas, ne me fais pas honte à l'école. Genre, si tu me vois dans le couloir, ne m'adresse pas la parole, d'accord ?

Il conserva son sourire mais se souvint qu'au même âge il avait honte aussi de tout ce que sa propre mère lui disait et faisait. Cela ne rendit pas les mots de sa fille plus faciles à accepter.

— Tout le monde finira par savoir que je suis ton père. C'est un petit établissement et nous portons le même nom. Les gens vont vite comprendre que nous sommes de la même famille.

— Raison de plus pour me laisser quelques heures de répit, pendant lesquelles je pourrai être autre chose que la fille du médecin scolaire super sexy, dit-elle en plaçant ces derniers mots entre des guillemets imaginaires.

Puis elle eut l'air elle-même étonnée de les avoir prononcés devant lui. Fraser eut envie de rire mais se retint.

Si les jeunes du lycée l'avaient désigné comme « super sexy », pas étonnant que sa fille soit embarrassée.

— Je vois. Ne t'inquiète pas, je serai très discret. Tu ne remarqueras pas ma présence.

— Bien. Alors à plus tard.

— À plus tard, dit-il en se penchant pour lui caresser la tête comme il le faisait depuis toujours.

Mais elle avait déjà ouvert la portière et s'extirpa de la voiture sans lui accorder la moindre attention.

— Bon courage pour ce premier jour, Lily chérie.

— Je vais en avoir besoin.

Moi aussi. Plus que tu ne l'imagines.

— C'est lui qui a commencé, dit le garçon en appliquant le pack de glace sur sa joue enflée.

Il frissonnait et retenait ses larmes, s'efforçant de se montrer courageux.

— C'est de la légitime défense, je vous jure.

— Je n'ai pas vu ce qui s'est passé et je ne suis pas là pour juger, Alfie. C'est au proviseur qu'il faudra que tu expliques tout cela, dit Briana de sa voix le plus apaisante.

Elle avait d'autres moyens de comprendre ce qui s'était passé sans poser au garçon des questions faciles à esquiver. Il fallait d'abord gagner sa confiance, ce qui demandait du temps et de la patience. Mais la file de jeunes qui attendaient dans la salle d'attente se rallongeait et le médecin censé être là ne l'était pas – juste le jour de la rentrée. Pourquoi aucun médecin ne semblait vouloir travailler dans cet établissement plus d'un semestre ?

— Il faut juste que j'examine ta blessure, que je sache où tu as mal et s'il faut faire une radio.

Elle vérifia qu'il n'avait pas de fracture de la mâchoire puis examina rapidement les autres parties de son corps. Il avait de la boue dans les cheveux, son pantalon était déchiré au genou et on aurait dit qu'on avait traîné son cartable dans de la bouse de vache. Ses mains étaient rêches et rougies, les ongles salis sans doute par la terre sur laquelle le coup de poing l'avait envoyé. Quelle rentrée pour ce pauvre gamin !

— Ça va, dit-il en haussant ses maigres épaules.

Cela n'allait pas du tout, en réalité. D'ailleurs, maintenant que le choc de la bagarre commençait à se dissiper, sa lèvre inférieure se mit à trembler.

— Tu as mal aux mains ? demanda-t-elle en scrutant ses jointures rougies.

Il émit un son qui lui parut être un oui.

— Il a dit que j'étais un crétin. Et que ma sœur aussi était crétine et il m'a dit ce qu'il allait lui faire au lac, dit-il, une expression de dégoût sur le visage. Je lui ai dit que c'était pas une traînée. Et que s'il ne s'arrêtait pas de parler, je lui mettrais mon poing dans la figure.

— Ta sœur doit être fière d'avoir un frère comme toi qui veille sur elle, dit Briana.

Mais le garçon hocha la tête.

— Elle aussi, elle pense que je suis débile.

— Cela m'étonnerait.

— Ils ont deux ans de plus que moi, tous les deux. Mais ce n'est pas ma faute, si ? Et le pire, c'est qu'elle est amoureuse de lui.

Il secoua la tête, incrédule.

— Comment peut-elle être amoureuse d'un type qui parle d'elle comme ça et qui tape son petit frère ?

Oh. Briana ne s'attendait pas à cela.

— C'est qu'elle n'a encore rien connu d'autre, Alfie. Elle est très jeune et ne sait pas encore ce qu'est l'amour, le vrai. Elle croit savoir mais elle a encore des choses à apprendre.

Tu plonges la tête la première, tu te fais manipuler, tu t'écrases et tu te retrouves piégée sans l'avoir vu venir.

Briana chassa ces souvenirs de sa mémoire. Ce n'était pas le moment de ressasser les erreurs qu'elle avait commises.

— Si tu veux, je peux lui parler.

— Pour lui dire de ne pas sortir avec Lewis Parker ? Ça m'étonnerait qu'elle vous écoute.

— Je ne lui dirai pas de ne pas sortir avec lui car, tu as raison, elle ne m'écoutera pas. Mais je peux discuter avec elle des limites et des attentes qu'on peut avoir dans une relation.

Elle sourit.

— En tournant les choses autrement, bien sûr. Je n'ai pas l'intention de lui faire un sermon ; en général, cela produit l'effet inverse, non ?

Alfie hocha la tête. Ses épaules parurent se détendre un peu. Elle tenta une autre approche.

— Lewis me fait penser à un tout petit qui fait n'importe quoi pour attirer l'attention.

— Exactement ! dit Alfie, et son regard s'illumina. Comme ma petite sœur. Parfois elle crie sans arrêt, juste pour qu'on lui donne ce qu'elle veut.

— Et tu arrives à la faire taire ?

— Ma mère dit que, si on l'ignore, elle finira par en avoir marre.

— C'est le cas ?

— Je sais pas, je crois, oui.

Son expression se fit sérieuse.

— Vous croyez que c'est ce qu'il faut faire avec Lewis ? L'ignorer ?

— Est-ce que tu peux y arriver ? Le fait de ne pas lui répondre pourrait sans doute éviter que la situation s'envenime et que vous vous battiez.

Alfie prenait la défense de sa sœur, faisait le dur pour sauver la face et l'honneur de la famille. Sinon, qu'est-ce qui pouvait pousser un garçon de treize ans à avoir envie de s'attaquer à un ado de quinze qui faisait une tête de plus que lui ?

— L'ignorer peut fonctionner, ajouta-t-elle. Mais il y a des tas d'autres moyens de calmer le jeu.

Il faudrait qu'elle aille voir le professeur principal de Lewis Parker.

Donner des outils à la victime et traiter les comportements violents à la racine portaient souvent ses fruits. Que se passait-il dans la vie de Lewis pour qu'il ait envie de martyriser les autres ?

Un coup sur la porte lui fit tourner la tête. C'était Andrea, l'une des administrateurs de l'établissement.

— Désolée de vous interrompre, Briana, mais j'ignorais si vous en aviez encore pour longtemps.

— J'y vais, dit Alfie en posant le pack de glace. Il faut que j'aille voir M. Wilson.

Il hissa son sac à dos sur l'épaule. Sa joue était enflée et rouge, et l'idée d'aller voir son professeur principal n'avait pas l'air de l'enchanter.

— D'accord, Alfie. Reviens me voir demain matin pour que je regarde tes hématomes.

Et son état général par la même occasion. Ce serait l'occasion de lui donner d'autres stratégies à adopter. Le meilleur moyen d'aider les enfants comme Alfie était de prendre soin de leurs blessures émotionnelles sous couvert de soigner leurs plaies physiques.

Andrea sourit en regardant le garçon filer.

— Le nouveau médecin est là. Je lui ai fait visiter les lieux et lui ai expliqué le fonctionnement du dispensaire scolaire, mais je compte sur vous pour lui donner les détails.

— Je ne suis là que depuis un semestre mais je lui expliquerai ce que je sais.

— Vous en savez plus que lui, de toute façon. Oh ! et... Préparez-vous, il est hyper canon.

— De qui parlez-vous ? Du nouveau médecin qui a une heure de retard sur son horaire d'arrivée ? Je me fiche qu'il soit canon s'il n'est pas capable d'être ponctuel.

— Il a dit que, sur le mail qu'il avait reçu, on lui avait donné rendez-vous à 14 h 30.

Andrea haussa les épaules.

— Il s'est peut-être trompé. On ne va pas lui demander d'être hyper brillant s'il est déjà hyper beau ! ajouta-t-elle en souriant, manifestement conquise.

— C'est déjà suffisamment difficile de faire venir les élèves, maugréa Briana. Si on ne les reçoit pas à l'heure, ils s'impatientent, changent d'avis et retournent voir les copains.

— Il n'empêche qu'il est beau comme un dieu, dit Andrea en s'éventant le visage.

Elle avait les joues rouges, le regard brillant derrière ses lunettes. La mère de famille quinquagénaire qu'elle était avait tout d'une adolescente en pâmoison.

Briana se mit à rire et se dirigea vers la salle d'attente.

— Où est-il ? J'ai autre chose à faire que de materner un homme qui…

Oh non ! Dites-moi que je rêve !

— Briana !

Andrea leva les sourcils, l'air de dire : « Tu, vois, je t'avais bien dit que le nouveau médecin était hyper canon. »

— Voici Fraser Moore, notre nouveau médecin spécialisé dans la santé de l'adolescent, qui arrive tout droit de Londres.

Il se tenait au milieu de la pièce, qu'il emplissait de sa présence énigmatique et de son sourire aimable. Briana comprenait qu'Andrea soit tombée sous le charme de ses grands yeux bruns. Il avait une coupe de cheveux impeccable qui lui donnait un air de citadin élégant. Un pantalon délavé et un pull bleu pâle qui soulignait la musculature de son torse. Effectivement, quand on ne le connaissait pas, on pouvait le trouver beau comme un dieu. N'était-ce pas ce qui lui était arrivé quelques années auparavant ? Les lycéennes assises dans la salle d'attente le regardaient comme si elles venaient de voir passer un acteur célèbre.

Mais Briana ne s'y laissa pas prendre. Elle connaissait le vrai Fraser Moore.

Un groupe d'adolescentes entra dans la salle d'attente en gloussant. L'une d'entre elles s'arrêta net en les voyant tous deux, Fraser et elle. Briana l'observa à son tour. Son visage lui disait quelque chose, même si elle ne pensait pas l'avoir croisée dans l'enceinte du lycée auparavant.

Fraser écarquilla les yeux puis eut l'air gêné. Briana comprit aussitôt qui était cette jeune fille.

Lily, l'adorable Lily. Devenue une adolescente à l'air un peu aguicheur. Son cœur s'emplit à la fois de joie et de douleur.

Toutes ces années passées, toutes ces occasions manquées !

Différentes émotions lui martelèrent la poitrine. La douleur, la tristesse, la colère, l'amour. Son cœur tambourinait dans sa poitrine. Elle eut du mal à reprendre son souffle et ses esprits. Et à changer l'expression de choc plaquée sur son visage.

Fraser et Lily vivaient dans la région ?

C'était étonnant. Fraser avait toujours été un citadin invétéré, grand amoureux de Londres. Quand ils étaient venus la voir, Ellen, Lily tout bébé et lui, il n'avait pas caché qu'il ne pourrait pas vivre à la campagne. Les transports publics y laissaient à désirer et l'esprit de clocher l'insupportait. Il ne pourrait pas se passer de l'effervescence de la capitale.

Alors que faisaient-ils à Oakdale aujourd'hui ?

Andrea continuait à parler de sa voix le plus suave sans se rendre compte de la tension qui enflait entre elle et celui qu'elle avait un jour espéré ne jamais plus revoir de sa vie.

— Docteur Moore, je vous présente notre infirmière scolaire, Briana Barclay.

Briana ferma les yeux et tenta de calmer les tremblements de son corps. Puis elle inspira profondément.

— Fraser ? Qu'est-ce que tu fais là ?

Cet homme avait volé les dernières années qu'elle aurait dû passer auprès de son amie la plus chère, rongée par l'affreuse maladie qui l'avait emportée. Il l'avait snobée et lui avait claqué la porte au nez. Et, à présent, il était là pour…

Pour raviver ses plaies ? Recommencer à la faire souffrir ?

Qu'il aille au diable !

2.

— Bonjour, Briana, dit Fraser, ne sachant pas comment se comporter face à une personne qui aurait sans doute préféré le savoir à l'autre bout du monde.

Voire mort.

Et qui ne s'en cachait même pas.

Lui non plus ne s'attendait pas à tomber sur elle. Bien sûr, l'idée qu'elle puisse revenir à Oakdale lui avait traversé l'esprit, mais pas celle qu'elle puisse travailler dans le même lycée que lui.

Il allait devoir expliquer les raisons de sa présence. Le cœur tambourinant dans sa poitrine, il esquissa un sourire.

— Surprise ?

Elle secoua la tête et devint aussi rouge que son chemisier. Rouge, la couleur du danger. Son regard à lui seul confirmait qu'il se trouvait en terrain miné. Et totalement gelé, comme le paysage l'était en cette saison dans cette région.

— Ne me dis pas que tu es venu vivre ici ?

— Mon téléphone sonne, il faut que j'aille répondre, déclara Andrea, sentant la tension monter.

Fraser fut tenté de faire de même mais se ravisa. Maintenant qu'il était là, autant affronter la situation.

— Tu te souviens de Lily ? dit-il en jetant un coup d'œil à sa fille, qui le regardait comme s'il avait soudain deux têtes.

Il eut l'impression d'être mitraillé de toutes parts.

— Lily, voici Briana, ta marraine. Je ne sais pas si tu te souviens…

— C'est mon deuxième prénom. Bien sûr que je me souviens, riposta Lily que le fait de rencontrer sa marraine ne semblait pas ravir.

De fait, elle avait l'air carrément choquée.

— Lily, comme tu as grandi ! Je n'en reviens pas.

Briana lui sourit et écarta les bras, en dépit de l'expression hostile de Lily – probablement pour la serrer contre elle, comme elle le faisait quand Lily était petite.

À l'époque, Lily se jetait dans ses bras et se laissait câliner pendant des heures. Briana avait noué avec elle une relation privilégiée. Elle passait souvent chez Ellen et gardait Lily dès qu'elle le pouvait.

Mais quand Ellen était tombée malade, tout était allé de travers. Et le lien entre Lily et sa marraine s'était effiloché.

Lily se contenta de hocher la tête de mauvais gré. Fraser eut envie de tout expliquer, à l'une et à l'autre, mais ce n'était ni le lieu ni le moment. Ils n'étaient pas seuls. Toute la salle d'attente les regardait, bouche bée.

— Cela fait un bail que vous ne vous êtes pas vues, dit-il.

— Sept ans, rétorqua Briana du tac au tac, si on compte tout le temps où Ellen était malade et que tu n'as pas voulu que je vienne la voir. Cinq ans depuis que…

Elle ne termina pas sa phrase. Ce n'était pas nécessaire. Ils se souvenaient l'un et l'autre de l'enterrement déchirant. À l'époque, Briana s'était tue, mais ses regards avaient parlé pour elle. L'accusant, lui, d'être coupable de tout.

Ellen était morte d'une tumeur au cerveau. Fraser s'était toujours demandé s'il avait fait ce qu'il fallait pour rendre plus supportable la douleur qu'elle éprouvait et qu'éprouvaient tous ceux qui l'aimaient. Il avait essayé de protéger leur fille, mais se demandait depuis si la manière dont il s'était comporté pendant la maladie d'Ellen et à sa mort n'était pas à l'origine des problèmes que Lily avait eus par la suite.

Lily lui jeta un regard noir et secoua imperceptiblement la tête.

— Je rentre. À plus tard.

Fraser sentit son cœur se serrer.

— On avait dit qu'on rentrait ensemble.

— Je vais prendre le bus, dit-elle en lui jetant un autre regard noir comme pour le faire taire et l'empêcher de continuer à lui faire honte devant toutes ses copines.

Il avait déjà fait suffisamment de dégâts rien qu'en se retrouvant dans la même pièce qu'elle, sans parler de sa confrontation publique avec Briana.

— Lily, j'aimerais bien qu'on se voie, pour refaire connaissance, intervint cette dernière. Je suis là pratiquement tous les jours. Passe quand tu veux. On peut aussi aller boire un café ensemble quelque part.

Diverses émotions alternaient sur son visage. Elle avait attaché ses longs cheveux blonds en un chignon souple dont s'échappaient quelques boucles. Son sourire était un peu figé, mais l'espoir transparaissait dans son regard. Après toutes ces années où elle n'avait pas vu Lily, elle semblait avoir envie de rattraper le temps perdu.

Cela ouvrait une brèche, songea Fraser, ce qui lui donna de l'espoir, à lui aussi. Mais tout dépendait de Lily et, pour l'heure, sa réaction n'était pas particulièrement enthousiaste.

— Hmm, marmonna Lily, les yeux rivés sur ses chaussures, avant de sortir de la salle d'attente.

Il sentit à nouveau son cœur se serrer, comme chaque fois que la situation impliquait sa fille. Briana cessa de sourire et se tourna vers lui.

— Toujours en lice pour la médaille du père de l'année, à ce que je vois.

Il soupira en se demandant par où commencer.

— Ce n'est pas simple, se contenta-t-il d'énoncer.

— Il faut que j'y aille, j'ai d'autres élèves à voir, le coupa-t-elle.

— On peut parler ? Plus tard ?

— Toi et moi ? Non merci, répliqua-t-elle en grimaçant. Par contre, je veux voir Lily, je crois que nous avons des tas de choses à nous dire.

Il fallait à tout prix qu'il lui explique les raisons de son comportement de l'époque.

— Briana, s'il te plaît. Il faut qu'on apaise ces tensions.

— Non, Fraser.

Elle le regarda comme si elle était sur le point d'exploser, puis prit une profonde inspiration.

— J'ai du travail.

— Moi aussi, répliqua-t-il, renonçant à évoquer le passé. Mais je ne sais pas ce que je dois faire et Andrea m'a dit que tu me montrerais. Certaines procédures sont peut-être différentes de celles de Londres. Je ne veux pas commettre d'impair dès le premier jour.

— Trop tard, c'est déjà fait.

Le rouge de ses joues était moins intense mais la colère étincelait toujours dans ses yeux.

— Suis-moi, fit-elle néanmoins.

Ils traversèrent la salle d'attente et Briana ouvrit une porte portant l'inscription « Consultation 2 ».

Elle referma la porte derrière lui.

— Voici ta salle de consultations. Il y a un dossier sur les professionnels de santé de la région mais, si tu as déjà utilisé le système SIGE, tu sais comment trouver des spécialistes. Si tu étais arrivé avant l'ouverture du dispensaire, j'aurais pu te montrer. Il va falloir que tu te débrouilles comme tu pourras. En général, il n'y a pas trop d'affluence le jour de la rentrée, mais on ne sait jamais ce qui peut arriver. En cas de problème, appelle-moi : poste 556 en interne, Consultation 1.

— Briana, je suis désolé.

— De quoi exactement ? D'être arrivé en retard ? D'être là tout court ? De t'être imposé entre ma meilleure amie et moi alors qu'elle était en train de mourir ?

Briana dressa entre eux une main tremblante.

— Je n'ai pas le temps, Fraser.

— Sur le mail, j'étais convoqué à 14 h 30.

— Eh bien, ils se sont trompés, déclara-t-elle avant de sortir en claquant la porte.

Sa rentrée ne se passait pas aussi bien qu'il l'avait espéré.

Il eut la nausée pendant toutes les consultations de l'après-midi.

Avait-il commis une grossière erreur en amenant Lily dans cet endroit ? La question le taraudait depuis qu'ils avaient mis leurs sacs dans le coffre de la voiture et pris la route vers le nord.

Être parent signifiait protéger, guider et assurer la sécurité de ses enfants.

Rien d'étonnant à ce que Briana ne les accueille pas plus chaleureusement. Elle était blessée, en colère, et lui en voulait. Elle avait de bonnes raisons de le faire. Si seulement elle lui donnait l'occasion de s'expliquer ! Il allait falloir du temps et du courage.

Il finit de taper le compte rendu de sa dernière consultation, enfila son manteau et se rendit dans la salle d'attente. Elle était vide et sentait les vieilles baskets et le parfum bon marché dont les adolescents adoraient s'asperger. Sur les murs, des affiches cornées distillaient toutes sortes de messages de prévention des grossesses, des maladies sexuellement transmissibles et du harcèlement en milieu scolaire.

Mais rien qui aide les parents aux prises avec des ados qui ne parlent ni n'écoutent plus.

Il était en train de se demander s'il devait frapper chez Briana, l'attendre ou partir, lorsque sa porte s'ouvrit. La jeune femme sortit, une grosse pile de documents et de brochures sur les bras, et s'arrêta net en le voyant.

Il décida de lui sourire en espérant avoir l'air sincère.

— J'ai fini, dit-il simplement.

— Comment ça s'est passé ?

— C'est dur de faire des consultations d'un quart d'heure. Je suis habitué à passer plus de temps avec les patients.

— Tu peux le faire. Combien de temps il te faut ?

— Au moins vingt minutes, en général. Je sais que c'est beaucoup demander mais je pense qu'on obtient de meilleurs résultats quand les patients ont le temps.

Briana hocha la tête.

— Autre chose ?

Je ne suis pas coupable de tout ce qui s'est passé… J'ai besoin d'aide… Les dernières années ont été terribles…

Il n'avait ni parents ni proches susceptibles de l'aider, à part… elle, finalement. Briana était son seul recours. Pour Lily. Et pour Ellen.

— Non, rien de spécial. Un garçon qui veut être plus baraqué m'a demandé de lui prescrire des stéroïdes « légaux », dit-il en riant. Je lui ai expliqué ce qu'il en était et lui ai proposé un entraînement individuel de musculation avec lequel j'ai obtenu de bons résultats dans le passé. Ensuite, une consultation autour de l'identité sexuelle, mais je pense que le patient aura besoin de revenir…

— Les consultations spécialisées dans ce domaine se trouvent à Leeds.

— C'est ce que j'ai vu, oui. Je ne sais pas s'il en est déjà à ce stade. Alors je lui ai donné les liens de plusieurs sites Internet ainsi que des pistes de réflexion. Il doit revenir me voir la semaine prochaine. J'espère pouvoir recevoir au moins l'un de ses parents. Pour le reste, tout s'est bien passé.

— Bien. Tu t'en es bien sorti.

— Est-ce que vous avez prévu des réunions pour discuter des cas difficiles ?

— Ah oui, j'ai oublié de te donner le planning.

Elle sortit des feuilles de sa pile et les lui tendit.

— Tiens. Il y a nos horaires de travail, les réunions interdisciplinaires, ce genre de choses. On se réunit avec les psychologues et le personnel scolaire une fois par mois. Tout est là. Oh ! et il faut que je te présente mes excuses.

Intéressant…

— À quel propos ? demanda-t-il, le cœur empli d'espoir.

— Il se trouve qu'Andrea t'avait effectivement convoqué à 14 h 30 au lieu de 13 h 30.

Elle lui tourna le dos et avança dans le hall, le dos droit, les épaules crispées. Tout son corps exprimait l'agacement, et il sentit qu'elle cherchait à s'éloigner de lui.

Il ne voulait pas jeter de l'huile sur le feu mais, dans son univers, les excuses commençaient ou se terminaient en général par « Je suis désolé(e) ».

Mais il ne fallait peut-être pas trop en demander pour l'instant. C'était un début. Et lui aussi lui devait des excuses.

— Briana, je ne savais pas que tu travaillais ici.

Elle se retourna et le fixa de ses grands yeux bleus. De plus près, il lui sembla y voir des paillettes dorées qu'il n'avait jamais remarquées à l'époque où elle était la meilleure amie de son ex-petite amie.

Ses lèvres étaient charnues et mises en valeur par un peu de gloss. Mais pourquoi attiraient-elles autant son attention ? C'était bizarre et plutôt malvenu au beau milieu d'une discussion avec une collègue de travail et vieille connaissance qui le détestait depuis des années.

À l'époque où elles étaient amies, Ellen lui avait dit que Briana était une personne adorable, loyale, hilarante à ses heures. Il fallait croire que ce n'était pas son heure, vu la manière dont elle le regardait et le ton qu'elle employa.

— Sans blague ? Je trouve ça bizarre que tu aies atterri ici comme par enchantement. Ce ne peut pas être une coïncidence. Si mes souvenirs sont bons, tu n'étais pas fan de la vie à la campagne. Il me semble que tu préférais les bars, les boîtes et les concerts aux montagnes, aux lacs et aux chants d'oiseaux.

— Les gens changent. Quand on a des enfants, on a d'autres priorités. De même que quand on a un boulot prenant.

— Je ne suis pas sûre qu'on change tant que ça. Tu ne connais personne ici, à part moi. Pourquoi es-tu venu ?

Elle avait de bonnes raisons d'être en colère, mais ses paroles lui transpercèrent le cœur. Il avait tout fait pour protéger Lily et Ellen, même s'il avait eu conscience de faire de la peine à Briana. Mais il avait tenu la promesse faite à Ellen et n'allait pas s'excuser pour cela.

— Il fallait qu'on s'éloigne de Londres, qu'on change d'air. Alors, quand je suis tombé sur l'annonce pour un poste au centre médical d'Oakdale comportant deux journées de prévention et de sensibilisation auprès des jeunes du lycée, je n'ai pas hésité longtemps.

Mais peut-être aurait-il dû…

— Mais tu savais que c'était la ville dans laquelle Ellen et moi avions grandi. Et que tu risquais de tomber sur moi.

— Pour être honnête, je n'avais aucune idée de l'endroit où tu étais. Tu avais envoyé des cartes d'Australie, pour l'anniversaire de Lily et pour Noël, il y a quelques années. Et puis, plus rien. J'ignorais totalement où tu étais passée.

Il n'y avait plus eu de cadeaux ni de cartes dans la boîte aux lettres, et Briana avait fini par ne plus faire partie des conversations. Lily avait peu à peu oublié qu'elle avait une marraine. Lui aussi, jusqu'à ce que le poste à Oakdale lui rappelle son existence.

— Je suis restée un peu plus de quatre ans en Australie, précisa-t-elle. Je sais que j'aurais dû continuer à lui écrire.

Mais elle ne développa pas et il ne lui posa pas de questions.

— En fait, je t'ai envoyé un mail quand j'ai vu qu'il y avait un poste ici, poursuivit-il. Trois, pour être précis. Je te demandais si tu étais au courant du poste vacant, si tu étais d'accord pour que nous venions nous installer ici, Lily et moi, et si tu avais envie qu'on se réconcilie, ne serait-ce que pour Lily. Je n'ai reçu aucune réponse.

L'expression de Briana s'adoucit un peu.

— J'en ai conclu que tu ne voulais plus nous voir ou que mes messages avaient atterri dans tes spams ou…

— J'ai changé d'adresse mail, dit-elle promptement, l'air un peu gênée.

L'idée de ne pas être le seul en cause le soulagea. La rupture de leurs relations n'était donc pas de son seul fait même si, apparemment, il avait été désigné comme le grand coupable.

— Pourquoi ne nous as-tu pas envoyé ta nouvelle adresse ? À Lily, du moins ?

Elle baissa les yeux et se mordilla la lèvre.

— C'est ce que je voulais faire…

— Ce n'est plus nécessaire, maintenant que nous sommes ici.

— C'est ce que je voulais faire, répéta-t-elle en levant les yeux vers lui. Lily est ma filleule et je veux être là pour elle.

Tu as cinq ans de retard, ne put-il s'empêcher de penser.

— Mais tu as changé d'adresse mail.

— J'avais de bonnes raisons de le faire.

— Lesquelles ?

— Des raisons personnelles.

Il perçut de la panique dans son regard. Elle croisa les bras comme pour se protéger. Elle était sur la réserve, bien loin de l'image qu'il avait gardée d'elle. Celle d'une jeune femme exubérante et franche. Qui n'avait pas l'habitude de tourner autour du pot et mettait un point d'honneur à être honnête – il l'avait appris à ses dépens.

Il y avait toujours eu une certaine tension entre eux. De l'agacement. De la jalousie peut-être, parce qu'il était l'autre personne la plus proche d'Ellen. Il avait toujours eu l'impression qu'elle le jugeait, qu'elle ne le trouvait pas assez bien pour son amie. Alors qu'il était resté auprès d'Ellen jusqu'à la fin et avait toujours fait en sorte d'être un ami fiable, disponible pour elle, ainsi qu'un bon père pour l'enfant qu'ils avaient eue ensemble.

Il ignorait pour quelle raison Briana venait de se refermer comme une huître. Toujours était-il qu'elle ne paraissait pas disposée à lui en dire davantage. Ils se trouvaient dans une impasse.

Quand elle déposa ses dossiers sur le bureau de la réception, il vit que ses mains tremblaient.

— J'ai fait ce que j'ai pu, Briana. Je n'ai jamais souhaité que la situation dégénère.

— Tu me l'as déjà dit, rétorqua-t-elle en secouant la tête comme pouvait le faire Lily par moment, comme pour dire « tu ne comprends rien, de toute façon ». Par contre, tu ne m'as toujours pas expliqué pour quelles raisons tu as voulu quitter Londres et venir t'installer ici. Le père d'Ellen est mort il y a deux ans, sa mère n'est plus là depuis longtemps. Pourquoi n'es-tu pas retourné dans ta région d'origine, chez ta mère ?

— Ma mère vit au Portugal. Elle a déménagé là-bas il y a quelques années. Elle est venue à Londres à la mort d'Ellen, pour me donner un coup de main, mais elle ne pouvait pas rester éternellement. Elle est à la retraite et elle mène enfin la vie qu'elle mérite. Elle a suffisamment donné en m'élevant seule. Je ne pouvais pas lui en demander plus.

Il était seul. Comme d'habitude.

— Tu n'as donc aucune attache dans le Lake District, autant que je sache. Et il y avait sûrement d'autres postes de médecin à pourvoir, ailleurs en Angleterre.

— Un plein temps avec un programme de sensibilisation pour les adolescents ? Loin de Londres ? Pas tant que ça. Cela m'a paru être une opportunité à saisir. Et c'est vrai que je serais content que Lily et toi puissiez vous retrouver.

— Pourquoi ?

— Peut-être par désespoir, s'entendit-il dire.

— Cela ne m'étonne pas de toi, riposta-t-elle en croisant les bras. Tu te rappelles mon existence seulement quand tu es désespéré.

Il sentit la colère monter en lui.

— Tu le fais exprès ? Tu sais très bien que ce n'est pas ce que j'ai voulu dire…

La porte s'ouvrit brusquement.

— Désolée de vous interrompre, dit l'administratrice scolaire, le souffle court, les joues rouges, il y a eu un accident pendant l'entraînement de foot et ils ont besoin de vous.

Fraser ravala ses paroles et regarda Briana. Elle tremblait de colère, ses yeux lançaient des éclairs. Il n'avait jamais remarqué auparavant combien elle était belle.

L'administratrice les regarda l'un après l'autre d'un drôle d'air, comme si elle venait de les surprendre en train de se peloter derrière le local à vélos.

— Ils ont *vraiment* besoin d'aide, reprit-elle. Et c'est urgent.

3.

Fraser Moore sembla presque accueillir la nouvelle avec soulagement. Et, d'une certaine manière, elle-même éprouva une certaine reconnaissance envers l'administratrice de leur imposer une trêve.

Elle prit la trousse de premiers secours, traversa le lycée et courut jusqu'au terrain de sport. Des jeunes gens étaient regroupés autour de formes sombres sur le sol. Il faisait nuit. Le vent du nord lui gela les joues et les os.

Fraser, qui l'avait suivie, s'agenouilla auprès des corps étendus sur le sol – trois garçons, dont les gémissements emplissaient l'air glacial.

Il les examina rapidement l'un après l'autre, pour savoir quel cas était le plus urgent à traiter. L'un des garçons était allongé sur le dos, immobile, les yeux clos.

— Bonjour, fit-il d'une voix posée et amicale qui démentit la montée d'adrénaline qu'il avait dû ressentir en voyant le corps inerte. Je suis le nouveau médecin. Quelqu'un peut-il me dire ce qui s'est passé ?

— On visait le ballon tous les trois, répondit un garçon en désignant le garçon inconscient, un autre qui se tenait la jambe en gémissant et lui-même, qui avait manifestement la lèvre fendue. Choc frontal.

Briana évalua l'étendue des dégâts et sortit son téléphone de sa poche.

— Est-ce que vous avez appelé une ambulance ?

Les garçons se regardèrent.

— On a appelé Mme Walker.

C'était Andrea, qui était venue les prévenir.

— Vous avez bien fait.

Par chance, le garçon sans connaissance respirait normalement. Il bougea la tête et cligna des yeux puis leur dit qu'il s'appelait Connor.

Briana et Fraser échangèrent un regard.

— Score de Glasgow de douze, dit-il.

Pas alarmant mais préoccupant. Et le risque d'hypothermie augmentait à chaque minute qu'il passait allongé sur le sol glacé.

Elle appela une ambulance puis alla examiner le garçon qui se tenait la jambe. Elle reconnut Josh Parker – il se faisait souvent mal pendant les cours de sport et passait beaucoup de temps à l'infirmerie.

— Je peux ? demanda-t-elle. Est-ce que quelqu'un veut bien me faire de la lumière ?

Josh retira ses mains et un autre garçon brandit son téléphone pour éclairer la jambe.

— Oh ! c'est l'os qui sort de sa jambe ? demanda ce dernier.

En effet, c'était l'os. Une vilaine fracture ouverte.

—Vous ne faites pas les choses à moitié, dit-elle sur un ton léger pour ne pas effrayer le blessé déjà anxieux. Je rappelle l'ambulance pour demander du renfort.

Lorsqu'elle raccrocha, elle entendit le garçon à la lèvre fendue parler à Fraser d'une voix chevrotante. Henry.

— On courait après la balle et, en sautant tous en même temps, on s'est rentrés dedans. Connor est tombé raide.

Henry déglutit, visiblement sous le choc.

— C'était un accident, tout ça.

— C'est vrai, murmura Josh, qui tremblait lui aussi d'émotion et de froid.

— Je sais, dit-elle en écartant les cheveux de Josh de ses yeux.

Elle lui tendit un mouchoir en papier et le couvrit avec sa veste. Puis elle nettoya la plaie de Henry.

— Je ne pense pas qu'il faille des points de suture. Il faudrait que tu relaves la plaie en rentrant chez toi pour enlever la terre. Tu auras peut-être un peu mal en mangeant pendant quelques jours, dit-elle en pressant pour stopper l'hémorragie. Vous voulez que j'appelle vos parents ?

Elle passa plusieurs appels, glacée jusqu'aux os.

— Tu trembles, dit Fraser d'un air inquiet. Va te mettre au chaud.

Il retira sa parka et l'étendit sur le corps de Josh, qu'il aurait été dangereux de déplacer.

— Ça va, répondit-elle.

Elle le regarda se déplacer, calme et confiant, et, l'espace d'un instant, guère plus, elle éprouva un frisson, consciente qu'il ne s'agissait pas du froid mais plutôt d'une sensation qui se réveillait en elle après un long sommeil. Elle eut du mal à détacher le regard de son sourire quand il tenta de rassurer Connor, de ses gestes pour rendre sa position plus confortable. Il émanait de ses yeux une douceur enveloppante.

Non, elle n'allait pas se remettre à fantasmer sur Fraser. Elle avait déjà donné. Il n'était pas question de se laisser glisser sur cette pente-là. Et ce, pour plusieurs raisons. La colère qu'elle ressentait contre lui, pour commencer. Mais aussi parce que, lorsqu'elle avait malencontreusement flashé sur lui, des années plus tôt, il n'avait jamais eu l'air de s'intéresser à elle. C'était tout juste s'il lui prêtait attention. Mieux valait laisser ces fantasmes derrière elle.

Elle s'éclaircit la gorge et tenta d'ignorer les palpitations dans son ventre.

— Est-ce que quelqu'un peut aller chercher des couvertures à l'infirmerie ? demanda-t-elle, se réjouissant d'avoir à sa disposition des tas de bonnes volontés.

Seul Henry refusa la couverture. Il tournait autour de Connor, les traits tirés par l'inquiétude et la culpabilité.

— Vous croyez que c'est grave ?

Connor commençait à revenir à lui. Il avait les yeux ouverts. Fraser lui faisait faire des gestes pour vérifier sa force et sa sensibilité. Manifestement, il n'avait aucune blessure grave aux bras et aux jambes, mais des examens plus poussés étaient nécessaires. Le choc l'avait assommé et il avait perdu connaissance.

— Ne t'inquiète pas, répondit Fraser à Henry en lui souriant. Est-ce que tu veux me rendre un service ? Il faudrait aller devant l'école et guider les ambulances jusqu'ici. Est-ce que tu t'en sens capable ?

Le garçon hocha la tête.

— Bien sûr !

— Super. Elle ne devrait pas tarder à arriver.

— Bien vu, murmura Briana quand Henry eut tourné les talons. Il a besoin de se sentir utile.

— Je sais ce que c'est de se sentir impuissant. Je me suis moi-même retrouvé impliqué dans une histoire dans laquelle une autre personne a été blessée. C'était horrible, même si je n'étais pas responsable.

Il croisa son regard, mais elle se détourna, pas du tout disposée à accuser réception de son message.

Les parents et les ambulances arrivèrent tous en même temps, comme s'ils s'étaient consultés. Briana expliqua ce qui s'était passé aux parents tandis que Fraser aidait les ambulanciers à déposer Connor sur un brancard et à stabiliser son cou. Ils immobilisèrent la jambe de Josh grâce à une attelle gonflable et lui donnèrent des antalgiques avant de l'emmener à l'hôpital, avec sa mère, dans la seconde ambulance.

Briana avait raison, la lèvre de Henry n'avait pas besoin d'être recousue, mais Fraser lui prescrivit des antibiotiques à prendre au cas où la plaie s'infecterait – complication possible vu la quantité de terre qui s'y était introduite. Il promit aussi à ses parents de prendre pour eux un rendez-vous au centre médical d'Oakdale, si nécessaire.

Tout le monde finit par quitter le terrain de sport. Fraser parlait encore avec les ambulanciers. Il paraissait préoccupé par le coup que Connor avait reçu à la tête et les éventuelles complications qu'une commotion cérébrale pouvait entraîner.

Briana n'en revenait pas de l'efficacité avec laquelle ils avaient collaboré. Rien de tel qu'une urgence médicale pour aplanir les conflits – du moins pour un temps.

Mais elle n'avait pas oublié la façon dont Fraser s'était comporté, sept ans auparavant. Elle n'oublierait jamais qu'il avait dressé une barrière entre sa meilleure amie et elle. Comment pourrait-elle le lui pardonner ?

Elle hésita à partir mais ne voulut pas tourner les talons sans lui dire au revoir, après ce qu'ils venaient de vivre, et le remercier pour son aide.

Il prenait son temps, ce qui lui laissa tout le loisir de scruter son torse, ses épaules, ses bras… Il avait changé depuis leur dernière rencontre, à l'enterrement d'Ellen. À l'époque, le stress lui avait fait perdre du poids, et il n'en avait déjà pas trop à perdre. La maladie d'Ellen, le fait de devoir s'occuper seul de Lily. Sans compter les tensions avec elle, songea Briana.

Sept ans plus tard, il avait repris du poids et des muscles là où ils étaient bienvenus chez un homme : sur les bras, les fessiers, les cuisses…

Fraser avait envie qu'elle se réconcilie avec Lily. Sa filleule.

La culpabilité l'assaillit de nouveau. Elle avait quitté Londres au lieu de rester pour les aider. Mais la tornade Tony était apparue, et elle avait été aveuglée par les sentiments qu'elle éprouvait pour lui, dévastée par le chagrin d'avoir perdu sa meilleure amie et sa colère contre Fraser. Elle avait eu besoin de prendre du recul pour gérer l'avalanche d'émotions qui menaçait de l'engloutir. La petite Lily était passée au second plan.

Heureusement que Fraser n'avait pas déserté, comme elle. Il s'était toujours occupé de sa fille, avait fait d'elle sa priorité. Qu'est-ce qui avait pu le pousser à quitter Londres et à éloigner Lily de son univers familier ?

Elle avait envie de renouer les liens avec sa filleule, de prendre ses responsabilités de marraine un peu plus au sérieux et d'être là pour elle. Pas de reluquer son père de façon déplacée. Il avait été le petit copain de sa meilleure amie et, même s'ils n'étaient pas restés ensemble très longtemps – une nuit, en réalité –, c'était une limite à ne pas dépasser.

— J'ai eu pas mal d'action pour un premier jour, dit-il alors qu'ils marchaient vers le parking.

Il se dirigea vers une vieille Volvo qui avait connu des jours meilleurs. Intéressant. Elle l'aurait plutôt imaginé au volant d'une voiture un peu plus tape-à-l'œil.

— Merci pour ton aide, fit-elle en déverrouillant la portière de sa petite voiture grise. À mercredi !

Mais Fraser n'avait pas l'air pressé de partir. Il se retourna.

— Je suis désolé de la réaction de Lily.

Il avait l'air sincèrement navré. Et, après l'avoir vu à genoux sur le sol gelé du terrain de sport, sans se préoccuper de rien d'autre que du bien-être et de la santé du garçon étendu devant lui, elle devait bien admettre qu'il était remonté dans son estime. Ce qui le rendait sexy. Pour elle, le sex-appeal d'un homme était proportionnel à la compassion dont il faisait preuve. Ainsi qu'à son sens de l'humour. Ce n'était pas qu'une question de physique – encore que, de ce côté-là, il n'y avait rien à redire non plus –, ça avait plutôt à voir avec les sentiments qu'un homme faisait naître en elle.

Or, Fraser Moore faisait naître en elle trop de sentiments.

— J'imagine que tu ne lui avais pas dit que j'étais là, répondit-elle.

— Non, je ne le savais pas moi-même. Et, de toute façon, je ne lui ai pas parlé de toi, pour qu'elle ne soit pas déçue au cas où tu n'aies pas été là. Tu sais, elle n'est pas toujours comme ça…

Il s'interrompit.

— En fait, si, reprit-il, elle est toujours comme ça depuis quelque temps. Elle a changé. Je ne la reconnais pas, parfois.

— Élever des enfants n'est pas de tout repos, tu es bien placé pour le savoir. Il faut peut-être que tu lui laisses un peu de marge, pour qu'elle trouve sa propre voie. Que tu lâches la bride.

— C'est ce que j'ai fait, mais cela n'a pas fonctionné, avoua-t-il. J'ai resserré la bride mais cela n'a pas marché non plus. Nous avons déménagé et son comportement empire. Elle dit que je cherche à la punir, alors que je souhaite seulement l'aider.

— En l'éloignant de tout ce qu'elle connaît, de ses amis, de ses repères ? dit Briana d'un air interrogateur.

— C'est pour la protéger, pas pour la punir. Parce que je l'aime.

Ces paroles réveillèrent en elle de mauvais souvenirs.

Mais il m'aime... Même s'il ne veut pas que je voie mes amis... Il est attaché à moi...

— L'amour, ce n'est pas ça, Fraser. Quand on aime quelqu'un, on lui laisse de la liberté tout en lui apportant son soutien...

Il se rembrunit.

— Jusqu'à ce qu'il ait un casier judiciaire ? riposta-t-il.

Elle ne s'attendait pas à cela. Elle le regarda, perplexe.

— C'est-à-dire ?

Il exhala un long soupir et parut chercher ses mots.

— Lily s'est fait prendre en train de voler à l'étalage avec quelques-uns de ses soi-disant amis. Du maquillage bon marché. Elle a fini au poste. J'ai réussi à convaincre les gérants du magasin de ne pas porter plainte.

— Cela arrive, Fraser. Ce n'est pas agréable, mais cela arrive. C'est une gamine, elle repousse les limites, c'est normal.

Il ferma les yeux quelques instants.

— Ce n'est pas tout. L'un de ses amis a été pris en possession de drogues. Un autre, accusé de dealer. À quinze ans, Briana. Mais tout ce que j'ai pu dire, tout ce que j'ai pu faire n'a servi à rien. Cela ne l'a pas empêchée de continuer à les fréquenter. Je ne pouvais pas l'enfermer à la maison ! De toute façon, même quand elle était privée de sortie, elle sortait par la fenêtre, le soir, pour les rejoindre. C'est la police qui la ramenait au petit matin. Ce n'est pas arrivé qu'une fois. Je ne sais pas si elle-même consommait des drogues et, de toute façon, je doute qu'elle me le dise. Elle a déjà reçu un avertissement, Briana. C'est quoi, l'étape suivante ?

Elle éprouva un pincement au cœur en voyant son visage défait.

— Je suis désolée.

— Tu ne pouvais pas savoir, dit-il en secouant la tête.

Même s'il ne le dit pas, elle entendit : « Tu l'aurais su si tu avais été là. »

— Je ne la bride pas, en fait je la protège, je l'empêche de se faire du mal.

La menace de l'ouverture d'un casier judiciaire avait dû lui faire l'effet d'un électrochoc. Briana commençait à comprendre ce qui l'avait incité à éloigner sa fille de l'univers malsain dans lequel elle évoluait à Londres. Lily méritait bien un nouveau départ après tout ce qu'elle avait enduré dans sa courte vie. Par égard pour sa meilleure amie qui n'était plus de ce monde, Briana se devait d'être là pour cette enfant, il fallait qu'elle lui apporte son aide et, si possible, rattrape le temps perdu.

Et si cela nécessitait de passer plus de temps avec Fraser, elle le ferait. Même si cela devait lui coûter.

4.

— Il ne t'est pas venu à l'idée de me dire que ma marraine travaillait dans mon lycée ? J'aurais bien aimé être prévenue avant de tomber nez à nez avec elle !

Lily était assise à la table de la cuisine, et râlait contre son père tout en caressant Jasper, le bobtail que Fraser avait consenti à acheter dans l'espoir que cela ferait mieux passer la pilule du déménagement et contribuerait à l'apaisement de leur relation. « D'accord pour un chien », avait-il dit.

Évidemment, elle avait choisi un chien énorme, pataud, qui répandait dans son sillage une forte odeur et des centaines de poils. Qui renversait tout quand il battait la queue, laissait de la boue et de la bave sur son passage et s'imaginait qu'il avait le droit de passer à table en même temps qu'eux. Et ce, tous les jours.

Mais Lily l'adorait. C'était déjà ça.

Même si l'affection de sa fille pour cette bête n'allait pas jusqu'à lui donner envie de nettoyer les traces de bave ou de racheter ce qu'il cassait, c'était déjà ça…

Fraser remua la sauce bolognaise en priant pour éviter une nouvelle dispute avec elle.

— Je ne savais pas que Briana travaillait dans ce lycée. La seule chose que je savais, c'est qu'elle était infirmière scolaire et qu'elle était originaire d'ici, comme ta maman. Je lui ai envoyé plusieurs mails quand j'ai pensé venir vivre ici, auxquels elle n'a jamais répondu. J'en ai donc conclu qu'elle était toujours en Australie. Et il ne m'a pas semblé opportun de te parler d'elle tant qu'on ne risquait pas de la voir. En quoi cela te dérange-t-il qu'elle soit là ?

Elle fit une moue de dégoût.

— Je vais être surveillée à longueur de journée, maintenant.

Ici, dans cette jolie petite ville où on ne peut pas faire dix mètres sans tomber sur quelqu'un qui te connaît. Et pareil au lycée. Je n'ai plus de vie privée. Sans parler du fait que les retrouvailles ont eu lieu devant toutes mes copines.

— Je suis désolé. Je n'imaginais pas que les choses se dérouleraient de cette manière. Comment s'est passé cette première journée ? Tu t'es donc fait des amies ?

— J'ai essayé. J'ai discuté avec deux filles de ma classe. L'une d'entre elles avait mal à la tête et on l'a accompagnée à l'infirmerie et… Tu connais la suite. C'est dur de se faire des amis quand son père se dispute avec l'infirmière scolaire devant tout le monde.

Sa gorge se serra.

— Je suis désolé, Lily.

— Ah bon ? dit-elle avant de plonger son visage dans les poils de Jasper. Mon bébé, tu es le seul à me comprendre.

Le chien leva vers elle ses grands yeux et posa la patte sur son genou.

— Je t'aime, mon chien, fit-elle en caressant sa tête.

Fraser éprouva un pincement au cœur qui lui coupa presque le souffle.

Depuis combien de temps sa fille ne lui avait-elle pas dit « je t'aime » ? Un an, deux, peut-être ? Le pire, c'était qu'elle était très demandeuse d'affection. Mais ce n'était pas de lui qu'elle voulait recevoir ces marques d'attention.

Le dîner ne fut pas des plus gais. Lily tripota le contenu de son assiette du bout de sa fourchette et Fraser tenta de faire des blagues qui ne la firent pas rire. Ils s'apprêtaient à sortir de table quand on frappa à la porte.

— Ce n'est pas pour moi, dit Lily en haussant les épaules.

Il alla ouvrir la porte. Une rafale de vent glacial et de flocons de neige s'engouffra. À sa grande surprise, Briana était là, couverte de neige, une écharpe bleu pâle autour du cou. Elle portait aussi une veste en velours bleu marine, un jean et des bottes qui lui donnaient dix ans de moins et lui rappelaient la jeune femme qu'il avait connue. Elle semblait un peu nerveuse. Ce qui lui fit prendre conscience qu'il l'était aussi, pour toutes sortes de raisons.

— Bonsoir, dit-elle en souriant.

— Quelle surprise !

Il s'écarta pour la laisser entrer, à la fois intrigué et content de sa présence.

— Je dérange ? dit-elle en époussetant la neige accrochée à sa veste. En fait, je viens voir Lily.

Son ego en prit un coup. Comment pouvait-il s'imaginer qu'elle ait envie de venir le voir, lui ? Et pourquoi se sentit-il soudain un peu déprimé ?

Il la fit entrer dans le salon où Lily était allongée sur le sol avec Jasper, son portable collé à l'oreille.

— Dès que je peux, je te promets. J'ai regardé les horaires de tr… Attends.

Lily se redressa dès qu'elle les vit, lui et Briana, puis leva les yeux au ciel.

— Je te rappelle, dit-elle avant de glisser le téléphone dans sa poche.

— Bonsoir, Lily, dit Briana en la saluant d'un geste de la main.

La jeune femme ne s'aventura pas à s'approcher de trop près. Elle avait peut-être retenu la leçon de leurs retrouvailles catastrophiques à l'infirmerie.

— Je voulais juste savoir si l'installation se passait bien, ajouta-t-elle sur un ton amical et détendu.

Lily haussa une épaule.

— Ce lycée est plutôt sympa et il se trouve que c'est là qu'on capte le mieux le wi-fi, poursuivit Briana.

Lily écarquilla les yeux.

— Ça passe mal, ici, c'est vrai, répondit l'ado d'un air renfrogné.

— Oui, chez moi aussi. C'est à cause des montagnes. Ça rame souvent pendant le streaming. Bref, j'espère que tu vas bien. Les premiers jours dans un nouvel endroit sont toujours un peu difficiles.

Elle la regarda puis plongea la main dans son sac.

— Je vous ai apporté des photos. Je me suis dit que cela vous ferait plaisir de voir Ellen pendant sa jeunesse.

Fraser vit Lily les regarder, lui puis Briana, tel un animal acculé cherchant une issue.

— En fait, j'ai… Il faut que j'aille faire mes devoirs.

Fraser s'étonna. Elle n'avait pas parlé de devoirs depuis qu'ils étaient rentrés.

— Bien sûr ! répliqua Briana. De toute façon, je ne comptais pas rester, je voulais juste vous les apporter. Vous les regarderez tranquillement.

Elle posa l'album sur la table basse, l'air un peu déçue. Elle se baissa pour caresser Jasper qui en profita pour baver sur ses bottes. Elle grimaça puis leva la tête vers Lily.

— Comment s'appelle-t-il ?

— Jasper. Mais papa l'appelle souvent « Oh ! non, c'est pas vrai ! ».

— Lily ! dit-il.

Briana pouffa de rire.

— En tout cas, il est magnifique, fit-elle.

— Ça c'est vrai, confirma Lily dont la voix et le regard s'adoucirent aussitôt. Bon, je monte faire mes devoirs, ajouta-t-elle en se dirigeant vers l'escalier.

— Des devoirs dès le premier jour ? reprit Fraser. Ce n'est pas très sympa de leur part !

— Mmm.

Exaspéré par les monosyllabes de sa fille, Fraser insista :

— Tu ne veux pas regarder les photos avec nous ?

Pour toute réponse, Lily monta les marches en tapant des pieds, Jasper à ses basques.

— Je suis désolé, Briana, maugréa-t-il. Je vais la chercher. Elle n'a pas à être aussi grossière.

— Laisse-la, ne t'inquiète pas. C'est normal qu'elle n'ait pas spécialement envie de passer du temps avec moi. Je suis presque une étrangère, pour elle. Si tu la fais redescendre, cela va mettre tout le monde mal à l'aise.

— Il faut qu'elle apprenne les bonnes manières.

Briana leva la main.

— Je pense que c'est déjà fait, Fraser. Je suis sûre que tu as bien fait ton boulot et qu'elle connaît déjà les bonnes manières.

— Je lui ai parlé de toi. Elle a quelques souvenirs.

— Cela fait beaucoup de nouveautés pour elle. Laisse-lui le temps.

Elle se dirigea vers la porte d'entrée.

Fraser eut un peu honte qu'elle ait fait le voyage jusque chez eux pour rien.

— Attends, Briana. Tu ne veux pas rester un peu ? Boire quelque chose ? Un verre de vin ?

Elle secoua la tête.

— Il faut que j'y aille.

— Tu aimes bien le vin rouge, si mes souvenirs sont bons. Et je serai content d'avoir un peu de compagnie adulte, pour changer. De parler à quelqu'un qui ne quitte pas la pièce en faisant la tête ou qui ne me dit que je lui fais honte dès que j'ouvre la bouche.

— Ça, tu n'en sais rien ! répondit-elle en riant.

Il se demanda si ses paroles ne contenaient pas un peu de vérité malgré tout.

— Je prends le risque, fit-il, trop heureux de passer un moment avec quelqu'un d'autre que sa fille récalcitrante.

— Cela dit, tu ne fais pas honte chaque fois que tu ouvres la bouche. Seulement 99 % du temps.

Il sortit deux verres du buffet en chêne.

— Je pense qu'il faut qu'on fasse la paix, déclara-t-il. Au moins dans le cadre de notre travail.

Briana demeura pensive quelques instants, les yeux fixés sur les verres. Puis elle se redressa.

— D'accord. Il faudrait qu'on parle de Lily, aussi. Je vous ai promis, à Ellen et toi, que je serais là pour elle. Ce qui n'a pas été le cas.

— Ce n'est pas toujours facile de tenir ses promesses. Cela peut vite créer des problèmes.

Elle se raidit.

— Fraser, je ne suis pas prête à reparler de ça.

Il n'était pas sûr de l'être non plus mais il faudrait bien qu'ils percent l'abcès un jour.

— Briana, on ne peut pas continuer à faire comme si de rien n'était…

— Pas aujourd'hui, s'il te plaît. Pour moi aussi, cela fait beaucoup. Vous revoir a fait remonter des tas de souvenirs. J'ai besoin de temps pour digérer tout cela.

— Très bien. Un autre jour, alors. Assieds-toi. Il ne devrait pas y avoir trop de poils de Jasper sur le canapé, mais je ne peux pas te le certifier.

Son cœur battait la chamade. Il fallait qu'elle comprenne qu'il n'avait pas menti, qu'il n'avait voulu manipuler personne. Mais ce serait pour une autre fois…

Il versa le vin dans les verres en se demandant de quoi ils allaient parler s'ils devaient éviter de mentionner ce qui avait provoqué un drame cinq ans plus tôt et qui planait entre eux depuis tout ce temps.

— Désolé pour la bave de Jasper, dit-il.

Elle suivit son regard et scruta ses bottes.

— Ce n'est rien.

— C'est le risque avec ce genre de chien. Il faudrait passer derrière lui tout le temps.

La conversation était laborieuse. Il se pencha et saisit l'album de photographies.

— Je peux ? Il doit y avoir des photos que je ne connais pas, déclara-t-il.

— Ce sont surtout des photos d'Ellen et moi, de la crèche jusqu'à l'école d'infirmière. Je crois qu'il y en a une de la soirée où nous t'avons rencontré, au bal de Noël de l'hôpital, répondit-elle en lui faisant une place à côté d'elle sur le canapé.

Ils ouvrirent l'album et regardèrent les photos de deux petites filles – une brune, une blonde – à la plage, au parc, à la kermesse de l'école. Puis plus grandes, sur le ferry, en train de manger des glaces, à la montagne. Deux filles qui avaient grandi ensemble, partagé des secrets et des moments de complicité. Et qui, plus tard, avaient lissé leurs cheveux et s'étaient maquillées et habillées pour le bal.

Son cœur se serra à la vue d'Ellen, souriante et pleine de vie. Briana passa le doigt sur la photo.

— Tu imagines… Si nous n'étions pas allées au bal, ce soir-là, nous ne nous connaîtrions pas. Et Lily n'existerait pas.

Sur une autre photo, qu'il n'avait jamais vue auparavant, on les voyait tous les trois : Briana souriait à l'objectif, Ellen et lui se souriaient sous une branche de gui en plastique.

Ils avaient été attirés l'un par l'autre au premier coup d'œil, lors de l'une des rares soirées qu'il s'était accordées pour se changer les idées. À l'époque, il était étudiant en médecine, Ellen, étudiante infirmière. Elle était très belle. Ils avaient échangé quelques mots au bar et le courant était passé d'emblée. Ils avaient dansé jusqu'à n'en plus pouvoir puis avaient passé la nuit ensemble…

Il ne se souvenait pas de ce qu'avait fait Briana à la fin du bal tant il avait été attiré par Ellen.

— Le groupe de musique n'était pas terrible, dit-il pour rompre le silence qui était tombé dans le salon.

— Nous étions toutes contentes de nous faire belles et de sortir, après avoir passé des semaines à bûcher.

Briana tourna la page et scruta une photo de plus près.

— Regarde comment nous étions habillées ! À dix-huit ans, je mettais beaucoup d'énergie dans le choix des vêtements que je portais.

Puis elle plaqua la main sur la photo.

— Oh ! non ! Ne regarde pas ! C'est affreux !

— Montre ! fit-il en lui prenant l'album des mains.

Elle tendit les mains pour le reprendre, en vain.

— Je t'interdis de rire, Fraser, dit-elle en capitulant.

— Je ne te promets rien.

Intrigué, il lui tourna le dos et rouvrit l'album, soulagé que la situation prenne ce tour presque chaleureux. *Presque*, étant donné qu'ils n'avaient pas encore abordé le sujet qui fâchait.

— Voyons voir… Ah oui, effectivement. Il faut aimer la mode des années 2000.

Il éclata de rire. Briana rougit mais se mit à rire avec lui, les yeux brillants. Elle avait un sourire magnifique. Comment se faisait-il qu'il n'ait jamais vu à quel point elle était belle ? Belle et… attirante.

Il sentit un serrement dans sa poitrine. Leurs regards se croisèrent et une vague de chaleur s'empara de lui.

Non. Briana avait toujours été l'amie d'enfance d'Ellen, pas une femme comme une autre. En tout cas, il ne pouvait pas la voir comme telle. La réaction de son corps devait être l'expression du soulagement qu'il éprouvait face au rétablissement de la communication entre eux. Et à la joie de passer du temps avec une adulte tranquille, pas une adolescente bouillonnant d'hormones et de colère.

— Redonne-moi l'album, Fraser ! Je ne veux pas que tu…

La porte du salon s'ouvrit en grand, et Lily entra, un air suspicieux sur le visage.

— Je vous ai entendus… rigoler ? dit-elle sur un ton accusateur.

Comme s'il n'était pas permis de rire. C'est vrai que les occasions avaient été rares, ces derniers temps. Fraser mourait d'envie de voir le rire revenir dans la maison. Et des sourires sur les lèvres de sa fille.

Briana pointa du doigt la photo qui avait déclenché leur hilarité. Ses joues étaient roses. Il se demanda si elle aussi avait ressenti l'attirance qu'il avait éprouvée.

— On ne devrait pas montrer cela aux enfants, dit-elle d'une voix pleine d'humour. Mais bon, tu es suffisamment grande et suffisamment forte pour le supporter. Regarde et tire des leçons de nos erreurs. Comment a-t-on pu penser que les strings et les jeans taille basse étaient une bonne association ?

Lily se pencha. Un léger sourire se dessina sur ses lèvres, mais elle se ressaisit comme si elle ne voulait pas rire devant eux. Pauvre Lily !

Briana, elle, riait toujours. Elle posa l'album sur la table.

— Quelle époque !

Quand elle n'était pas en colère contre lui, elle était désarmante de charme, songea-t-il.

— Prends-en bonne note, Lily : ne suis pas les modes aveuglément, reprit Briana.

Lily ne put s'empêcher de rire.

— C'est incroyable ce que tu lui ressembles, dit Briana, une main sur le cœur. Surtout quand tu ris. Tu as ses yeux noirs et vifs.

— À ma mère ? s'écria Lily, surprise.

— Oui, tu as le regard et le sourire d'Ellen. Elle était tellement belle, tellement drôle ! Un peu tête en l'air, parfois. Et pas très organisée.

Totalement et magnifiquement désordonnée, eut-il envie d'ajouter. Mais il se retint. D'autant qu'il n'était pas sûr que les mots puissent sortir de sa gorge nouée par l'émotion. Il se frotta la poitrine, dans l'espoir que cela se dissipe. Tout en sachant que, même s'il frottait fort, la douleur restait.

— Nous étions toujours en rade de lait, poursuivit Briana. Si je ne faisais pas des listes, elle oubliait tout.

Lily continuait à sourire, manifestement enchantée d'entendre parler de sa mère.

— Mais elle n'aimait pas les listes. Et, de toute façon, elle était tellement adorable que tout le monde lui pardonnait ses oublis.

Lily s'assit en travers d'un fauteuil, les jambes pendant par-dessus l'accoudoir et tourna négligemment l'album vers elle pour y jeter des coups d'œil furtifs.

— Il y a une photo d'elle à ton âge. Vous vous ressemblez comme deux gouttes d'eau ! déclara Briana en poussant l'album vers elle.

Lily le rouvrit à la première page et se mit à scruter chaque cliché ⊠ que Briana avait légendé ou commenté, avec plus de détails sur la vie d'Ellen qu'il n'aurait été capable d'en donner lui-même. Ils étaient restés très amis mais, comme leur relation amoureuse avait consisté en une unique nuit torride et qu'elle s'était arrêtée le lendemain matin, au réveil, ils n'étaient pas passés par les étapes que l'on franchit quand on fait connaissance dans les règles. Et ils ne se seraient probablement jamais revus si Ellen n'avait pas découvert qu'elle était enceinte.

Ils avaient décidé de garder le bébé et de l'élever ensemble, tout à fait d'accord sur le fait qu'une relation de couple était exclue. Ils adoraient Lily autant l'un que l'autre et avaient développé un lien indéfectible, formant une drôle de famille qui ne vivait pas sous le même toit mais qui fonctionnait plutôt bien. Jusqu'à ce qu'Ellen soit trop fatiguée pour vivre toute seule et qu'elle emménage chez lui. Il s'était alors retrouvé à devoir s'occuper de Lily et de sa mère.

Lily sursauta quand Briana referma l'album. Il était difficile de savoir ce qu'elle pensait. Autant elle avait écouté les histoires de Briana avec enchantement, autant elle semblait troublée, à présent. Elle se releva et se dirigea vers l'escalier.

Fraser sentit son estomac se contracter. Élever une adolescente consistait à marcher sur une corde raide. Un faux pas, et tout s'écroulait. Pourtant, il fallait continuer à avancer, tenir bon.

Briana le regardait d'un air interrogateur. Il se leva et parvint à arrêter Lily avant qu'elle ne sorte du salon.

— Ça va, Lily chérie ?

— Arrête, papa ! Appelle-moi Lily, je n'ai plus cinq ans. Je vais me coucher.

N'ayant pas l'intention de se disputer avec elle en public, il acquiesça.

— D'accord. Je monte te souhaiter bonne nuit.

— Pas la peine.

— À tout de suite, dit-il en s'efforçant de parler d'une voix égale.

Qu'elle le veuille ou non, il irait voir comment elle allait après cette séance photo qui avait ébranlé tout le monde, chacun à sa façon.

Elle palpa la poche dans laquelle se trouvait son portable.

— Pas *tout de suite*, riposta-t-elle. Il faut que je revoie mes maths.

Conscient qu'elle déformait un peu la réalité, il prit néanmoins le parti de ne rien dire.

Briana se leva à son tour.

— Bonne nuit, Lily !

— Mmm, répondit Lily avant de disparaître.

Briana la suivit du regard.

— Tu veux monter voir si elle va bien ? murmura-t-elle.

— J'irai dans un moment. J'ai pris l'habitude d'attendre un peu quand elle est contrariée ou énervée, pour ne pas envenimer la situation. À une époque, elle venait vers moi dès que quelque chose n'allait pas. Maintenant, elle me fuit.

— C'est passager, Fraser, fit Briana d'un air compatissant alors qu'ils se dirigeaient vers la porte d'entrée. Je suis désolée de l'avoir perturbée.

— Je crois qu'elle était contente de voir des photos de sa maman. Nous ne le faisons pas souvent. Peut-être pas assez. Quand elle était à l'hôpital, Ellen a rédigé un journal sur sa vie que Lily garde comme un trésor. Mais c'est bien que quelqu'un d'autre évoque sa mère. Et qu'il y ait un autre adulte que moi à ses côtés.

Il marqua une pause, un peu embarrassé par ce qu'il venait de dire.

— Du moins, si tu es d'accord pour être à ses côtés, ajouta-t-il.

— C'est ce à quoi je m'étais engagée, non ? En tant que marraine. Je sais que je n'ai pas été très présente ces dernières années, mais je vais me rattraper.

Il leva la tête vers l'étage, imaginant Lily, renfrognée, sur son lit.

— Je ne garantis pas que ce sera simple.

— Je suis contente de relever le défi, dit-elle en bandant le biceps.

Fraser avait du mal à détacher son regard de sa bouche, beaucoup plus sensuelle qu'il ne l'avait remarqué auparavant. Et elle avait des yeux magnifiques, emplis de douceur. Et d'humour. L'ensemble était parfait.

Il ouvrit la porte d'entrée et sentit son parfum quand elle passa devant lui. Une odeur fraîche et florale. Celle des freesias, peut-être.

Il était trop sensible à sa présence. Elle lui faisait perdre l'équilibre. Trop de non-dits flottaient entre eux, trop de colère et de méfiance accumulées qui devraient s'exprimer un jour. Mais ce n'était pas tout. Il percevait aussi une autre forme de tension entre eux et, en lui, des sensations qu'il avait du mal à ignorer et dont il se demandait si Briana les éprouvait aussi.

Pourtant, rien n'était moins opportun que d'aller plus loin avec Briana, à plus forte raison si elle avait l'intention d'être plus présente dans la vie de Lily. À la rigueur, ils pourraient regarder des photos, passer de bons moments ensemble. Comme ce soir.

— Merci pour les photos, dit-il. Cela n'a pas été facile, mais tu as réussi à la faire sourire.

Briana se retourna, le visage illuminé par un grand sourire.

— C'est un début, répondit-elle.

Il hocha la tête et éprouva la soudaine envie de poser la bouche sur la sienne. *Que lui arrivait-il ?*

— Bon, on se voit la semaine prochaine. Au lycée.

— Oui, dit-elle en plongeant son regard dans le sien.

Il eut l'impression – comme pouvait avoir l'impression un homme qui n'avait pas connu d'histoires d'amour dignes de ce nom depuis des lustres – de voir une lueur de désir dans ses yeux.

— Il faudra aussi qu'on programme nos séances.

— Nos séances de quoi ? demanda-t-il en tentant d'ignorer la chaleur qui s'emparait de son corps tout entier.

Son esprit mal placé lui faisait imaginer des choses qui lui parurent après coup tout à fait déplacées.

— Les séances d'éducation sexuelle, répondit-elle. Pour les élèves. Cela fait partie du travail. Nous sommes censés éclairer les élèves, par groupes d'âge, sur le respect, les limites, les relations et le corps pendant la puberté et l'âge adulte.

— Oh ! oui, bien sûr, dit-il après avoir dégluti. On intervient ensemble ?

— Non, séparément, pour pouvoir sensibiliser davantage d'élèves.

Pourquoi ne parvenait-il pas à chasser de son esprit l'image de

Briana allongée sur son lit, nue et satisfaite ? Et que lui prenait-il d'imaginer le goût de sa peau, de sa bouche… ?

— Ça va, Fraser ?

— Euh, oui. Oui, ça va.

— Dans ce cas, j'y vais.

Il la regarda partir avant de refermer la porte, troublé. L'idée de coucher avec Briana ne lui avait jamais traversé l'esprit depuis qu'il la connaissait.

Mais, ce soir, il n'avait plus que cela en tête.

5.

Il ne faut pas que je pense à la bouche de Fraser.

Il ne faut pas que je pense à la bouche de Fraser.

Il ne faut pas…

La bouche de Fraser. Des lèvres parfaites. De belles dents. Un sourire à tomber. Comment résister ? Briana n'avait cessé de regarder sa bouche, tout le temps où il parlait. Puis, alors qu'elle était sur le point de partir et qu'ils se disaient au revoir devant la porte, elle s'était imaginé qu'il l'embrassait.

Elle se retrouvait dans la même situation qu'à l'époque. Elle qui croyait avoir réussi à maîtriser son attirance pour lui ! S'il y avait un homme avec lequel elle ne devait pas envisager une histoire, c'était bien lui ! Mais quand elle repensait à sa bouche… À son rire. À la tristesse dans son regard, qui lui avait fendu le cœur.

Elle sursauta en entendant frapper à la porte.

— J'arrive !

C'était Beth, son ancienne voisine et amie de toujours, qui venait la chercher pour aller marcher.

— Tu es prête ? demanda-t-elle, un nuage de vapeur sortant de sa bouche.

L'air de cette fin d'après-midi était sec et froid. Briana enfila son blouson bleu marine et son bonnet à pompon assorti, et referma derrière elle la porte de la maison.

— J'ai besoin de marcher. Et je suis contente de te retrouver. Tu vas pouvoir me raconter ce qui s'est passé pendant toutes ces années.

— Cela fait quatre ans ? Plus ? dit Beth en souriant. Regarde, je t'ai amené un ami, ajouta-t-elle en montrant l'un des deux chiens qu'elle tenait en laisse. Cela te rappellera le bon vieux temps.

Briana regarda le gros chien bavant sur le pas de sa porte. Il ne devait pas y avoir des dizaines de bobtails par ici. Elle s'accroupit et lui caressa la tête.

— Jasper ?

— Tu le connais ? dit Beth, étonnée.

— Oui. Fais attention à tes chaussures…

— Trop tard, il me les a salies… Mais il est adorable. Son maître m'a demandé de le garder parce qu'il était occupé.

L'autre chien, tout jeune, allait et venait en sautillant, débordant d'énergie, une oreille pendante, l'autre dressée. C'était le chiot le plus mignon que Briana ait jamais vu. Il sauta sur Beth, réclamant son attention. Il vint lui lécher le visage.

— Oui, toi aussi tu es beau. Briana, je te présente Boy. Il est tout jeune et tout fou, comme tu peux le constater.

— Dans ce cas, je prends Jasper.

Elles se mirent en route, chacune une laisse à la main. La glace crissait sous leurs pas.

— Alors raconte. C'était comment, l'Australie ?

— Chaud, plein de serpents, d'araignées et de terre rouge.

— C'est tout ce que tu as retenu de tes quatre années là-bas ?

Comment être honnête sur ce qui s'était passé sans évoquer l'histoire sordide et lamentable qui lui était arrivée ?

— Disons que me jeter tête la première dans cette histoire avec Tony n'a pas été la décision la plus brillante de ma vie.

Elle s'était tournée vers lui à la mort de sa meilleure amie, après s'être rendu compte que ses sentiments envers Fraser n'étaient pas réciproques.

— Pourquoi ? Tu croyais que c'était le bon ?

— Euh… Non, même pas.

Beth eut l'air intriguée.

— Il t'a plaquée ? C'est pour cela que tu es revenue en Angleterre ?

— Non, c'est moi qui ai rompu. Mais beaucoup trop tard. En fait, je me suis rendu compte que ce n'était pas l'homme que je croyais. C'était...

Elle reprit son souffle, avant d'avouer d'une seule tirade :

— ... un tyran, persuadé que je lui appartenais, qu'il avait le droit de me dire ce que je devais faire... Mais j'ai mis du temps à m'en apercevoir. Il était très habile. Quand je me suis séparée de lui, j'ai eu besoin de mettre le plus de distance possible entre nous. C'est pour cela que je suis rentrée.

Elle frissonna au souvenir de cette période.

— Et toi, Beth, où en es-tu de tes amours ?

Un immense sourire illumina le visage de Beth.

— Je me suis remise avec Alex, après deux ans de séparation, déclara-t-elle avant de lui raconter l'histoire de leur rupture et de leurs retrouvailles, que Briana écouta avec envie.

Jusque-là, sa vie amoureuse était assez déprimante. Elle avait l'impression que certaines personnes avaient de la chance, tels Beth et Alex, mais qu'elle n'en faisait pas partie. À présent, elle n'avait plus envie d'ouvrir son cœur à un homme, de peur qu'on ne le lui brise de nouveau. Jamais plus elle ne donnerait à quelqu'un le pouvoir de la contrôler et de la maltraiter. L'idée même de sortir avec d'autres tordus dans l'espoir de peut-être, un jour, tomber sur un homme qui ne l'était pas, lui donnait la nausée.

— Je suis désolée que les choses aient mal tourné avec Tony, fit Beth dans un soupir. Il faut que tu tournes la page. Cela fait des mois que tu es rentrée à Oakdale, mais je ne t'ai pas encore croisée. Ne t'enferme pas. Il faut que tu sortes, que tu reprennes goût à la vie.

— Je sais. Mais je ne suis pas sûre de pouvoir faire à nouveau confiance à un homme. Une nuit par-ci par-là, à la rigueur, mais pas plus.

— Il n'y a pas de mal à se faire du bien, après tout, dit Beth en riant.

Quand elles passèrent devant le centre médical d'Oakdale, Briana ne put s'empêcher de se demander si Fraser s'y trouvait.

Un samedi, en fin d'après-midi ? Ce serait étonnant, mais rien ne lui interdisait de jeter un coup d'œil.

Fraser Moore était la dernière personne en laquelle elle pouvait avoir confiance, il n'en demeurait pas moins qu'il était beau comme un dieu.

« Il n'y a pas de mal à se faire du bien... »

Le bruit d'une voiture freinant dans leur dos les fit sursauter. Elles se retournèrent et virent une voiture déraper sur le verglas et foncer droit sur elles.

Elles eurent à peine le temps de réfléchir. Derrière elles, un mur de pierre. À gauche, une maison. À droite, le bas-côté couvert d'herbe.

— Attention ! cria Briana en tirant Beth sur la droite, le cœur battant à tout rompre.

Les chiens se mirent à aboyer. La voiture prenait de la vitesse dans la pente et se rapprochait dangereusement. D'ici quelques dixièmes de seconde, elles seraient écrasées contre le mur de pierre.

Voilà, c'était la fin. Briana retint son souffle, paralysée sur place.

— Briana ! hurla Beth.

Briana sentit qu'on la tirait violemment par le bras et s'affaissa sur le bas-côté.

La voiture devenue folle la frôla de si près qu'elle sentit l'air à son passage. Puis le véhicule alla s'écraser contre le mur dans un vacarme assourdissant.

Briana ferma les yeux et poussa un long soupir.

Elle était vivante !

Après quelques instants d'un silence irréel, il se produisit soudain une grande agitation autour d'elle. Les gens accouraient, alertés par le bruit.

Briana se redressa tant bien que mal, vérifia qu'elle n'était pas blessée puis pensa aux personnes qui se trouvaient à bord de la voiture.

Le capot s'était transformé en un accordéon de métal dont sortait de la fumée. Une vieille dame était assise derrière le volant, l'air hagard, du sang coulant sur le front. Mais elle parlait avec Alex, le petit ami de Beth, ainsi qu'avec un autre médecin vivant dans le quartier, Joe Thompson.

Fraser était là aussi, surgi de nulle part. Il se précipita vers elle.

— Briana, ça va ?

Mieux, maintenant que tu es là, pensa-t-elle d'emblée.

Avant de se sermonner sévèrement. Elle n'allait pas bien simplement parce qu'elle était en compagnie d'un homme mais parce qu'*elle* avait décidé de l'être.

Il s'agenouilla près d'elle et sourit.

— Une chance que l'accident se soit produit près d'un centre médical. Comment te sens-tu ?

— Va t'occuper des gens dans la voiture. Moi, je vais bien, dit-elle en remarquant que sa main tremblait.

— C'est Mme Wilkinson, du commissariat. Elle est un peu choquée mais elle n'a rien de grave. Alex s'occupe d'elle, avec Joe et Rose. Ils ont appelé une ambulance, par précaution.

Il scruta son visage et lui glissa une mèche derrière l'oreille.

— C'est toi qui m'inquiètes. Tu es pâle. Tu as mal quelque part ?

Il était inquiet pour elle. *Tout arrive.*

Le sang battait fort dans sa tête mais celle-ci était intacte. Du moins physiquement. Son corps, par contre, frissonnait au contact de Fraser.

— Je me suis cogné la tête en tombant.

Elle palpa son corps et sentit une zone mouillée et collante sur l'ourlet de son blouson.

— Je crois que Jasper m'a sauvé la vie, dit-elle en constatant qu'il ne s'agissait pas de son sang mais de la bave du bobtail.

— Il n'a pas que des inconvénients, répliqua Fraser sans cesser de la regarder.

Elle était incapable de détourner le regard du sien. Comme s'ils étaient connectés, non pas physiquement mais sur un autre plan. Elle eut la sensation que quelque chose d'important était en train de se produire.

Et le choc à la tête avait probablement dû affecter ses fonctions cérébrales parce qu'elle ne rêvait que de se blottir dans ses bras alors que jamais il n'avait montré le moindre intérêt pour elle. Pas ce genre d'intérêt, en tout cas.

Beth les rejoignit.

— Vous avez fait connaissance, constata-t-elle.

— En fait, nous nous connaissons déjà, lui répondit Briana. Nous nous sommes connus à Londres.

Cet individu a volé deux années que j'aurais pu passer avec ma meilleure amie, se rappela-t-elle. Mais le regard et le sourire de Fraser eurent raison de son ressentiment. Curieusement, avec lui, elle baissait la garde comme jamais elle n'aurait imaginé le faire.

— Tu es blessée, dit-il en examinant son crâne.

— Ça va aller.

Elle passa la main sur son front et regarda ses doigts pleins de sang.

— Il faut simplement que je nettoie la plaie, fit-elle. J'habite à côté.

— Le centre médical est plus près. Je t'emmène. Ce sera plus simple s'il te faut des points de suture.

Non. Oui. Non.

Mais elle n'eut pas le temps de répondre à voix haute. Déjà, Fraser l'aidait à se relever et, la prenant par la taille, soutint sa marche jusqu'au centre médical.

Redoutant les réactions indésirables de son corps, elle évita de croiser son regard envoûtant pendant tout le temps où il nettoya la plaie sur son front. Cette proximité la troublait. Elle aimait le parfum qui émanait de lui et la douceur avec laquelle il s'occupait d'elle. Comme si elle était quelque chose de précieux.

Tony ne l'avait jamais traitée de cette manière. Enfin, si, au début. Mais les choses avaient vite changé. Comme elles avaient changé entre Ellen et Fraser. Dans la vie, tout changeait. Mais pas toujours dans le bon sens.

Après avoir pansé la plaie de Briana et s'être lavé les mains, Fraser lui sourit, manifestement satisfait.

— Tu fais plus humaine, maintenant.

— Pourquoi ? À quoi ressemblais-je ? À un zombie, sans doute, avec tout ce sang.

— Un zombie ? Alors c'est le zombie le moins effrayant que j'aie jamais rencontré, dit-il, l'air rieur.

Elle remarqua les petites rides qui s'étaient formées autour de ses yeux. Il avait dû en baver, pendant ces dernières années, à s'occuper seul d'une petite fille de dix ans après avoir pris soin, pendant deux ans, d'une femme malade qui n'était même pas sa compagne.

Il voulut l'aider à se relever, mais elle secoua la tête pour l'en empêcher. Elle souhaitait mettre un peu de distance physique entre eux, du moins tant que ses émotions seraient aussi tumultueuses.

— Merci, ça va aller. Je vais rentrer, murmura-t-elle.

— Tu ne veux pas venir avec nous ? Nous allons tous au pub.

— Je n'ai pas très envie de boire après ce choc.

— Ce n'est pas prudent que tu restes seule. Tu as reçu un mauvais coup, dit-il en posant la main sur la sienne, ce qui généra de drôles de pétillements dans son ventre.

Elle retira la main, presque plus choquée par son attirance envers lui que par l'accident dont elle venait de réchapper.

— Attends, fit-il en se rapprochant pour scruter le pansement sur son front.

C'est du moins ce qu'elle crut. Mais il s'arrêta à mi-chemin, posa la main sur sa tempe et lui caressa la joue. Elle sentit sa respiration devenir chaotique et un désir irrépressible s'emparer d'elle. Qui ne s'apaisa pas quand il passa un doigt sur ses lèvres.

Il se rapprocha. Elle mourait d'envie qu'il l'embrasse. Il pencha légèrement la tête, elle leva légèrement la sienne. Il la regardait avec une intensité qui la fit frémir.

Elle déglutit. Il fallait qu'elle s'écarte – c'était de la folie pure.

L'arrivée de Beth dans la pièce les fit sursauter tous les deux.

— Ah, vous êtes là ! Alex a ramené les chiens. Joe nous a réservé une table près de la cheminée et nous attend avec une bouteille de syrah. Venez !

Beth la prit par un bras, Fraser par l'autre, et elle n'eut pas la force de résister.

Quelques minutes plus tard, ils étaient installés au pub Queen's Head. Elle avait l'impression d'être encore plus sensible que d'habitude à la proximité de Fraser, à la chaleur troublante de sa cuisse contre la sienne, au timbre de sa voix. Elle imaginait ses mains parcourant son visage et son corps, son haleine sur sa peau, le goût de sa bouche.

Elle était en train de devenir folle.

Elle s'écarta de lui et évita de nouveau de le regarder dans les yeux quand il lui parlait. Elle répondit presque par onomatopées pour ne pas avoir à croiser son regard envoûtant et sexy. Elle finit par se tourner vers Rose, assise de l'autre côté, qui revenait d'un séjour au ski. Elle était bronzée, avec la marque des lunettes.

— J'ai l'air d'un panda, dit-elle en riant. Mais cela valait la peine. C'était magnifique. Nous avons eu du beau temps tous les jours. Et toi, tu vis ici, à Oakdale ?

Briana hocha la tête.

— Oui, j'ai grandi ici. Beth et moi étions voisines quand nous étions petites. Puis je suis allée faire mes études d'infirmière à Londres, où je suis restée une dizaine d'années. Ensuite, je suis partie à l'étranger, d'où je suis revenue en septembre.

— C'est bizarre que nous ne nous soyons pas croisées avant.

— Je ne suis pas beaucoup sortie depuis mon retour ici.

— Beth a bien fait de te dire de venir avec nous. C'est sympa ici. On se connaît tous. Tout le monde nous a aidés à préparer le mariage.

— Vous allez vous marier ? Joe et toi ?

Briana repensa à la première femme de Joe et à l'accident de voiture qui l'avait tuée. Elle était contente qu'il ait retrouvé l'amour.

— Je suis heureuse pour vous.

Rose sourit.

— Le mariage aura lieu dans dix semaines, très exactement. Je fêterai mon enterrement de vie de jeune fille un mois avant le mariage. Oh ! d'ailleurs, tu es invitée. Viens !

— Oh ! non, je ne veux pas m'imposer.

— Au contraire ! Il y aura plus de monde du côté de Joe que du mien. Et, si tu es une amie de Beth, c'est certainement que tu gagnes à être connue.

Beth lui donna un coup de coude.

— Allez, viens ! On va boire et faire les folles. Cela ne se refuse pas, s'écria-t-elle en riant.

Cela dit, depuis combien de temps n'avait-elle pas fait la folle ?

— Dans ce cas, j'accepte, répondit-elle sur le même ton.

— Donne-moi ton numéro, fit Rose. Et dis-moi ce qui t'a faire revenir à Oakdale.

Je me suis enfuie et j'avais besoin de retrouver un environnement familier.

— J'adore cette région et, quand j'ai vu l'annonce pour le poste d'infirmière scolaire, j'ai envoyé ma candidature.

— Où travailles-tu ?

— Je travaille au lycée de Bowness, mais aussi dans quelques écoles primaires.

— Ils ont mis en place un programme de sensibilisation et d'informations pour les adolescents, dit Fraser à qui elle tournait le dos.

— C'est là que Katy ira, plus tard, répondit Rose. Mais on a le temps, elle n'a que huit ans. Et je ne suis pas impatiente qu'elle en ait quinze.

— Fraser pourra te donner des conseils sur l'éducation d'une adolescente, dit-elle, sarcastique.

Au désir violent et irrépressible d'embrasser Fraser se mêlait la colère à l'idée d'être passée à côté d'une partie de l'enfance de sa filleule.

Quand elle tourna de nouveau la tête vers Rose, celle-ci la regardait d'un drôle d'air.

— Oui, les jeunes filles de quinze ans sont… intéressantes, commenta Fraser en récupérant les verres vides. Qui veut un autre verre ?

Le groupe répondit oui à l'unisson.

— Tu veux m'aider, Briana ? demanda-t-il sur un ton et avec un regard qui ne souffraient pas le refus.

Une fois au bar, il posa les verres et se tourna vers elle.

— Que se passe-t-il, Briana ? Tu as passé la soirée soit à m'ignorer, soit à me lancer des piques.

— Comment va Lily ?

Il la regarda, incrédule devant sa tentative de changer de sujet.

— Égale à elle-même. Elle continue à râler d'avoir déménagé. Pour le moment, elle est chez Joe et Rose, elle garde la fille de Joe, Katy.

— C'est bien qu'elle sorte un peu de la maison.

— Je préfère savoir où elle est.

— Tu ne peux pas contrôler tous ses faits et gestes.

— Je sais, mais il faut que je la protège.

Il secoua la tête.

— Il me semble que nous avons déjà eu cette discussion. Je pensais que c'était réglé.

— C'est loin d'être réglé, s'entendit-elle dire.

Elle avait beau savoir que Fraser n'était pas du genre à se comporter comme Tony, le discours qu'il tenait concernant sa fille avait fait resurgir en elle des émotions de peur et de panique. Sans parler des souvenirs de son amie décédée et du ressentiment qu'elle nourrissait encore à l'égard de Fraser.

— Vous feriez peut-être mieux de retourner à Londres si Lily est si malheureuse et se sent si seule ici.

— Viens, il faut que je te parle, dit-il en la prenant par le bras.

— Non ! cria-t-elle au moment précis où le volume sonore dans la salle baissa d'un cran.

Les regards se tournèrent vers eux. Elle s'écarta de Fraser tout en se disant que cela n'avait aucun sens. Comment pouvait-elle à la fois le désirer autant qu'elle lui en voulait ?

— Briana…

Il jeta un coup d'œil à la table où se trouvaient leurs amis.

— Allons discuter de cela dehors, s'il te plaît. Avant de devenir l'attraction de la soirée.

Tout le monde les regardait.

Il avait raison. Ils avaient des choses à se dire et certainement pas besoin d'un public. Elle ne pourrait pas travailler efficacement avec lui tant que ces émotions contradictoires la submergeraient. Cela ne faciliterait pas non plus sa relation avec Lily.

Le cœur tambourinant dans la poitrine, les mots se bousculant dans sa tête, elle se précipita vers la sortie.

6.

Fraser sortit du pub et la rattrapa.

— Briana, dis ce que tu as sur le cœur une fois pour toutes. Je t'écoute. Sois honnête. Ne cherche pas à me ménager.

Elle le regarda, le menton levé, les mains sur les hanches, prête à l'attaque.

— Je n'ai rien à dire, Fraser Moore.

— Rien d'agréable, tu veux dire.

Il s'était préparé à recevoir une volée de bois vert, qu'il savait mériter en partie.

— Avoue-le, je t'ai fait mal, c'est ça ? Tu es furieuse contre moi et cela dure depuis des années. Tu t'en veux aussi de ne pas avoir été une bonne marraine pour Lily. Et tu as terriblement envie de m'embrasser.

Elle le regarda, médusée.

— Non, ce n'est pas vrai.

Il faisait exprès de la pousser à bout pour qu'elle vide enfin son sac. Si elle ne le faisait pas ce soir-là, elle garderait tous ces griefs pour elle et continuerait à lui lancer des piques devant leurs amis. Ce qui pouvait durer longtemps.

Elle avait beau nier, il était certain qu'elle avait envie de l'embrasser. Il savait distinguer la colère du désir dans son regard. Lui aussi brûlait de l'embrasser.

Car c'était bien là le plus étrange : plus elle était énervée, plus il avait envie d'elle. Mais ils ne pouvaient pas partir sur ces bases-là, flirter pendant cinq minutes et se disputer pendant les cinq minutes suivantes. Ce n'était pas sain. Comme sur le grand huit, quand l'envie de descendre est aussi forte que celle de rester dans le wagonnet.

Allez comprendre.

Elle prit une profonde inspiration. Il fit de même. Il n'avait pas envie qu'ils se lancent au visage ces vérités qui dérangent, et encore moins revivre ce qui s'était passé cinq ans auparavant, mais il fallait assainir la situation.

— Pourquoi ne m'as-tu pas laissée la voir ? cracha-t-elle, des éclairs dans les yeux. Je me suis dit que j'avais fait quelque chose de travers, que je lui avais fait du mal, d'une manière ou d'une autre, quand j'ai vu qu'elle ne répondait ni à mes appels ni à mes textos. Qu'elle passait par toi pour m'envoyer des messages. J'ai passé des jours et des nuits à me demander ce que j'avais bien pu lui faire. Je pensais que… En fait, je ne savais même pas que penser, à part qu'elle devait me détester pour une raison que j'ignorais.

— Elle ne te détestait pas, Briana, elle t'aimait.

— Vraiment ? Dans ce cas, pourquoi ne pouvais-je pas venir la voir ? Pourquoi tu ne m'as pas expliqué ce qui se passait ? J'aurais pu me rendre utile, plus qu'en laissant des repas chauds sur le seuil de ta porte et des messages auxquels tu répondais à peine. Je suis infirmière, Fraser, j'aurais pu aider ma meilleure amie malade. J'aurais pu m'occuper d'elle. Faire quelque chose. Je voulais être là pour elle. C'est tout ce que je voulais.

— Elle ne voulait pas qu'on la voie dans cet état, à part ses médecins et moi. J'ai tout fait pour protéger Lily.

Et, pour être honnête, il avait oublié les repas chauds qui apparaissaient comme par enchantement sur le seuil de sa porte et qu'il réchauffait et engloutissait sans même se demander qui les avait apportés. Il s'était dit que c'était un voisin, ou l'un des professeurs de Lily. Alors que c'était Briana qui cherchait à les aider. Qui prenait soin de son amie.

Et qui était en colère, à présent.

— Justement, tu aurais pu me laisser entrer, ne serait-ce que cinq minutes. Tu aurais pu insister auprès d'elle.

— Elle m'en aurait voulu.

Mais il s'imagina à la place de Briana, empêchée de voir sa meilleure amie malade.

— J'ai été maladroit mais je faisais ce qu'elle me demandait de faire. Rien de plus.

L'expression de Briana se fit plus farouche. Elle était courageuse, loyale. Et blessée.

— Je ne te pardonnerai jamais de m'avoir empêchée de voir Ellen les derniers mois. Jamais.

Elle avait l'air de penser qu'il avait eu plus de pouvoir et de contrôle sur la situation qu'il n'en avait eu en réalité.

— J'ai essayé, murmura-t-il, désireux qu'elle écoute maintenant ce qu'il avait à dire. J'ai discuté avec elle, je lui ai demandé, je l'ai suppliée de laisser d'autres personnes entrer chez nous, ne serait-ce que pour Lily. Mais elle m'a fait promettre. Tu as vraiment cru que je ne voulais pas que tu viennes la voir ? Que je n'avais pas envie de partager tout cela avec quelqu'un ?

— Mais pourquoi ? Quand elle a reçu le diagnostic, elle m'a appelée. Nous en avons parlé toutes les deux. Nous avons pleuré ensemble.

Sa lèvre inférieure tremblait.

— Et, du jour au lendemain, elle n'a plus répondu à mes appels. Je n'ai pas compris.

Il prit une profonde inspiration, oppressé par le souvenir de ces mois atroces pendant lesquels les symptômes étaient apparus et le diagnostic avait été posé. Il s'en était suivi deux longues années de lutte acharnée.

— Elle avait peur. Elle avait des sautes d'humeur, des trous de mémoire, et des migraines qui la clouaient au lit pendant plusieurs jours. Elle pétait les plombs. Les crises l'épuisaient et la rendaient hagarde. Elle perdait ses cheveux par poignées.

Il poussa un soupir avant de poursuivre :

— Je l'ai vue décliner, jour après jour. Elle ne se supportait plus, et supportait encore moins que quelqu'un d'autre la voie dans cet état, à part nous, sa drôle de famille. Elle m'a supplié de ne faire entrer personne. Crois-moi, j'aurais préféré ne pas avoir à supporter tout cela tout seul. Sans parler de ce que je devais dire à Lily, qui avait neuf ans, à l'époque. J'aurais donné n'importe quoi pour avoir quelqu'un à qui parler, toutes ces nuits que je passais à me demander comment je pouvais continuer à travailler tout en m'occupant de ma fille.

Les mots sortaient de sa bouche en cascade, comme si le barrage qu'il avait érigé pour se protéger venait de céder. Il était plus honnête que jamais. Et plus vulnérable, aussi. Et jamais il n'avait parlé autant de cette période douloureuse à quelqu'un.

— Maintenant, je suis là, de nouveau en train de vouloir protéger Lily, et je dois en plus essuyer tes reproches et tes insinuations, comme si j'avais voulu te faire du mal sciemment. Et comme si je cherchais à punir ma fille. Comment des idées pareilles ont pu te traverser l'esprit ?

Elle ferma les yeux.

C'est alors qu'il comprit. Pour que de telles idées lui traversent l'esprit, c'était que quelqu'un lui avait fait du mal. Délibérément. Il eut soudain envie de la prendre dans ses bras et de la serrer contre lui. Et d'aller dire deux mots à la personne qui l'avait meurtrie au point qu'elle ait fini par croire que tout le monde agissait de la même manière.

— Qu'est-ce qui t'est arrivé, Briana ?

— Ce n'est pas de moi qu'il est question maintenant, mais de toi.

De toute évidence, elle n'était pas disposée à l'écouter.

— Tu sais quoi, Briana ? J'en ai assez. Quoi que je dise, tu n'as pas envie de l'entendre et encore moins de l'accepter. Sache, en tout cas, que je n'ai jamais eu l'intention de te faire du mal. Jamais. Et que ce qui s'est passé n'était pas lié à ta personne, mais à Ellen. Et à Lily.

Ses mots eurent l'air de faire de l'effet, cette fois. Il n'avait pas l'intention de dénigrer les décisions qu'Ellen avait prises au cours des derniers mois de son existence, même s'il n'avait pas totalement été d'accord avec elles.

Tout cela appartenait au passé. Il ne pouvait ni le changer ni faire croire qu'il avait bien vécu cette période.

Il se retourna et s'éloigna, incapable de calmer sa respiration devenue haletante. Comme Ellen à l'époque, il n'avait pas envie d'exhiber davantage ses propres blessures. Et si Briana ne le comprenait pas, tant pis pour elle.

Il reprit le chemin du pub. Ses pas crissaient dans la neige. Mais Briana le rattrapa et l'obligea à s'arrêter. Il se retourna. Elle le regardait, avec son pansement sur le front, manifestement décidée à poursuivre la conversation.

— Je suis désolée, Fraser. J'ai été tellement longtemps en colère contre tout et contre tout le monde que tout est sorti d'un coup, dit-elle, comme si leurs souffrances se reflétaient les unes dans les autres.

De fait, il était difficile d'arrêter les émotions et les paroles qui avaient été longtemps retenues, une fois que les vannes étaient ouvertes. Raison pour laquelle il préférait ne pas parler d'Ellen, en général.

— Je suis désolée que Lily et toi ayez eu à subir cela. Et je... Enfin, je...

Elle ne termina pas sa phrase, et il sentit qu'elle se remettait à hésiter. Comme si elle avait peur de se laisser aller. Il perçut en elle la même tension qui le retenait, le sens de l'honneur et du devoir, une loyauté envers Ellen qui les empêchaient de s'approcher de trop près l'un de l'autre.

Pourtant, il ne rêvait que de baisers et de caresses avec elle.

Briana poussa un profond soupir.

— Maudit cancer ! À sa mort, j'étais tellement en colère, tellement blessée que j'ai fui pour aller panser mes plaies au lieu de rester pour vous aider et vous soutenir, Lily et toi. J'ai attrapé la bouée de sauvetage que m'a tendue Tony et je suis partie. J'étais en vrac. Mais j'ai culpabilisé tous les jours de ne pas être la marraine que j'avais promis d'être. J'aurais dû rester.

— Tu n'as aucune raison de culpabiliser, Briana. Tu as fait ce que tu pouvais, tu as respecté la volonté d'Ellen, et tu as le droit de prendre des décisions sans tenir compte des autres. D'un autre côté, je comprends que tu te sois sentie coupable et impuissante. Je suis soignant, moi aussi. J'aurais dû connaître les réponses, non ? Et je suis vraiment désolé que tu te sois sentie blessée. J'aurais dû te parler avant. T'appeler. Mais j'étais pris par le reste. Et je ne vais pas passer le reste de ma vie à me flageller pour les erreurs que j'ai commises. Je refuse de continuer à me laisser happer par le chagrin et la culpabilité. J'ai fait ce qui me semblait être juste, à l'époque. Je m'occupais d'Ellen et devais rester fort pour Lily. Comme aujourd'hui, d'ailleurs. Et...

Il hésita, ne voulant pas paraître égoïste, mais il avait bien le droit de l'être, après tout.

— J'ai trente-quatre ans, il me reste pas mal d'années à vivre et je compte bien faire en sorte qu'elles soient belles. Cela fait cinq ans qu'Ellen est morte et que j'ai repris ma vie en main. Jusqu'ici, cela n'a pas donné les résultats que j'escomptais alors j'ai décidé de changer de vie. Et j'ai déménagé.

— Je comprends. Mais la vie n'est pas la même sans Ellen. Je la connaissais depuis plus longtemps que toi.

— Ce n'est pas une compétition, Briana. Nous l'aimions tous les deux. Nous l'avons perdue tous les deux.

— Elle me manque, dit-elle en le fixant droit dans les yeux et il sentit l'envie d'elle s'emparer à nouveau de lui.

Un mélange de désir, de peur et de vulnérabilité, le sentiment de partager une histoire, si compliquée qu'elle soit. Il avait envie d'en savoir plus sur ce que Briana avait fait depuis la mort d'Ellen.

— Raconte-moi ce qui t'est arrivé.

— Non, répondit-elle. Comme toi, je ne veux pas rester accrochée au passé. J'ai envie de passer à autre chose.

— On t'a fait du mal.

Elle hocha la tête. Mais elle ne parut pas disposée à développer. Elle prit une profonde inspiration. De toute évidence, elle n'avait pas suffisamment confiance en lui pour lui raconter ce qu'elle avait vécu. Pour l'instant du moins.

Il prit la décision de nouer des liens suffisamment forts avec elle pour qu'elle ait envie de se confier à lui sans la crainte ni la honte qu'il décelait à présent dans son regard.

Dans ce cas, peut-être valait-il mieux refréner son désir. De toute façon, il n'y avait pas de place dans sa vie pour une histoire sentimentale. À plus forte raison avec une femme qui ferait partie de la vie de Lily.

Elle le fixa de ses grands yeux bleus qui l'hypnotisaient.

— Nous avons tous les deux vécu de drôles d'années, se borna-t-il à constater.

Elle confirma d'un hochement de tête.

— Mais je suis là maintenant, fit-elle en lui prenant la main.

Il ignora le déchaînement d'émotions et de sensations dans son corps au contact de sa peau. Du moins essaya-t-il, obsédé par l'idée d'embrasser ces lèvres parfaites. Depuis combien de temps n'avait-il pas tenu une femme dans ses bras ? Sept ans… Depuis qu'Ellen était tombée malade. Avant cela, il avait eu quelques aventures puis, plus rien. Toute sa vie s'était mise à tourner uniquement autour de son amie et de sa fille.

Il désirait Briana. Il avait envie de goûter sa peau, de la voir jouir entre ses bras, d'explorer chaque centimètre de sa peau.

Mais ensuite ?

Il n'avait rien à lui offrir. Il ne pouvait pas s'engager.

— Je ne sais pas, Briana. Si toutes nos conversations finissent en disputes, je crois que ce sera au-dessus de mes forces. Je n'ai pas envie de ça.

— Et si elles finissent comme ça ? murmura-t-elle en prenant son visage entre ses mains.

L'espace d'un instant, il s'efforça de ne pas succomber, se retint, jusqu'à ce que le barrage cède, une fois de plus.

Il avait des dizaines de raisons de ne pas franchir ce pas. Mais il en avait assez de lutter. C'est ce qu'il faisait depuis des années. Alors il laissa Briana poser sa bouche sur la sienne et l'attira à lui. Mais ce premier baiser ne parut pas suffire. Il eut envie d'aller plus loin. Toute son énergie, toute sa colère, sa frustration, le désir qui emplissait ses pensées et ses rêves semblèrent se concentrer dans ce baiser. Briana était la seule personne au courant de ce qu'il vivait depuis la maladie d'Ellen. C'était aussi la seule femme qu'il désirait à présent.

Il sentit qu'elle se laissait aller dans ses bras, qu'elle pressait son corps contre le sien. Un baiser ne lui suffirait pas.

Une idée saugrenue lui traversa l'esprit.

Et si Briana était son nouveau départ ?

7.

— J'ai envie de toi, murmura Briana, choquée par la force de son désir pour lui.

Elle avait envie de tout avec lui. De satisfaire ce désir devenu impossible à ignorer ou à nier.

La rage qu'elle éprouvait quelques minutes plus tôt s'était transformée en un feu ardent qui emportait tout sur son passage. Fraser l'avait tellement énervée, troublée, désespérée. Et excitée.

— Briana, balbutia-t-il en s'écartant d'elle.

Non, non. Ne t'arrête pas.

Des éclats de voix et de rires leur parvinrent. Elle posa un doigt sur ses lèvres pour le faire taire, pour ne pas l'entendre dire quoi que ce soit qui pourrait la faire changer d'avis. Cela faisait trop longtemps qu'elle n'avait pas pris le contrôle, qu'elle n'avait pas obtenu ce qu'elle voulait, et elle était déterminée à aller jusqu'au bout avec Fraser. Enfin.

Des années auparavant, elle s'était sentie attirée par lui, mais avait réprimé cette attirance, convaincue qu'elle n'était pas réciproque. À présent, elle avait la preuve du contraire.

— Viens chez moi. C'est plus près, souffla-t-elle en l'entraînant dans les rues étroites et enneigées du village.

À peine arrivés devant la porte de sa maison, Fraser la plaqua contre le mur et ils se remirent à s'embrasser avec fougue.

Une fois à l'intérieur, il lui retira son manteau et son bonnet, puis recula d'un pas pour la regarder.

— Briana, tu es magnifique. Cela fait des jours que je ne pense qu'à ça.

Il l'attira à lui, sa bouche sur la sienne, les mains sur ses fesses. Ils s'embrassèrent en haletant, impatients d'explorer cette nouvelle facette de leur relation. Il posa la main sur un sein, à travers la laine de son pull-over. Il y avait trop de vêtements entre eux. Il la voulait nue, sa peau contre la sienne.

— Viens, dit-elle dans un souffle en l'emmenant à l'étage.

Elle eut à peine le temps de refermer la porte de sa chambre derrière eux qu'il lui arracha son pull et son T-shirt et la fit s'allonger sur le lit. Elle était très belle, à la lumière de la lampe de chevet, les yeux brillant de désir.

— Tu crois qu'ils attendent encore leurs boissons ? fit-il en riant, avant de dégrafer son soutien-gorge et de caresser ses seins.

— Je suis sûre qu'ils se débrouilleront très bien sans nous.

Tout en tirant impatiemment sur son pull, elle déposa des baisers mouillés sur son ventre à mesure qu'elle le découvrait. Les vêtements d'hiver étaient trop épais, trop laborieux et trop longs à enlever. Quand elle l'eut enfin débarrassé de son T-shirt, elle contempla son torse nu. Elle ignorait comment cet homme avait trouvé le temps de faire du sport. Ses mains glissèrent sur ses pectoraux fermes et bien dessinés.

— J'ai envie que tu t'occupes de moi, Fraser Moore.

Il avait fait fondre sa résolution de ne plus jamais lui adresser la parole, simplement en lui demandant d'être franche et honnête avec lui. Il l'avait écoutée sans la critiquer. Il lui avait donné sa version des faits sans lui dire qu'elle était ridicule, pleurnicharde, et qu'elle racontait n'importe quoi.

Il lui avait présenté des excuses pour ce qui s'était passé, alors que lui-même avait vécu l'enfer, luttant pour aider son amie et préserver sa fille, prenant des décisions difficiles mais justes. Alors qu'elle lui avait crié dessus comme elle ne s'était jamais autorisée à le faire avec quiconque.

Comment avait-elle pu imaginer qu'il lui veuille du mal ?

À présent, elle n'avait qu'une envie, c'était de sentir ses bras autour d'elle, sa chaleur contre elle.

— Je crains d'avoir à leur donner une explication demain, dit-il en caressant le bout de son sein de ses doigts puis de sa langue.

—Tu n'es pas obligé de rentrer dans les détails, gloussa-t-elle avant de se tordre de plaisir sous ses caresses.

Elle fit glisser la fermeture Éclair de son jean et posa la main sur son sexe dressé.

— Enlève ça, murmura-t-elle en tirant sur son jean et son caleçon.

— Avec plaisir, répondit-il en s'exécutant.

Elle prit son sexe dans sa main et se mit à le caresser. Mais il écarta sa main et plaqua ses deux bras au-dessus de sa tête.

— J'ai envie de t'embrasser. Partout.

Elle ne pouvait plus bouger.

Des souvenirs désagréables refirent aussitôt surface.

« Reste ici. Ne bouge pas tant que je ne te le demande pas. »

La panique s'empara d'elle. Elle prit une profonde inspiration, rouvrit les yeux, se forçant à le regarder.

C'est Fraser. Tout va bien. C'est Fraser...

Mais le sentiment d'être vulnérable avait pris le pas sur son désir.

— Lâche-moi, dit-elle en dégageant ses poignets de son emprise.

Il s'immobilisa, l'air choqué et interrogateur.

— Je suis désolé, Briana, je pensais que tu en avais envie...

— C'est que...

Elle essaya de ralentir les battements de son cœur et de chasser les sensations qui surgissaient de son passé et n'avaient rien à voir avec le moment présent.

« Éducation sexuelle, chapitre un : pose des limites claires et honnêtes. Dis-lui ce que tu veux et ce dont tu ne veux pas. Garde le contrôle sur ton corps. »

— C'est vrai, Fraser.

Le fait de prononcer son prénom l'aider à se recentrer.

— C'est moi qui t'ai demandé de venir ici. Et je n'ai pas changé d'avis. Mais je n'aime pas qu'on me maintienne.

Il lui caressa la joue.

— Je comprends. Désolé. Ce n'était qu'un jeu.

— Je sais, dit-elle, plus désolée que lui.

Elle se préparait déjà à devoir répondre à ses questions ou, pire, à le voir se lever et rentrer chez lui.

Mais il ne fit rien de cela. Il s'allongea à côté d'elle et la prit dans ses bras.

— Tout ce que tu aimes et n'aimes pas me va, murmura-t-il à son oreille.

Elle se félicita qu'il ne la voie pas rougir. Être honnête était plus difficile qu'elle ne l'aurait cru.

— Je n'aime pas être contrainte, Fraser. J'ai envie de toi, je te trouve incroyable, mais… je préfère garder le contrôle.

— Je peux m'en accommoder, dit-il en riant.

— Ne te méprends pas, ajouta-t-elle en souriant. Je veux dire par là que je n'aime pas que quelqu'un prenne le contrôle sur moi. Pour m'empêcher de faire quoi que ce soit.

— Je comprends, répondit-il plus sérieusement. Enfin, je crois.

Il lui caressa doucement la hanche.

— C'est toi qui décides. Tout me va.

Sa gentillesse lui alla droit au cœur. Elle lui prit la main et se mit à la lécher. Elle le vit fermer les yeux en gémissant et sentit sa respiration accélérer.

— Je veux bien que tu m'embrasses encore. Et nous verrons où cela nous mène.

— Nous irons où tu voudras, Briana, murmura-t-il avant de l'embrasser avec une telle douceur et une telle volupté qu'elle oublia la peur qui avait refait surface, l'espace d'un instant.

Plus rien que ses baisers et ses caresses ne comptait. Chaque fois qu'il posait la main sur un endroit de son corps, elle avait envie qu'il y pose sa bouche. Elle le caressa, découvrant son corps, comprenant ce qui le faisait frémir de plaisir. Elle comprit aussi qu'il cherchait à lui donner du plaisir, pas seulement à en recevoir. Il s'accordait à son rythme, mais elle eut soudain envie que ce rythme s'accélère. Jamais elle n'avait eu envie d'un homme comme elle avait envie de lui. Il était d'accord pour faire ce qu'elle voulait. Cela lui donna le courage de le lui demander.

— De quoi as-tu envie ? fit-il au même moment, comme s'il lisait dans ses pensées.

Elle rit et lui expliqua pourquoi.

— J'ai envie que tu m'embrasses partout, ajouta-t-elle plus sérieusement.

— Toi aussi tu lis dans mes pensées, dit-il avant de poser la bouche sur le bout de son sein, déclenchant des frissons de plaisir. J'ai beaucoup de chance.

Elle était allongée, exposée. Mais elle se sentait à la fois totalement en sécurité et plus excitée que jamais. Une sensation étrange.

Mais tout ce qu'elle vivait avec Fraser était étrange.

Elle avait commencé par le détester. Mais avec lui, elle se sentait désirable, désirée. Pendant des années, une bataille s'était livrée en elle entre ce qu'elle pensait d'une part et ce qu'elle ressentait d'autre part. À présent, elle avait l'impression d'avoir remporté une victoire. Elle était à la fois maîtresse d'elle-même et totalement emportée par le désir pour cet homme.

Il se mit à embrasser son ventre, puis lui retira sa culotte et glissa les doigts entre ses cuisses. Elle s'arqua, gémissant de plaisir, ravie qu'il ait l'air de savoir d'emblée ce qu'elle aimait, qu'il trouve la bonne pression, le bon rythme.

Puis sa bouche et sa langue prirent la relève jusqu'à ce qu'elle n'en puisse plus. Elle s'abandonna, jouissant comme elle ne l'avait jamais fait.

— Oh ! Fraser, murmura-t-elle ensuite d'une voix rauque, cherchant à reprendre son souffle. C'était dingue.

— Et ce n'est pas fini, dit-il en déposant des baisers sur sa poitrine.

Elle lui fut reconnaissante de ne pas demander la permission ni d'attendre qu'elle la lui donne. Elle n'avait rien d'autre en tête que le sentir bouger en elle. Elle sentit son sexe contre sa cuisse et se mit à le caresser.

— Cela risque de ne pas être une nuit mémorable, si tu continues comme ça, grommela-t-il en ahanant. Ou alors elle sera mémorable pour de mauvaises raisons.

Il éclata de rire avant de l'embrasser fougueusement. Mais elle continua à le caresser.

— J'ai envie d'être en toi, reprit-il d'une voix presque désespérée. Tu as des préservatifs ?

— Je suis prof d'éducation sexuelle. Bien sûr que j'ai des préservatifs.

Elle alla chercher son sac et l'ouvrit devant lui.

— Choisis, dit-elle en souriant.

Il écarquilla les yeux devant la quantité de préservatifs de différentes couleurs, textures et saveurs. Il avait l'embarras du choix.

— Il ne faut pas se faire prendre au dépourvu, c'est ce que je leur répète sans cesse, dit-elle.

— Tu as une préférence ? demanda-t-il.

— Prends le billet gagnant, répondit-elle en riant de nouveau.

Il plongea la main dans le sac.

— « Perlé et rainuré, pour un plaisir décuplé », lut-il. Le hasard fait bien les choses.

Il déchira l'étui et retira le préservatif.

— Je suis content que tu m'aies hurlé dessus sur le parking du pub, finalement, déclara-t-il.

— Moi aussi.

Ils s'embrassèrent de nouveau, puis Fraser s'écarta légèrement.

— Tu es sûre que tu en as envie ? demanda-t-il, patient.

— Plus que tout, répondit-elle. Mais, attends…

Elle le poussa et se redressa, avant de s'asseoir sur lui. Elle sentit son sexe entrer en elle et lut le plaisir sur son visage. Elle eut un frisson de se savoir si désirable tout en maîtrisant la situation. Et en prenant le plaisir là où il était. Une nuit avec Fraser. Enfin !

Il s'agrippa à ses hanches, sans cesser de la regarder. Elle accéléra. Il l'attira à lui pour l'embrasser fougueusement. Les halètements se firent plus forts à mesure que le rythme augmentait et que le plaisir s'intensifiait. Briana pria pour que cela ne s'arrête jamais.

Il fallut quelques minutes à Fraser pour revenir à la réalité présente.

Il venait de faire l'amour avec Briana. Pas la Briana de dix-huit ans toute excitée à l'idée d'aller vivre à Londres avec sa meilleure amie. Pas la Briana furieuse qui lui en voulait à mort. Pas la marraine de sa fille ni l'amie d'enfance d'Ellen.

Cette Briana-là était plus complexe, plus nuancée. Elle avait dû traverser des épreuves – dont elle n'était pas encore prête à parler. Plus séduisante, aussi. Très sensuelle, incroyablement sexy.

Il venait de vivre l'un des moments les plus torrides de sa vie et son cerveau ne s'en était pas encore remis. Son corps, par contre, en redemandait.

Mais ensuite ?

Il n'avait pas imaginé la suite.

Briana était étendue près de lui, les cheveux étalés sur l'oreiller, les yeux mi-clos, un sourire très sexy sur les lèvres. Son cœur se serra. Pas seulement parce qu'il se doutait qu'ils venaient de commettre une erreur, mais parce qu'une partie de lui refusait de croire que c'en était une.

Il lui caressa la cuisse.

— Je ne m'attendais pas à cela, souffla-t-il.

— Je n'ai pas le souvenir d'avoir vécu une soirée aussi… intense, dit-elle en riant.

Il se hissa sur un coude et la regarda dans les yeux, sentant revenir le désir d'être de nouveau en elle. Et conscient que ce n'était pas une chose à faire.

— Depuis combien de temps tu n'avais pas couché avec quelqu'un ?

— Depuis trop longtemps, répondit-elle en riant. Et toi ?

— Pareil.

Elle se tourna pour lui faire face et caressa son visage.

— Tu as eu beaucoup d'histoires, depuis Ellen ?

— Quelques aventures, avant qu'elle ne tombe malade. Mais ensuite, plus rien. Je crois que je n'avais ni le temps ni l'énergie. Elle est venue habiter chez nous, les deux dernières années, Lily était donc là à plein temps aussi, ce qui a mis fin à un certain nombre de choses dans ma vie.

Il ferma les yeux.

— Ensuite, quand Ellen est morte, Lily est devenue ma priorité. Il n'y a pas vraiment de place pour une relation sérieuse dans ma vie.

Le sourire de Briana s'évanouit.

— Dans ce cas, c'est une bonne raison pour que ce qui vient de se passer ne se reproduise pas, commenta-t-elle, scrutant son regard. N'est-ce pas ?

Il ne s'attendait pas à cela. Il essaya de comprendre la sensation qui se réveilla dans sa poitrine. Voulait-elle que leur relation s'arrête après ce qu'ils venaient de vivre ? Et lui, que voulait-il ?

— Tu regrettes déjà ? dit-il d'une voix qu'il voulut dégagée.

— Non, je ne regrette pas. C'était bien. Très bien.

— Mais la vie est suffisamment compliquée comme ça, c'est ça ?

L'expression de son visage changea légèrement.

— On peut dire ça, oui.

Il éprouva le besoin de s'expliquer :

— Ma vie avec Lily n'est pas simple non plus. J'ai peur que la présence d'une troisième personne soit source de chaos. Et, pour être honnête, ma vie a été suffisamment chaotique comme ça.

Était-il en train de se servir de Lily comme excuse ? Au fond de lui, il sentait que sa réticence à nouer des liens sentimentaux était liée à sa crainte de s'investir émotionnellement auprès de quelqu'un qui pourrait le quitter. Ou piétiner son cœur, comme son père l'avait fait avec sa mère. Et comme sa mère l'avait fait avec lui. Même son amie Ellen l'avait abandonné. Pourquoi s'investir dans une relation qui finirait, d'une manière ou d'une autre, par le faire souffrir ?

Briana lui caressa la joue.

— Loin de moi l'idée de générer le chaos. Mais je comprends. Moi non plus, je n'ai pas besoin d'une histoire dans ma vie. J'espère seulement que tu me laisseras voir Lily.

— Bien sûr, dit-il avant de l'embrasser, incapable de résister à la tentation.

Et conscient que c'était peut-être la dernière fois qu'il le faisait. Il voulait garder un bon souvenir de cette nuit. Et qu'elle en fasse autant.

— Ce qui s'est passé entre nous ne doit pas interférer dans notre travail ni dans ta relation avec Lily, reprit-il en caressant ses cheveux.

— Merci.

— Mais il y a autre chose, non ?

Il la sentit se raidir.

— Je ne suis pas prête pour une relation. Je sors à peine d'une histoire compliquée.

— Compliquée ? En quoi ?

— Suffisamment compliquée pour que je n'aie pas envie de m'engager pendant un moment. Elle a laissé des marques et j'ai encore besoin de temps avant de pouvoir tourner la page. C'est pour cela que j'ai hésité, tout à l'heure.

— Briana, jamais je ne pourrais te faire de mal. Jamais.

— Je sais. À ma grande surprise, j'ai découvert que tu étais un chic type, Fraser Moore.

Il se mit à rire.

— Si tu demandes son avis à Lily, il risque d'être différent.

— Elle fait ce qu'elle peut, elle aussi. Fais en sorte qu'elle soit consciente de la valeur qu'elle a et qu'elle puisse s'exprimer chaque fois qu'elle se sent mal à l'aise.

— Ne t'inquiète pas, Lily n'hésite jamais à dire ce qu'elle pense.

— J'aurais bien aimé en être capable. Cela m'aurait évité de souffrir.

Fraser vit là l'occasion d'en apprendre davantage sur Briana.

— Je ne veux pas être indiscret, Briana, et je ne te poserai pas de questions si tu ne veux pas. Mais sache que si tu veux en parler, je suis là.

— Merci, répondit-elle, manifestement touchée.

— Les hommes ne sont pas tous les mêmes. Certains sont même sympas.

— Tu es plus que sympa, Fraser, répliqua-t-elle en se glissant hors du lit.

Il comprit qu'il était temps qu'il s'en aille. Il récupéra ses affaires pêle-mêle sur le sol et se rhabilla presque aussi rapidement que Briana l'avait déshabillé – mais avec beaucoup moins d'enthousiasme.

— Désormais, je nous considérerai comme amis et je te promets que je ne dépasserai pas cette limite, déclara-t-il.

Elle enfila une robe de chambre aux manches kimono, noua la ceinture et se rassit sur le lit.

— Amis ? dit-elle. Ça me va. D'accord.

Deux heures plus tôt, il était son ennemi juré. Elle lui en voulait, ne lui faisait pas confiance. Ils avaient couché ensemble. Et, à présent, il ne savait plus que penser.

Mais Briana était sérieuse.

— Il vaut peut-être mieux ne pas se voir en dehors du travail. Du moins pendant un moment.

— Cela me paraît difficile, si tu dois renouer des liens avec Lily.

— Je ferai en sorte de la voir sans toi. Nous ferons des sorties entre filles. Je suis sûre que cela lui plaira.

— Parfait, fit-il en essayant de s'en convaincre.

Il aurait dû se réjouir de cette excuse toute trouvée pour échapper à un scénario compliqué. Briana lui facilitait les choses, en somme. Pourtant, il éprouva une sensation de vide dans la poitrine.

Il s'assit à côté d'elle et eut aussitôt envie de passer outre la promesse qu'il venait de lui faire. Ah, retirer les vêtements qu'il venait juste d'enfiler, glisser les mains sous la soie du kimono de Briana et la caresser. L'embrasser. L'écouter raconter son histoire. Passer la nuit là.

Mais c'était impossible. Ils devaient garder leurs distances. Ils savaient l'un et l'autre que c'était la seule chose à faire.

Il chercha son téléphone dans ses poches.

— Tu sais quelle heure il est ?

— 22 h 53.

— Quoi ? cria-t-il en bondissant. Il faut que j'y aille.

— Lily ?

— Oui, Lily. Qui d'autre ?

Elle posa les mains sur son torse et le poussa.

— Va vite.

Il lui prit une main et l'embrassa.

— Merci, Briana.

— Merci à toi, Fraser, répondit-elle en lui décochant un clin d'œil. Il n'y a pas de mal à se faire du bien.

8.

Six semaines plus tard…

Deux lignes bleues.

Briana se rassit sur les toilettes et scruta le bâtonnet de plastique blanc, la gorge soudain sèche. Ellc cligna des paupières pour chasser les larmes qui lui montaient aux yeux.

C'était invraisemblable.

Elle était enceinte.

Cela ne devrait pas la surprendre, cela dit, vu le retard de ses règles, le gonflement de ses seins. Elle connaissait les signes. Et savait aussi que les préservatifs n'étaient pas efficaces à 100 %. C'est ce qu'elle répétait aux élèves du lycée. Tous les jours.

Elle essuya le mascara qui coulait sur ses joues. Quelle idée de faire un test de grossesse juste le soir de l'enterrement de vie de jeune fille de Rose !

Encore une décision idiote. Elle avait été trop lâche pour faire le test plus tôt, préférant ne pas affronter la vérité. Mais quand Beth avait débarqué avec une bouteille de vin, elle avait paniqué. Les règles qui n'arrivaient pas, les seins énormes… Et si elle était enceinte ?

De fait, elle l'était.

Elle renifla en s'en voulant de ne pas pouvoir retenir ses larmes.

— Briana ! dit Beth en frappant à la porte de la salle de bains. Le minibus arrive dans trois minutes et il faut que j'aille aux toilettes avant de partir.

— J'arrive ! répondit-elle avant de faire quelques inspirations profondes.

Elle essuya ses larmes, glissa le test dans sa boîte qu'elle rangea dans le placard, sous le lavabo, et se lava les mains.

Quelle excuse allait-elle pouvoir donner pour ne pas boire

d'alcool lors d'un enterrement de vie de jeune fille ? Une migraine ? La prise d'antibiotiques ?

Elle fouilla dans la pharmacie et trouva une plaquette de capsules de flucloxacilline qu'elle fourra dans son sac à main, au cas où on lui pose des questions. Elle ne pouvait pas annoncer la nouvelle tant qu'elle n'avait pas pris le temps de réfléchir à ce qu'elle allait faire. Il fallait aussi qu'elle en parle à Fraser. Rien que cette pensée lui donna la nausée.

Elle repensa à ce soir-là, où ils avaient fait l'amour comme des fous puis où elle l'avait vu ensuite battre en retraite, sur le plan émotionnel. Elle avait perçu son soulagement quand elle avait suggéré qu'ils s'abstiennent de recommencer. Mais elle demeurait perturbée par l'intensité de ce qu'elle avait ressenti.

Ce n'était pas le moment d'avoir un enfant, ni pour elle ni pour lui, c'était évident.

— Briana ! Dépêche-toi ! Je vais exploser.

— Désolée, j'ai presque fini !

Elle se regarda dans le miroir et se remit du mascara avant d'ouvrir la porte.

— Tu es magnifique ! s'écria Beth en lui glissant quelque chose dans la main. Mets ça, vite !

C'était un serre-tête orné des mots « amie de la mariée » en lettres argentées.

Le cœur lourd, elle mit le serre-tête tout en désespérant de ne pas pouvoir rembobiner le film de sa vie. Jusqu'à quand remonterait-elle si elle en avait le pouvoir ?

Juste avant la soirée avec Fraser ?

Avant d'accepter l'invitation de Beth ?

Avant son retour à Oakdale ?

Avant Tony ?

Elle avait l'embarras du choix.

Fraser et Tony étaient on ne peut plus différents, à la fois physiquement et en termes de personnalité. Mais aucun des deux ne lui convenait. L'un était trop tyrannique, l'autre trop… tout.

Elle posa la main sur son ventre et sentit la panique monter en elle. Les semaines précédentes n'avaient pas été simples. En dépit de la décision qu'ils avaient prise de rester amis, la tension sexuelle persistait entre eux.

Quant à Lily, elle avait toujours mieux à faire quand Briana lui proposait d'aller boire un café ou de la retrouver quelque part. Elle espérait qu'il ne soit pas trop tard pour réparer leur relation.

Et maintenant, elle était enceinte de Fraser. Elle repensa aux adolescentes qui venaient la voir à l'infirmerie, aux brochures et aux conseils qu'elle leur donnait, aux appels qu'elle passait pour elles. Mais elles avaient quinze ans, pas elle.

— Tu rêves ? dit Beth en la prenant par le bras. Allez viens ! On va s'amuser.

Briana entendit le minibus arriver avant de le voir – des éclats de rire, des cris de joie, de la musique à plein volume.

S'amuser ?

Elle avait hâte que la soirée se termine.

Fraser n'avait pas conscience de la chercher du regard jusqu'à ce qu'il l'aperçoive dans la foule entassée dans le pub. Il en fut à la fois soulagé et requinqué.

Elle était dans le groupe des amies de la mariée, qui buvaient, riaient et occupaient la moitié de la salle. Des cris s'élevèrent lorsqu'elles croisèrent le groupe des amis du marié.

Au milieu du vacarme, Briana leva la tête et croisa son regard, qu'elle soutint quelques instants avant de tourner la tête dans une autre direction.

C'était à cela que se résumaient plus ou moins leurs échanges depuis quelques semaines. Il avait du mal à travailler avec elle sans avoir envie de l'embrasser et sans repenser à son corps nu enlacé au sien. De plus, il ne savait pas trop comment se comporter avec elle.

Sa raison avait pris une décision que son corps n'avait pas du tout envie de respecter.

Il était temps de clarifier les choses. Une fois de plus.

Il se dirigea vers elle, radieuse dans sa robe noire près du corps et ses chaussures argentées. Mais quelque chose en elle avait changé. Un éclat dans ses yeux, une douceur qu'il n'avait jamais remarquée auparavant et qui lui allait bien.

— Bonsoir, Briana, cria-t-il par-dessus la musique et les éclats de voix. C'est drôle qu'on se retrouve tous dans le même pub.

— Oakdale est une petite ville.

— Vous passez une bonne soirée ?

— Oui, super. À ta santé, dit-elle en levant son verre, sans sourire.

— Tu veux boire autre chose ?

— Non merci. Et je crois qu'on va partir. Nous sommes censées faire la tournée des pubs, ce soir, déclara-t-elle avec la même froideur que celle qu'elle affichait depuis qu'ils avaient couché ensemble.

— Que se passe-t-il ? s'entendit-il demander, sous l'effet de l'alcool ou de l'impatience qu'il retenait depuis des semaines. Il y a quelque chose de bizarre, tu ne trouves pas ?

— Non, je ne vois pas ce que tu veux dire. Comment va Lily ?

— Pas terrible. Tu avais raison, l'autre jour. Elle n'est pas heureuse ici. Elle n'arrive pas à trouver ses marques. C'était peut-être une erreur de l'avoir emmenée ici.

— Tu vas repartir à Londres ? demanda-t-elle, soudain blême. C'est loin !

C'est pourtant toi qui m'as suggéré d'y retourner.

— Briana, il faut qu'on parle.

Ses yeux s'emplirent de larmes, qu'elle s'efforça de retenir. Fraser sentit sa gorge se serrer. Était-elle sur le point de pleurer ?

— Qu'est-ce qui se passe, Briana ? Dis-moi.

— Rien, répondit-elle en secouant la tête.

Une pensée lui traversa l'esprit.

— Il n'est pas revenu, j'espère ? demanda-t-il, sentant la colère monter.

— Qui ?

— Le type qui t'a fait du mal.

Il sentit ses poings se serrer dans une pulsion instinctive et spontanée de la protéger.

— Tony ? J'espère bien que non.

Mais il la vit se raidir.

— Si ce n'est pas lui, qu'est-ce qui t'arrive ?

— Je t'en prie, Fraser, ce n'est pas le moment de parler de ça…

De ça ? De quoi ?

Mais Beth apparut bruyamment et la tira par le bras.

— Allez viens, pipelette. On s'en va ! On change de pub.

— Briana, je peux t'appeler ? Demain matin ?

— J'arrive ! répondit Briana avant de lui jeter un dernier coup d'œil et de se laisser entraîner par Beth.

Il regarda la porte se refermer derrière le groupe de jeunes femmes en se demandant ce qui avait pu contrarier Briana à ce point.

Il le saurait bien assez vite.

La journée du lendemain commença par des coups sur sa porte, à 5 heures du matin. Avant même d'ouvrir, Briana sut qui était là. Cela dit, Fraser n'était pas soûl comme elle s'y attendait, il avait même l'air tout à fait sobre.

Il portait les mêmes vêtements que la veille – pantalon de toile et chemise chic, sous son manteau épais. Il avait les cheveux mouillés, le nez et les oreilles rougis par le froid, mais il souriait et était toujours aussi beau.

— Fraser, tu m'avais dit que tu m'appellerais dans la matinée.

— Cela fait deux heures que je marche en me demandant ce qui se passe. Et que je ne trouve aucune réponse qui me plaise. Est-ce que tu es malade ?

— Non ! répondit-elle en repensant au calvaire qu'il avait vécu avec Ellen.

Il hocha la tête, manifestement soulagé. Il entra et referma la porte derrière lui, puis la suivit dans la cuisine où elle mit la bouilloire en route. Elle sortit le thé et deux tasses, tout en cherchant ses mots. Mais il la devança.

— Tu es enceinte, c'est ça ? dit-il sur le ton de la plaisanterie, n'envisageant pas vraiment que ce soit le cas.

— Oui.

Il ferma les yeux et poussa un long soupir.

— D'accord.

Il rouvrit les yeux et se passa la main dans les cheveux. Son visage exprimait des sentiments conflictuels. De la confusion, de la panique, mais aussi quelque chose de protecteur.

— J'aurais dû choisir un autre préservatif, non ?

Pourquoi n'avait-elle pas continué à prendre la pilule après Tony ? Pourquoi Fraser n'avait-il pas choisi le préservatif parfumé à la fraise ou au chocolat ? N'importe lequel, mais pas celui qui s'était rompu.

Pour autant, elle ne regrettait pas d'avoir fait l'amour avec lui, d'avoir vécu ce moment merveilleux, si bref qu'il l'ait été.

— Tu parles d'un billet gagnant ! Et… tu veux le garder ou… ? Sache que, quelle que soit ta décision, je te soutiendrai. Financièrement, je veux dire. Et pour tout ce dont tu auras besoin.

Elle eut la nette impression qu'il était en train de revivre une période précise de sa vie. Et pas la plus agréable.

Il n'avait jamais été amoureux d'Ellen, avec qui il était lié par le souvenir d'une nuit de sexe torride et par la grossesse non désirée qui s'en était suivie. Mais ils avaient décidé de partager équitablement la responsabilité de cet enfant. Quand Ellen était tombée malade, il l'avait soutenue jusqu'au bout et assumé seul l'éducation de Lily.

La situation actuelle était différente.

— Je sais que ce n'est pas ce que tu souhaites, mais j'ai décidé de le garder, murmura-t-elle.

— Ce qui est fait est fait, Briana. Il faut croire que je n'ai pas retenu la leçon, la première fois.

Il réfléchissait mais son visage n'affichait pas la moindre émotion. Pas de félicitations, pas de cris de joie, pas de « c'est merveilleux ! notre bébé ! »…

— Je n'ai pas connu mon père et je me suis juré que je ferais tout pour que mes enfants soient bien, si un jour j'en avais. Et regarde, j'en ai deux, maintenant. Laisse-moi un peu de temps avant d'en informer Lily. Les dernières semaines ont été dures avec elle. Elle ne me parle plus parce que je ne la laisse pas aller à Londres pour les prochaines vacances.

— Tu penses sérieusement retourner y vivre ?

Il la regarda d'un air désemparé.

— Je ne sais pas. J'ai l'impression que le sol se dérobe sans cesse sous mes pieds, dès que je crois avoir atteint un peu de stabilité dans ma vie.

— J'ai fait le test hier soir. Tout peut encore arriver. Nous pouvons attendre la douzième semaine avant d'en parler. Ce n'est pas la peine de perturber Lily pour rien.

— Tu as raison, fit-il en regardant son ventre. Dis-moi en quoi je peux me rendre utile. Si tu es d'accord, j'aimerais assister aux échographies.

— Bien sûr. Je te dirai dès que j'aurai pris rendez-vous.

Tout allait vite, trop vite. Elle n'avait ni la place ni le temps d'accueillir un enfant, et surtout aucune inclination pour la maternité. Mais elle allait être mère.

Ce n'était pas ce qu'elle avait imaginé de sa vie. Fraser non plus, manifestement. Mais ils allaient devoir vivre avec. Et l'assumer.

Séparément.

9.

Les vacances avaient commencé depuis trois jours et Fraser sentait que sa tension atteignait des sommets. L'annonce de Briana l'avait totalement décontenancé.

Comment allaient-il affronter cette grossesse, à plus forte raison s'il retournait vivre à Londres ? La vie changeait à l'arrivée d'un bébé. Il était bien placé pour le savoir.

La seule différence avec la grossesse d'Ellen était qu'il n'était pas tombé amoureux de cette dernière. Il l'avait aimée, bien sûr – ils avaient construit ensemble une solide amitié –, mais jamais il n'avait passé des journées et des nuits à penser à elle et à la désirer comme il désirait Briana.

Or il allait devoir se concentrer sur l'enfant et non sur la mère et la ribambelle d'émotions et de sensations qu'elle faisait naître en elle.

Il regarda la cuisine et imagina une chaise haute et des biberons. Il finit de débarrasser la table en râlant contre Lily qui était censée l'avoir fait. Et qui était partie garder Katy.

La gamelle de Jasper était vide. Lily ne lui avait pas non plus donné à manger, ce qui faisait pourtant partie des conditions qu'elle devait remplir si elle voulait un chien.

Il versa des croquettes dans la gamelle en se demandant à quoi ressemblerait sa vie s'il était un chien. Manger, dormir, aller se promener… Il en était là dans ses réflexions quand son portable vibra. C'était un message de Briana :

D'accord pour une échographie cet après-midi ? À la maternité de Penrith, 14 heures ?

Il sentit un pincement dans sa poitrine, une sensation en rapport avec l'amour, le besoin de protéger et une promesse à tenir. Il devait garder ses distances, mais il tenait à être présent aux échographies. Au risque de devoir refréner le désir qui s'emparait de lui dès qu'il se trouvait à proximité d'elle.

J'y serai.

Restait à trouver une excuse à dire à Lily. Il ne pouvait pas lui dire la vérité, pour une fois. La situation était déjà suffisamment compliquée comme cela. Depuis le début des vacances, il était en pilote automatique. Il cuisinait, allait marcher dans les collines environnantes avec elle pour la distraire de son obsession de rejoindre ses anciens amis à Londres, en espérant qu'elle tombe en extase devant la beauté des lacs, finisse par trouver ses marques à Oakdale et leur épargne un nouveau déménagement. Mais elle paraissait plus agitée que jamais.

Dès qu'il eut vidé sa gamelle, Jasper se posta devant lui et le regarda avec des yeux implorants.

— D'accord, Jasper, on va se promener. Allons chercher Lily. Peut-être que, si tu es là, elle acceptera de marcher un peu avec moi.

Il prit la direction de chez Joe et Rose. Mais lorsque Rose ouvrit la porte, elle s'étonna.

— Lily ? Elle n'est pas là.

— Ah bon ? Mais à quelle heure est-elle partie de chez vous ?

Rose le regarda d'un air inquiet.

— Elle n'est pas venue chez nous. On ne l'a pas vue depuis la semaine dernière.

— Quoi ? s'écria-t-il tandis que la panique montait en lui. Elle m'a dit qu'elle gardait Katy.

— Non, je suis désolée, dit Rose. Où peut-elle bien être ?

— J'aimerais bien le savoir.

Il retourna chez eux et parcourut toutes les pièces, cherchant des indices. Le lit n'était pas défait. Son sac à dos n'était pas dans son placard. Il manquait aussi des vêtements. Mais elle n'avait pas laissé de mot.

Il sortit son portable.

Lily, où es-tu ?

Il s'empressa d'envoyer un deuxième message.

Dis-moi que tout va bien. Je ne t'en veux pas, je veux juste savoir si tu vas bien.

Pas de réponse. Il l'appela, sans succès non plus.

Il décida de lui laisser le temps de revenir, où qu'elle ait décidé d'aller, et prit la voiture pour explorer les collines environnantes. Mais la perspective qu'elle soit allée marcher sans Jasper était bien peu plausible.

Il renvoya un texto. La rappela. Une fois, deux fois. Vingt fois.

Toujours rien.

À 12 h 45, son téléphone sonna. Le numéro affiché provenait d'une ligne fixe. De Londres.

— Allô ? dit-il en s'efforçant d'avoir l'air calme. Lily ? Lily, c'est toi ?

— Ici le commissariat de police du Grand Londres. J'ai avec moi Lily Moore qui désire vous parler. Ne quittez pas.

Il se figea et retint son souffle.

— Papa ?

— Lily ?

Il sentit son cœur fondre en entendant sa voix. Elle était loin de lui et, manifestement, elle n'était pas bien.

— Ça va, ma chérie ?

— Pas vraiment, répondit-elle d'une voix effacée et chevrotante. Tu peux venir me chercher ?

La colère qui bouillonnait en lui depuis qu'il avait découvert son absence se dissipa d'un seul coup. Il irait au bout du monde pour récupérer sa fille. Quoi qu'elle ait fait.

— Où es-tu ?

— À Clapham. Je suis… au poste de police, dit-elle dans un sanglot.

— J'arrive.

Il attrapa son manteau et sauta au volant de sa voiture, ne songeant qu'à retrouver sa fille. Puis, à la sortie du village, une autre pensée lui traversa l'esprit.

L'échographie. Impossible de faire l'aller-retour à Londres avant 14 heures. Il devait faire un choix qui, quelle que soit la décision qu'il prendrait, ferait du mal à quelqu'un.

À droite, la maternité, pour découvrir son nouveau bébé. À gauche, Londres, pour sauver sa fille.

Fraser ne viendrait plus.

Ne le voyant pas arriver à l'heure, elle avait réussi à décaler le rendez-vous, mais l'échographiste ne pouvait plus attendre. Toutes sortes de questions s'étaient bousculées dans son esprit. Fraser n'était pas du genre à s'engager sans tenir ses promesses. Il devait avoir une bonne raison. Mais laquelle ?

Son cœur se serra quand l'échographiste lui demanda si elle voulait un double pour le papa.

— Le papa ? Euh… Oui, je veux bien. Est-ce que je peux lui dire que tout va bien ?

— Tout va pour le mieux, répondit l'échographiste sur un ton rassurant.

L'échographie fut suivie d'un rendez-vous avec une sage-femme adorable qui lui expliqua dans les grandes lignes comment se déroulerait le suivi de la grossesse. Elle lui tendit plus de documents que son sac à main ne pouvait en contenir. Les prochains rendez-vous médicaux, des informations sur la préparation à l'accouchement, un livre sur la grossesse. Sur toutes les photos, les femmes souriaient.

La réalité de sa situation lui apparut plus crûment et ne lui donna pas très envie de sourire. Lorsqu'elle sortit de la maternité, elle alla se poser dans un café et commanda un thé et une part de gâteau. Elle avait besoin de réconfort.

Son portable se mit à vibrer dans son sac. Elle avait deux appels manqués.

« C'est Fraser. Je suis désolé de ne pas pouvoir venir à l'échographie. Mais Lily a fait une fugue. Je dois aller la chercher à Londres. »

Elle prit une profonde inspiration et réécouta le message.

Elle eut soudain honte de lui en avoir voulu. Il avait eu un choix difficile à faire.

Cela dit, il aurait pu la prévenir plus tôt pour lui éviter de s'inquiéter et de faire attendre tout le monde. Elle lui envoya un texto.

Message bien reçu. J'espère que Lily va bien. Et que toi aussi tu vas bien.

Elle ne reçut pas de réponse et, pendant des heures, elle consulta l'écran de son portable pour voir s'il n'avait pas laissé de message. Jusqu'à ce qu'elle décide d'aller se coucher. Et que son téléphone vibre enfin.

Nous sommes rentrés. Désolé. Je peux t'appeler ?

Elle n'était pas sûre d'avoir envie de parler à cette heure-là et dans cet état émotionnel-là.

Occupe-toi plutôt de Lily.

La réponse ne se fit pas attendre.

Je viens de passer six heures avec elle dans la voiture. On a eu le temps de parler. Comment s'est passée l'échographie ? Tout va bien ? Tu vas bien ? Vous allez bien ?

Son cœur fit un petit bond dans sa poitrine.

L'embryon est haut dans l'utérus. Rythme cardiaque OK. Tout va bien.

Elle joignit l'image.

Magnifique ! Une nouvelle vie. C'est incroyable. Il a tes yeux.

Elle ne put s'empêcher d'éclater de rire.

J'espère aussi qu'il aura mon cerveau. Et ma ponctualité.

Fraser riposta aussitôt :

Mon cerveau fonctionne bien aussi. Et je vais travailler sur la ponctualité. Promis.

Elle n'eut pas le temps de répondre qu'un autre message arrivait.

Je sais que tu es en colère et j'en suis désolé. Il faut qu'on parle. Ou que je te parle, en tout cas. S'il te plaît.

Contrairement à ce qu'il pensait, la colère en elle avait pratiquement disparu. Fraser avait vécu une journée atroce, mais il avait encore l'énergie de lui parler. Il s'intéressait au bébé, qu'il trouvait magnifique, lui aussi. À qui d'autre pourrait-elle parler de tout cela ?

Demain matin ? Je travaille à midi.

Il répondit aussitôt.

10 h ? Viens ici pour le brunch. Merci pour la photo. Je t'embrasse.

Il l'embrassait. Ce qui lui fit penser à sa bouche. À ses mains. À son corps…

Elle accepta l'invitation et posa son téléphone sur la table de chevet, résolue à ne plus penser à Fraser.

Ce qui fut le cas pendant trois petites secondes…

Quand il ouvrit la porte, quelque chose se desserra dans sa poitrine.

Sa vie était un grand bazar et cela ne semblait pas aller en s'arrangeant mais, paradoxalement, la présence de Briana rendait la situation plus supportable.

Elle lui sourit, et son premier réflexe fut d'ouvrir les bras mais il refréna son envie à temps. Ils avaient conclu un accord, qu'il devait respecter.

— Où est-elle ? demanda-t-elle à voix basse tout en accrochant son manteau dans l'entrée.

Il lui fut reconnaissant de s'intéresser à Lily et de ne pas commencer par lui reprocher son absence à la maternité.

— Dans sa chambre. Je t'aurais bien proposé d'aller boire un café quelque part, mais je préférais rester dans les parages. Tu vas tester mes talents culinaires.

— Tu n'étais pas obligé de cuisiner, dit-elle en s'approchant de la cuisinière encombrée de poêles et de casseroles.

— Je voulais me faire pardonner…

Il la regarda d'un air contrit.

— Raconte. Tu as dû être mort d'inquiétude.

Il expliqua la fugue, la visite chez Rose et Joe, l'appel de la police.

— Elle a tout de même pris un risque en prétendant qu'elle était chez Joe et Rose. C'était facile à vérifier.

— Je crois que ma fille adore prendre des risques. Cela dit, elle n'a pas eu de chance : elle s'est fait embarquer par la police parce qu'il y a eu une bagarre dans la discothèque où elle se trouvait avec je ne sais qui. Elle jure qu'elle n'a rien fait de mal.

Il rit jaune.

— À part me mentir, faire une fugue, boire de l'alcool…

Elle lui adressa un regard empreint de compassion.

— Le plus important, c'est qu'elle soit là et qu'elle aille bien.

— Mais j'aurais dû m'en douter. Elle répétait qu'elle voulait aller à Londres, qu'elle se sentait enfermée ici…

— Tu veux que je lui parle ? C'est peut-être le bon moment pour que je prenne mes responsabilités de marraine.

— Je ne sais pas si elle voudra t'écouter.

— C'est moi qui l'écouterai. Elle a certainement besoin de ça : qu'on l'écoute.

— Si tu veux.

Il secoua la tête, incrédule.

— Je n'en reviens toujours pas. Et j'ai l'impression d'être passé à côté de quelque chose. Ellen et moi avions décidé d'avoir une approche éducative souple. J'ai essayé. Mais il est arrivé un moment où j'ai dû poser des limites plus fermes. Mais même ça, cela ne fonctionne pas.

— Ne te flagelle pas, Fraser. Entre la théorie et la pratique, il y a un monde. Et personne n'a le mode d'emploi.

— Tu as raison. Peut-être qu'elle te parlera, à toi. Tu es une femme. Et une amie.

Elle demeura pensive un moment.

— Je sais ce que je vais faire, dit-elle soudain d'un air satisfait. En attendant, mange.

— Je n'ai pas très faim, répondit-il en repoussant son assiette.

— Moi, j'ai bon appétit.

Il la regarda croquer à pleines dents dans sa tartine et sourit.

— C'est plutôt bon signe.

— J'espère que j'aurai moins de nausées qu'Ellen. Je me souviens, c'était horrible.

— Tu auras de la chance si tu n'en as pas.

Son cœur se serra quand il repensa à la grossesse d'Ellen. À l'époque, Briana et elle étaient colocataires, avant qu'Ellen déménage dans l'appartement qu'il lui avait trouvé.

— On n'avait aucune idée de ce qui nous arrivait, murmura-t-il. Je me sens plus armé aujourd'hui. Encore que… Quand je vois ce qui m'arrive avec Lily…

Il vit une ombre traverser le regard de la jeune femme. Elle prit une profonde inspiration.

— Briana, ça va ? Tu es contente de ce qui arrive ?

Il était tellement pris par ses propres problèmes qu'il ne lui avait même pas posé la question de savoir comment elle vivait la découverte de cette grossesse.

— Le choc commence à s'atténuer. Mais je sais que cela va changer ma vie. Et aussi que je m'en sortirai.

— Cela n'a pas l'air de t'enthousiasmer. Tu as dit, l'autre jour, que tu ne voulais pas te sentir contrainte. Un bébé crée beaucoup de contraintes…

— Je ne veux pas me sentir enfermée dans une relation. Je veux pouvoir être maîtresse de ma vie, prendre mes décisions moi-même. Mais je veux cet enfant et je suis heureuse d'être enceinte, maintenant que j'ai accusé le coup.

Elle se mit à rire et il sentit qu'elle se détendait.

— Ce n'est pas exactement ce que nous avions en tête, n'est-ce pas ? dit-il.

— Dans la vie, il faut savoir faire preuve de souplesse. Il faut parfois reconnaître qu'on s'est trompé et changer de cap.

— C'est ce que tu as fait en Australie ? C'est pour cela que tu es revenue ?

Elle le regarda, figée comme un lapin pris dans les phares d'une voiture, puis hocha la tête.

Il s'écoula quelques secondes pendant lesquelles elle demeura silencieuse. Il patienta. Et sa patience porta ses fruits.

— Je pensais qu'il m'aimait. En fait, il voulait juste me posséder. Je ne pouvais rien faire sans sa permission, avoua-t-elle en baissant la tête.

— Quoi ? s'écria-t-il. Il t'a violentée ? Il a levé la main sur toi ?

— Il était parfois brutal. Mais c'était surtout de la violence psychologique. Il était manipulateur. Il a tout fait pour m'éloigner de ma famille et de mes amis, pour m'isoler et me garder pour lui tout seul.

Elle se tortillait les mains.

— Je n'en reviens pas de l'avoir laissé me faire ça. Mais c'est arrivé progressivement, de manière insidieuse. Il me laissait croire que c'était pour mon bien, qu'il voulait me protéger. Qu'il m'aimait tellement ! Que personne ne pourrait jamais m'aimer autant que lui. Le pire, c'est que je l'ai cru.

Elle avait l'air désolée mais incrédule. Lui était furieux.

— Ce n'est pas un homme, c'est un monstre ! s'exclama-t-il.

Elle hocha la tête.

— Un jour, je me suis vue en train de lui demander la permission d'aller m'acheter des chaussures. C'est là que je me suis rendu compte que mon monde s'était refermé sur moi et que j'étais prisonnière. Il m'avait faite prisonnière émotionnellement, physiquement…

— Je suis désolé, Briana.

Tout faisait sens. Sa volonté de garder le contrôle, son refus des contraintes, quelles qu'elles soient. Il éprouva un besoin soudain et impérieux de la défendre, de la protéger.

— Tu mérites tellement mieux, Briana. Tu es intelligente, belle, adorable, drôle…

Elle cligna des paupières pour chasser les larmes qui lui

montaient aux yeux puis elle émit un son à mi-chemin entre le rire et le sanglot. Elle se redressa et le regarda droit dans les yeux.

— Tu as raison, Fraser. Merci de me le rappeler.

Elle se leva et se mit à débarrasser la table. Puis s'approcha de l'évier et fit couler l'eau.

— Ne fais pas la vaisselle, dit-il.

— Je lave, tu essuies ? suggéra-t-elle, les mains dans l'eau.

Il prit le torchon et se mit à essuyer et à ranger.

Comment le simple fait de faire la vaisselle avec quelqu'un pouvait-il être aussi agréable ? Ils échangèrent des coups d'œil, des sourires, et un sentiment de paix s'empara de lui.

En fait, il adorait être avec elle, y compris pour partager des choses aussi triviales que cette tâche domestique. Même si la tension était toujours là, entre eux. Il ne s'agissait pas que de la grossesse et de tout ce qui en découlait. Il lui semblait aussi que l'énergie sexuelle qui existait entre eux, nourrie par les souvenirs de ce moment incroyable, imprégnait toutes leurs paroles, leurs regards, leurs sourires.

Il ne pouvait la regarder sans penser à la douceur et au goût de sa peau. Passer outre les sentiments qu'il éprouvait pour elle pour se concentrer sur le bébé allait exiger de lui des efforts surhumains.

— Je suis désolé d'avoir manqué l'échographie, dit-il. Mais dès que j'ai reçu l'appel de Lily, je n'ai plus pensé qu'à aller la chercher. Je me suis arrêté à la station-service pour te téléphoner. Je m'en veux de ne pas t'avoir prévenue avant et de t'avoir laissée y aller seule.

— Sur le moment, je me suis demandé ce qui se passait mais j'ai compris que, si tu avais pu faire autrement, tu l'aurais fait. Nous devons trouver nos marques. La situation n'est pas simple.

— Les situations compliquées sont ma spécialité, dit-il.

Il sourit, soulagé de l'entendre rire.

— Je te promets d'être là pour la prochaine échographie. Et de tout faire pour être un bon père pour ce bébé.

— Je sais, Fraser.

Elle lui sourit et le regarda avec une certaine tendresse dans le regard, l'espace d'une seconde. Deux secondes. Trois secondes.

Alors, tout sembla s'arrêter : sa respiration, ses pensées, le temps… Ils avaient décidé d'être amis, mais un fil invisible les tirait l'un vers l'autre comme s'ils étaient aimantés. Il prit son visage entre ses mains.

— Briana…

— Fraser…

Elle leva la tête vers lui, mais un cri les fit sursauter et s'écarter brusquement l'un de l'autre.

— Qu'est-ce que vous fabriquez ?

10.

Lily les regardait, les bras ballants, le visage gonflé d'avoir pleuré, des traînées de mascara sur les joues. Elle paraissait beaucoup plus jeune, vulnérable et surprise. Horrifiée, plutôt.

Il ne manquait plus que cela.

Briana s'éclaircit la gorge et tenta de ralentir les battements de son cœur, priant pour que Lily n'ait pas entendu leur conversation.

— Je faisais un câlin à ton papa parce qu'il a eu une journée difficile. Tu en veux un, toi aussi ? dit-elle en écartant les bras.

Mais Lily lui lança un regard noir et ignora son geste.

— Quel bébé ? Quelle échographie ?

Elle les regardait l'un après l'autre, l'air affolée.

— C'est pas vrai. Tu es enceinte ? Papa ? Briana est enceinte ?

Décidément, ce n'est pas mon jour. Ni mon année.

Fraser écarta les bras en un geste d'apaisement.

— Oui, Briana et moi allons avoir un enfant, fit-il.

Lily eut l'air de recevoir un coup de poing dans le ventre. Puis elle chercha à reprendre son souffle.

— Ne comptez pas sur moi pour vous féliciter.

Briana s'approcha d'elle tout en réfléchissant à la meilleure attitude à adopter et en puisant dans ses ressources d'infirmière de lycée.

— Nous aurions préféré te l'annoncer autrement.

— Eh bien, c'est loupé.

— Nous voulions en être sûrs avant de t'en parler, renchérit Fraser.

Lily les regardait, choquée et incrédule.

— On est dans cet endroit débile depuis même pas un mois et tu sors déjà avec Briana ? Vous êtes ensemble, c'est ça ?

— Non ! dit Briana. Nous ne sommes pas ensemble. Ce n'est pas ce que tu crois.

Ses mots lui parurent ridicules, même à elle. D'ailleurs, ils ne convainquirent personne.

— Je vous ai vus, rétorqua Lily. Vous étiez en train de vous embrasser. Tu me dis à longueur de journée d'être honnête, alors que toi, papa, tu mens.

— Je ne mens pas, répondit Fraser. C'est juste que je n'ai pas encore trouvé le moyen de t'en parler. Briana a fait l'échographie hier seulement. Je suis désolé que tu l'aies découvert de cette manière, Lily. Il n'en demeure pas moins que Briana et ce bébé vont faire partie de notre vie, désormais.

— Super ! dit Lily en lui jetant un regard mauvais. Un bébé ? À ton âge ? Toi qui me demandes d'être responsable !

Sur ce, elle tourna les talons et monta les marches en tapant des pieds, comme à son habitude.

Le silence retomba dans la pièce. Fraser ferma les yeux et elle se demanda s'il n'allait pas tomber raide sur le sol de la cuisine. Elle demeura là, immobile, ne sachant que dire, comprenant qu'il souffrait, tout comme Lily souffrait. Elle était profondément désolée pour l'un comme pour l'autre.

Et elle n'était pas certaine de pouvoir supporter ce genre de mélodrame au quotidien, à plus forte raison après la naissance du bébé. Il serait déjà suffisamment difficile de gérer la coparentalité et d'élever cet enfant – ensemble mais séparément.

Fraser finit par bouger et se frotta le front.

— Au moins, nous n'avons plus à nous préoccuper de la façon dont nous allons lui annoncer la grossesse, déclara-t-il avec une ironie désabusée.

— Je suis désolée, Fraser. Tu veux aller la voir ? Tu veux que j'y aille ?

— Mieux vaut attendre un peu qu'elle se calme. Je monterai tout à l'heure.

Il soupira, l'air un peu perdu.

— Cela fait quinze ans qu'elle est au centre de ton attention. On ne peut pas espérer qu'elle se réjouisse spontanément d'avoir un petit frère ou une petite sœur. Et que j'en sois la mère. Cela fait beaucoup de nouveautés à digérer. Pour tout le monde.

Qu'allaient-ils devenir ? Comment allaient-ils vivre avec ce bébé ? Avec Lily ? Avec ces émotions en pagaille ? Et l'attraction irrésistible qu'ils ressentaient et qu'ils essayaient d'ignorer tous les deux ?

Une pensée pénible lui traversa l'esprit.

Et s'il rencontrait une autre femme, dont il tombait amoureux ? S'il voulait fonder une famille « normale » ? La rejetterait-il ?

Elle ne savait plus que penser. La situation était vraiment complexe.

— Lily a raison. Nous sommes totalement irresponsables. Quels mauvais professeurs en éducation sexuelle nous faisons !

— Nous n'avons pas eu de chance avec le préservatif. Cela arrive. Mais c'était tellement bon !

— C'était dément ! renchérit-elle.

Elle lui prit la main et la posa sur son ventre. Le lien qui allait subsister entre eux était là, sous ses doigts.

Il se leva et écarta les bras. Elle hésita un instant puis se blottit contre lui. Peu importait que Lily les voie, après tout. C'était un geste d'affection, dont ils avaient besoin l'un et l'autre. Elle posa la tête contre son torse musclé, heureuse de pouvoir se laisser aller un moment.

Fraser avait dit clairement à Lily que le bébé et elle feraient partie de leur vie, dorénavant. Ce n'était pas rien.

Restait à savoir comment ils allaient s'y prendre...

— Je ne comprends toujours pas ce que tu veux faire avec mon chien, mais je te le laisse, dit Beth en lui tendant la laisse.

— C'est une longue histoire.

— Je t'écoute, j'ai tout mon temps, fit Beth.

Par chance, Briana sentit son portable vibrer dans sa poche. C'était un texto de Fraser, qui arrivait à point nommé.

Elle vient de partir, en direction du village.

— Désolée, dit-elle à Beth, il faut que je parte. Merci pour Boy. Je te le ramène dès que j'ai fini.

— Fini quoi ?

Fini d'être une bonne marraine.

— Quelque chose que j'aurais dû faire depuis longtemps.

Elle accompagna Beth jusqu'à sa voiture, attendit qu'elle soit partie et prit la direction du village. Il fallait qu'elle parle à sa filleule, même si elle n'était pas sûre que son initiative soit couronnée de succès.

Quant à Fraser, elle essayait de garder ses distances vis-à-vis de lui. Elle gardait un souvenir très agréable du moment où il l'avait serrée dans ses bras. C'était bien le problème. Ni l'un ni l'autre ne voulaient d'une relation sentimentale. Cela ne ferait qu'embrouiller davantage une situation qui l'était déjà suffisamment, et compliquerait la prise de décisions à long terme concernant le bébé.

Elle aperçut bientôt Lily qui marchait, emmitouflée, le portable dans une main, la laisse de Jasper dans l'autre. Briana avança promptement vers elle.

— Bonjour, Lily !

La jeune fille leva la tête et changea aussitôt d'expression à sa vue.

— Je déteste cet endroit. On ne peut pas faire deux pas sans tomber sur quelqu'un qu'on connaît.

Mais Briana s'était préparée à sa réaction.

— Moi aussi, cela me dérangeait, au début. Mais quand ma maman est tombée malade, tout le monde s'est mobilisé. On m'apportait même à manger pour que je n'aie pas à cuisiner. Les gens d'ici sont gentils.

Lily lui adressa un regard noir et une moue de dégoût.

Elle décida de ne pas tourner autour du pot.

— Écoute, Lily, je ne vais pas te mentir : cette grossesse n'était pas du tout prévue. C'est arrivé et nous devons maintenant en assumer les conséquences. Les adultes prennent parfois des décisions qui ne sont pas toujours les plus judicieuses.

— C'est pour ça que papa a décidé de traîner sa fille à Oakdale, par exemple ?

— Le problème, quand on a des enfants, c'est qu'on ne nous donne pas le mode d'emploi. Ton papa fait ce qu'il pense être le mieux pour toi.

— C'est lui qui t'a dit de me dire ça ?

— Bien sûr que non ! Personne ne me dicte ce que je dois dire ou faire. Je suis une grande fille, tu sais.

Lily la regarda d'un air à peine plus conciliant.

— Alors vous allez vous marier maintenant ?

— Non ! s'entendit-elle crier un peu trop fort à son goût. Ton père et moi, nous ne sommes pas *ensemble.*

— Vous ne sortez pas ensemble, mais vous avez fait un enfant.

— Non. Enfin, si.

L'idée que cette conversation ne soit peut-être pas une si bonne idée lui traversa l'esprit. Mais Lily méritait qu'on soit honnête avec elle et, à bientôt seize ans, elle pouvait entendre la vérité.

— C'est un peu compliqué, en fait. Nous devons réfléchir à la situation. Mais sache que, dans tous les cas, tu es et tu resteras la personne la plus importante aux yeux de ton père.

— Ouais, c'est ça… Tu es là pour me surveiller et tu vas tout lui raconter ensuite ?

Briana tira doucement sur la laisse pour mettre Boy au pas et faire comme si leur rencontre était le fruit du hasard – alors qu'elle avait exigé beaucoup de préparation en coulisse.

— Non, j'ai promis à Beth d'aller promener Boy parce que Alex et elle travaillaient tard, aujourd'hui.

— En général, c'est à moi qu'elle demande, dit Lily, un peu vexée.

Mince ! Il fallait réagir, et vite.

— C'est moi qui le lui ai proposé, l'autre jour, quand on discutait. Tu vas dans quelle direction ?

Sa filleule lui décocha un regard qui semblait dire « Dans la direction opposée à la tienne »…

Mais elle l'ignora et se mit à rire en voyant les deux chiens se reconnaître et jouer ensemble.

— Ils sont contents de se retrouver, on dirait. Si on allait sur les hauteurs d'Oakdale on pourrait les lâcher.

— Non merci, répondit Lily en tirant sur la laisse de Jasper. Viens, ajouta-t-elle à l'intention de son chien, on rentre à la maison.

Aux grands maux les grands remèdes… Briana prit une profonde inspiration.

— Cela ne m'étonne pas que tu aies fugué, déclara-t-elle dans son dos.

Lily s'arrêta net puis se retourna lentement.

— Parce que tu trouves que mon père est débile, toi aussi ?

— Non. Je crois que c'est génétique, en fait.

Le front de Lily se plissa.

— Pourquoi tu dis ça ?

— Ta maman aussi avait fugué.

— Quand ? demanda Lily, soudain intéressée tout en faisant mine de ne pas l'être.

— Quand elle avait treize ans. Et elle m'a embarquée dans l'aventure, fit Briana en la rejoignant lentement.

— Pourquoi vous avez fugué ?

— Nos parents nous avaient promis de nous emmener à la fête foraine de Kendal, comme tous les ans. Mais on n'avait pas envie d'y aller avec eux et de rentrer se coucher tôt comme quand on était petites. On se disait qu'on était grandes et qu'on pourrait y aller seules, toute la nuit. On s'imaginait même qu'on pourrait travailler là-bas, partir en tournée avec les forains. On était vraiment naïves…

Briana marqua un temps d'arrêt.

— Bref, reprit-elle. On a fait croire que j'allais dormir chez Ellen. Une fois tout le monde couché, on s'est maquillées, on a pris quelques affaires et on a fait le mur, sans vraiment savoir où on passerait la nuit mais bien décidées à aller au bout de l'aventure. On a pris un taxi jusqu'à Kendal, ce qui nous a coûté une fortune.

— Je sais, dit Lily en ayant la décence d'avoir l'air penaud.

Briana sourit et poursuivit.

— On est arrivées tard à la fête mais on était ravies. On a

sympathisé avec les types des manèges. Ils étaient plus vieux que nous et on leur a dit qu'on avait seize ans. Ils nous ont donné de la vodka. Et ils nous resservaient sans arrêt. Jusqu'au moment où je ne me suis plus sentie bien du tout.

Elle marqua une nouvelle pause et inspira en repensant à la frayeur et à la panique qu'elle avait éprouvées cette nuit-là.

— L'un des types a commencé à mettre ses mains sur moi, à des endroits où je n'avais pas envie qu'on me touche. Et, quand j'ai regardé autour de moi, il n'y avait plus personne, à part ces deux types et Ellen et moi. Il faisait nuit, on ne les connaissait pas. Je me suis mise à penser aux histoires de filles kidnappées. Lui voulait… Tu m'as comprise. J'ai commencé à pleurer, et puis j'ai vomi sur ses chaussures. Ça l'a dégoûté.

Lily l'écoutait attentivement.

— Ellen m'a entraînée et les a traités de tous les noms. C'est alors que nos deux mères sont apparues, comme par enchantement. Elles ont crié après les deux types et les ont menacés de les dénoncer. Il se trouve que le chauffeur de taxi connaissait ma mère. Il l'a appelée en lui demandant si c'était normal que sa fille et sa copine partent à la fête foraine toutes seules, à cette heure-là.

Et, sans quitter Lily des yeux, Brian ajouta :

— Je n'ai jamais eu aussi peur de ma vie. Et je n'ai jamais été aussi contente de voir nos mères. J'étais aussi reconnaissante envers le chauffeur de taxi et, ce jour-là, je me suis félicitée d'habiter dans un endroit où les gens prennent soin les uns des autres.

Ne voulant pas paraître trop moralisatrice, elle s'arrêta de parler.

Lily la regardait, les yeux écarquillés. Puis son expression changea.

— Vous avez été punies ?

— Oui, mais ça non plus, cela ne m'a pas dérangée. Je le méritais. Et l'envie d'aller passer la nuit à la fête foraine s'est évanouie. Ce n'était pas si intéressant finalement.

— Mais Londres, c'est plus intéressant que la fête foraine de Kendal.

— Sans doute, mais pas au point d'enfreindre la loi. La détention juvénile n'a rien de drôle.

— Je n'ai rien fait, dit Lily en détournant le regard.

L'une et l'autre savaient que ce n'était pas vrai, mais Lily était jeune et avait encore beaucoup à apprendre. Et, pour la première fois depuis le début de la discussion, elle eut l'air vulnérable.

— Tu as eu peur ?

— Quand ils ont commencé à se battre, oui.

Briana réfléchit et se demanda pour quoi ou pour qui Lily s'était mise dans une telle situation.

— Tes amis te manquent ?

— Mmm.

— Certains plus que d'autres ?

Lily se pencha pour caresser Jasper. Elle acquiesça d'un infime signe de tête.

Bingo !

— Comment s'appelle-t-il ?

Lily regarda au loin.

— Jerome, finit-elle par répondre.

— C'est ton… ton petit ami ?

— Non, répondit-elle, un peu trop rapidement.

Si ce n'était pas son petit ami, elle avait très envie qu'il le soit. Pauvre Lily, amoureuse et seule, loin de Londres.

— Tu pourrais l'inviter à venir ici, suggéra-t-elle.

— Dans ce trou ? Ça m'étonnerait qu'il apprécie.

— Qu'est-ce que tu en sais ? Peut-être qu'il aime les montagnes et les lacs ?

— Il aime la musique, sortir, danser, ce genre de choses. Pas la campagne.

Elles arrivèrent au sommet de la colline, légèrement essoufflées, et lâchèrent les chiens qui se mirent à courir dans la neige.

Lily parlait enfin. C'était une avancée de taille.

— S'il t'aime bien, il aura envie de venir te voir, où que tu sois, non ?

— Mmm…

Le soleil se couchait derrière les montagnes, nappant d'orange et de rouge les sommets enneigés. Les lumières de la ville brillaient dans la vallée. La neige étincelait sur l'herbe et les clôtures. C'était un spectacle grandiose. Elle-même adorait cette région et comprenait que Fraser ait eu envie de s'y installer avec sa fille turbulente. Mais elle comprenait aussi qu'une adolescente de quinze ans n'y soit pas sensible. Pas encore. Il fallait simplement que Lily s'ouvre aux opportunités que la région offrait.

— Tu es déjà allée voir ces grottes, là-bas ?

Lily suivit son regard et secoua la tête.

— Il y a des vers luisants. C'est magique. Il faudra que tu y emmènes Jerome. Je présume qu'il n'y a pas beaucoup de vers luisants à Clapham.

— Non, il y a des boutiques vintage et un marché super.

— Oui, Londres est une ville magnifique pour faire les boutiques. Ici, il y a d'autres choses.

Elle marqua une pause.

— Je sais ce que tu pourrais faire ! J'ai un ami, Phil, qui dirige le centre d'activités de Bowness. Il organise des sorties en canoé, pour faire de la spéléo et des journées en pleine nature. Je pourrais lui demander de vous faire un prix.

Lily haussa les épaules. Ce qui ne signifiait pas non.

— Tu sais, Lily, il y a des tas de choses à faire, ici. Des balades, à pied ou en VTT. Et, s'il pleut quand il viendra, vous pourrez aller au cinéma ou faire de l'escalade en salle. Dis-lui de venir passer un week-end.

— Papa ne voudra jamais, balbutia-t-elle.

Mais son regard brillait.

— Tu le lui as demandé ?

— Je suis punie. Je ne peux rien faire.

— Essaie. Dis-lui que tu es désolée pour ce qui s'est passé à Londres. Car tu es désolée, non ?

— Oui, murmura Lily, hochant la tête, les yeux mouillés de larmes.

— Ton papa t'aime très fort. Il veut juste ta sécurité. Et ton bonheur.

Elle essaya de faire preuve de tact pour énoncer la suite.

— Se droguer et voler dans les magasins, ça ne rend pas heureux, Lily. Ça procure une montée d'adrénaline qui ne dure pas longtemps, qui retombe et te donne simplement envie d'en avoir une autre, et une autre encore. C'est un plaisir éphémère, qui n'a rien à voir avec le bonheur.

Lily leva les yeux au ciel comme si elle entendait ce discours pour la centième fois.

Mais Briana était sa marraine et c'était aussi son rôle de lui tenir ce discours. Cela dit, elle préféra revenir au petit ami.

— Alors que de belles relations, ça rend vraiment heureux. Quand tu sens que quelqu'un est sur la même longueur d'onde que toi, que tu ris et que tu peux être toi-même.

Elle pensa à Fraser et son cœur se serra.

— Invite Jerome.

Lily réfléchit puis un sourire illumina son visage.

— Je vais voir…

Ce n'était pas un oui franc, mais c'était déjà mieux qu'un non.

Briana sourit à son tour avec le sentiment d'avoir fait avancer les choses dans le bon sens.

11.

Fraser fut soulagé de voir les vacances se terminer pour ne plus avoir à supporter sa fille boudeuse à longueur de journées. Il était aussi incroyablement impatient de voir Briana et s'efforçait de se convaincre que c'était à cause de sa grossesse.

Mais il ne s'était pas imaginé à quel point il était difficile de travailler avec une femme qui portait son enfant. Il prit sur lui lorsque des élèves la bousculèrent en courant dans les couloirs et quand elle évita de justesse un ballon de basket, dans la cour. Ne pas regarder constamment son ventre exigeait aussi de lui beaucoup d'efforts.

— Je vais faire une visite à domicile, lui annonça-t-elle. La mère de Marco m'a appelée pour me dire qu'il avait mal au ventre mais qu'il ne voulait pas consulter un médecin. Je vais voir si c'est un vrai problème abdominal ou si c'est un prétexte pour sécher le lycée.

— Je viens avec toi. Je pourrai l'orienter vers un spécialiste, si besoin.

Briana fronça les sourcils.

— Je pense que je peux faire cela moi-même, docteur.

Il comprit qu'il l'avait agacée mais n'en tint pas compte.

— À Londres, on évite toujours qu'un soignant se rende seul chez les gens qu'il ne connaît pas. La sécurité est une priorité.

— Ce n'est pas la première fois que je ferai une visite seule. Je n'ai jamais eu de problèmes.

— Tu pourras me présenter aux gens d'ici, alors.

Briana referma son agenda.

— Je pars d'ici à 16 h 30. Excuse-moi, je file, mes consultations commencent dans deux minutes.

— Comment va Lily ? demanda-t-elle alors qu'ils revenaient de cette visite à domicile.

— Mieux, j'ai l'impression. Elle est un peu plus aimable.

Briana poussa un profond soupir.

— Tant mieux. J'avais peur d'être allée un peu trop loin l'autre jour.

— Je ne sais pas ce que vous vous êtes raconté, mais elle m'a demandé si l'un de ses amis pouvait venir passer le week-end à la maison. Un certain Jerome.

— Tu as dit oui, j'espère !

— Oui, mais à condition qu'elle me rembourse l'essence de l'aller-retour au commissariat de Londres, qu'elle ne me raconte plus de bobards, qu'elle fasse ses devoirs en temps et en heure et tout ce qu'elle a à faire dans la maison sans que j'aie à le lui demander.

— Tu n'y vas pas de main morte.

— On a passé un accord et elle s'est engagée à le respecter. Mais je ne sais pas ce qu'on va faire de lui pendant deux jours, en plein hiver.

— Toi, rien, à part faire le taxi et leur faire à manger. Et à offrir ton soutien à Lily quand il va repartir à Londres. Qu'elle soit sur un nuage ou totalement déprimée, il faudra que tu sois là pour elle. Sans lui donner de conseils. Juste pour l'écouter.

— Je ferai mon possible. Comme d'habitude.

— En fait, ta fille est seule et elle souffre.

— Je sais. C'est ma faute. C'est moi qui l'ai emmenée ici. En tout cas, merci de m'aider.

— Je l'ai fait pour Lily et moi plus que pour toi. J'ai envie de passer du temps et de renouer une belle relation avec elle. De plus, tu es son père, pas son ami. Et vous avez traversé des moments difficiles, tous les deux…

Briana se gara devant chez elle.

— Et toi, comment vas-tu ? demanda-t-il, un peu honteux que la conversation n'ait tourné qu'autour de lui et de Lily.

Elle soupira.

— Agitée, nauséeuse, nerveuse, irritable… Mais cela passera.

— En quoi est-ce que je peux t'aider ? Tu as besoin de quelque chose ?

Elle balaya son offre d'un revers de la main.

— Ça va, ne t'inquiète pas.

— Briana, parle-moi. Dis-moi ce que tu as sur le cœur. On n'y arrivera pas si l'on s'interroge sans cesse sur ce que l'autre va dire ou penser. Avec Ellen, ça a fonctionné parce qu'on était totalement honnêtes l'un envers l'autre.

Pour être tout à fait franc, cela avait fonctionné aussi parce qu'il n'y avait plus aucune tension sexuelle entre eux depuis la première et unique nuit qu'ils avaient passée ensemble.

— Tu as raison, fit-elle dans un soupir. En fait, je me demande comment on va faire, une fois que le bébé sera là, quand il devra faire les allers-retours entre Londres et Oakdale.

— Je n'ai pas encore pris la décision de retourner à Londres. Et, tu sais, Ellen et moi avions signé un contrat, pour que tout soit parfaitement clair.

— C'est un bébé, Fraser, pas une marchandise.

— Tu as une meilleure solution ? Crois-moi, la situation n'est pas simple, mais elle peut se compliquer encore davantage le jour où tu rencontreras quelqu'un et que tu décideras de déménager ou de te marier.

Elle secoua la tête.

— Cela n'arrivera pas.

— Qu'est-ce que tu en sais ? Tu peux très bien tomber amoureuse et avoir envie de partir à l'autre bout du monde. Cela peut m'arriver à moi aussi. Il faut que nous nous protégions l'un et l'autre et, surtout, que nous protégions cet enfant.

— C'est vrai, reconnut-elle. Nous aurons peut-être des divergences en matière d'éducation, il faut mettre tout cela à plat.

— Il y a beaucoup de points sur lesquels nous aurons à réfléchir. Mais sache que je serai là tout le temps, déclara-t-il en se demandant comment il allait pouvoir être à ses côtés sans avoir envie de l'embrasser à tout moment.

Elle le dévisageait et plus les minutes passaient, plus la tension montait. Pouvaient-ils s'embrasser ? Devaient-ils parler ? Dire la vérité ou rester dans le déni ?

Il avait du mal à réfléchir à autre chose qu'au moment où il poserait sa bouche sur la sienne. Il s'efforça de la regarder dans les yeux et il y décela la confusion, le conflit intérieur, le désir qui ne faisaient que refléter son propre état intérieur.

En d'autres circonstances, il se serait penché vers elle et l'aurait embrassée. Il se redressa sur son siège et prit une grande inspiration.

— Briana, qu'est-ce que tu attends de moi, au fond ?

— Euh… Que tu sois présent dans la vie de notre enfant et que tu t'occupes de lui.

— Mais nous ? dit-il en lui prenant la main. Qu'est-ce qu'on fait de nous deux ?

Elle retira promptement sa main.

— Je ne sais pas, Fraser.

— Moi non plus.

Le silence retomba dans l'habitacle.

— Il faut que j'y aille, balbutia Briana en posant la main sur la poignée de la portière.

— Ne fuis pas, Briana. Faire comme si cela n'existait pas ne fera pas disparaître ce qui se passe entre nous. Il faut qu'on en parle.

Elle se retourna.

— Tu penses que cela ne va pas finir par s'estomper ?

— C'est tellement intense, fit-il.

— Pour être honnête, je n'en reviens pas moi-même de me comporter de cette manière. En fait, je ne sais pas où j'en suis, Fraser. Je m'étais juré de ne pas retomber amoureuse et me voilà, assise dans ma voiture, un soir glacial, à te désirer comme jamais je n'ai désiré un homme. Mais je n'ai pas besoin d'un homme dans ma vie. Je viens à peine de me remettre de ma dernière relation, de recouvrer mon estime de moi… Je ne comprends pas ce qui m'arrive.

Il sentit son cœur s'emballer.

— Il se passe tellement de choses dans ma vie aussi, Briana !

Ce bébé, toi qui n'oses pas me faire confiance, moi qui ai l'impression de tout faire de travers… Je ne sais pas ce qui va se passer entre nous et je vais peut-être regretter ce que je suis en train de dire, mais moi aussi je te désire.

Elle pencha la tête vers lui. Il glissa les doigts dans ses cheveux soyeux puis l'embrassa. En un instant, leur baiser hésitant et tendre se mua en un baiser fougueux. Ils se séparèrent pour reprendre leur souffle et se regardèrent, aussi ébahis l'un que l'autre.

— Je ne suis pas sûre que ce soit une bonne idée, fit-elle, tremblante.

— Je ne peux pas me passer de toi, Briana, répondit-il, sachant qu'il risquait de lui faire peur mais pouvaient-ils continuer à se fréquenter sans qu'elle le sache ?

— C'est vrai maintenant, Fraser. Mais que se passera-t-il dans un an ? Ou dans trois ? Je ne veux pas élever cet enfant sur un champ de mines prêtes à exploser à tout instant. Ce sera déjà suffisamment compliqué de l'élever dans deux maisons différentes.

— Viens vivre avec nous, s'entendit-il dire.

— Qu'est-ce que tu racontes ? s'écria-t-elle, aussi surprise que lui par ses paroles.

Mais il ne pouvait pas les effacer. Il l'imagina, enceinte et magnifique dans son lit, puis eut une vision d'eux, ensemble et heureux.

— La maison est grande. Il y a de quoi te faire une chambre et une autre pour le bébé.

Elle secoua la tête.

— Non, je vais rester dans ma maison. J'ai aussi de quoi faire une chambre d'enfant. Dans mon bureau. Je ne suis pas sûre que Lily voudrait de moi vingt-quatre heures sur vingt-quatre. Je n'échapperais pas au « Ce n'est pas à toi de me dire ce que je dois faire, tu n'es pas ma mère »…

— Sa mère lui manque, dit-il. Plus qu'elle ne veut bien le reconnaître.

— À moi aussi, elle me manque.

— Elle nous manque à tous.

Si Ellen était encore là, elle l'encouragerait probablement à vivre une histoire d'amour avec Briana, songea-t-il.

« La vie est trop courte, lui avait-elle dit à la fin, dans un moment de lucidité. Promets-moi de rencontrer quelqu'un et de vivre une vie belle et heureuse, avec une femme qui te rend heureux, et pleine d'enfants. Lily ne doit pas être une fille unique, comme tu l'as été. Il faut qu'elle apprenne à partager. »

Il avait promis. Jusque-là, il n'avait partagé sa vie avec personne d'autre que sa fille. Mais maintenant ?

Ils demeurèrent silencieux quelques instants, évoquant l'un et l'autre les derniers jours de la vie d'Ellen.

— J'aurais voulu être là, murmura Briana. Je ne savais rien de ce que vous étiez en train de vivre.

— J'aurais dû te le dire.

Il aurait aussi voulu passer un après-midi avec elle sans avoir envie de lui arracher ses vêtements. Il aurait voulu qu'ils n'utilisent pas Lily comme excuse. Il aurait voulu qu'ils soient l'un et l'autre prêts à prendre le risque de voir où cette attraction pourrait les mener.

Il ouvrit la portière et sortit. Les vœux pieux ne permettaient pas de changer les choses.

12.

Le temps était clément en cette fin février. Briana sortit d'une boutique de vêtements, un sac à la main, et tendit son visage à la caresse du soleil. Le ciel était d'un bleu immaculé et, bien que, de l'autre côté de la rue, les jardins soient encore couverts de neige, on sentait le printemps approcher à grands pas.

Mais Briana ne pensait pas au changement de saison. Depuis qu'ils s'étaient embrassés dans la voiture, Fraser et elle, elle était obsédée par ce baiser et par la discussion qui s'en était suivie et qui, depuis, tournait en boucle dans son esprit.

Fraser souhaitait qu'ils parlent de cette attraction indéniable. Mais elle avait du mal à le faire aussi ouvertement. Pouvait-elle être aussi honnête avec un homme, être à l'aise avec lui au point d'exprimer clairement ses besoins et ses désirs ?

Elle avait réussi à l'être avec Fraser quand ils avaient fait l'amour. Mais elle avait peur de nommer les émotions qui agitaient son cœur quand elle le regardait, quand ils s'embrassaient ou riaient ensemble. Comment pourrait-elle être honnête avec lui si elle ne l'était pas déjà avec elle-même ?

Elle soupira et prit conscience qu'elle s'était arrêtée devant la vitrine d'un magasin d'articles de puériculture, où trônait un magnifique berceau en bois sculpté, surmonté de guirlandes ornées d'arcs-en-ciel pastel. Elle posa la main sur son ventre.

Voilà ce que je vais mettre dans ta chambre. Des guirlandes et des arcs-en-ciel.

Elle repensa à la proposition de Fraser d'emménager chez lui. Tentante mais inenvisageable. Ce serait une torture de vivre sous le même toit que lui. Elle passerait ses journées à refréner son envie constante de l'embrasser, de sentir ses mains sur sa peau, son corps contre le sien.

Une petite tape sur l'épaule la fit sursauter. Elle se retourna.

— Oh ! Fraser !

Il l'embrassa sur la joue avec le plus grand naturel.

— Ça va ? Tu as l'air bizarre.

— J'étais dans mes pensées. Qu'est-ce que tu fais là ?

— Je suis venu remplir le frigo pour Jerome. C'est incroyable ce qu'un garçon de cet âge peut manger ! Je viens de les déposer au centre d'activités pour une journée en forêt. Au programme, canoé sur le lac, construction d'une hutte et feu de camp.

— Le temps s'y prête. Alors, comme est-il, ce Jerome ?

— Il est poli, bien élevé. Il a l'air de s'intéresser vraiment à Lily. Il fait des compliments sur elle. Il est mordu. Elle aussi, je crois.

Il se frappa la poitrine et fit une mine attristée.

— Et moi, pauvre père, j'ai le cœur brisé.

Briana éclata de rire.

— Tu vas devoir t'y faire ! Et il faudra que tu sois là pour elle quand il va partir, demain soir. Elle risque d'être triste.

— J'ai fait des réserves de mouchoirs en papier et je lui préparerai un repas qu'elle adore, dit-il en lui montrant son sac de courses. Et toi, qu'est-ce que tu fais de beau ?

— Les boutiques. J'ai trouvé quelque chose pour le mariage de Rose et Joe. J'ai trouvé adorable qu'ils m'invitent. Mais je ne sais pas quel genre de mariage ce sera.

Il se frotta le menton et prit un air inspiré.

— À mon avis, on va y prononcer des vœux. Évoquer quelque chose qui durera jusqu'à ce que la mort les sépare. Il risque aussi d'y avoir des discours. Et je pense qu'on dansera.

Elle pouffa de rire.

— Je parlais de la tenue vestimentaire. J'espère que je ne me suis pas trompée. Toi qui les connais, tu veux bien me donner ton avis sur la robe que je viens d'acheter ?

Elle sortit la robe, dont la soie bleue lui fit penser à un lac par un bel après-midi d'été.

— Comme ça, je ne me rends pas compte. Il faudrait que je la voie sur toi, fit-il.

— Ah, dans ce cas, tu la verras le jour du mariage, dit-elle en la remettant dans le sac.

— Tu veux passer à la maison ? On peut déjeuner ensemble et tu me montreras la robe, si tu veux.

Elle réfléchit. C'était une proposition dangereuse, vu ce qui s'était passé dans la voiture. Mais elle allait devoir s'habituer à le côtoyer non seulement au lycée, dans le cadre professionnel, mais également en privé, dès que le bébé serait né. Autant commencer maintenant, non ? Et, avec un peu de chance, d'ici l'accouchement, Fraser ne lui ferait plus aucun effet et elle pourrait partager avec lui la garde de l'enfant, comme Ellen l'avait fait en son temps.

— D'accord pour ton avis sur la robe. Et pour le déjeuner.

— On ira promener Jasper, aussi. Viens d'ici une demi-heure.

— D'accord pour ton avis, pour le déjeuner et pour la balade.

Tout simplement.

Il n'y avait pas de quoi s'emballer.

Tu parles !

Fraser ouvrit la porte à une Briana souriante et légèrement essoufflée. Elle ne s'était pas changée mais avait mis du gloss sur ses lèvres, qui donnait encore plus envie de l'embrasser. Il espérait abréger les politesses et l'emmener le plus vite possible dans sa chambre, parce qu'il ne pensait qu'à faire l'amour avec elle depuis qu'il l'avait croisée en ville. Depuis toujours, en réalité.

Ils décidèrent de commencer par sortir Jasper.

— Puisque tu es nouveau dans le quartier, je peux te montrer une jolie balade, proposa Briana.

Ils traversèrent le village et prirent une montée derrière la maison de Rose et Joe. Mais, loin de la quiétude que Fraser espérait y trouver, ce côté-ci de la colline grouillait de gens qui faisaient de la luge, des batailles de boules de neige et des bonhommes de neige en poussant des cris.

— Tout le village s'est donné rendez-vous ici, commenta-t-il en saluant de loin Joe et Rose qui installaient Katy entre eux sur une grande luge en bois.

— Les gens vont jaser en nous voyant ensemble.

— Pas autant que quand ils sauront que tu es enceinte.

Elle referma sa veste sur son ventre.

— Cela dit, il me tarde d'avoir un gros ventre.

— Tu vas avoir à rendre des comptes. Ou plutôt : *nous* allons avoir à rendre des comptes.

Il était déjà passé par là. Les gens parleraient, au début, puis ils reprendraient le cours de leur vie. Il existait tellement de façon de former une famille, de nos jours. Le principal étant que les enfants grandissent dans la sécurité et l'amour.

Il pensa à Lily et Jerome, espérant que sa fille passait une bonne journée.

— Je me fiche pas mal de ce que les gens diront, répliqua Briana. L'idée d'être mère m'emplit de joie.

— Tu seras une mère fantastique, Briana, murmura-t-il, se retenant de lui dire qu'elle était aussi très belle et de la serrer dans ses bras.

Elle sourit, manifestement touchée par ses paroles.

— Je l'espère, fit-elle, émue, les mains sur son ventre encore plat.

Ils se remirent à marcher dans la neige et passèrent près d'un groupe de jeunes en pleine bataille de boules de neige. Mais, en s'approchant, il apparut que la bataille de boule de neiges s'était transformée en bataille tout court. Un grand gaillard était penché au-dessus d'un garçon apparemment plus jeune et s'apprêtait à le frapper.

Briana poussa un cri.

— C'est Lewis Parker ! s'exclama-t-elle. Celui qui maltraite ses camarades au lycée.

— Il faut que cela cesse, dit Fraser en avançant vers l'adolescent, qui était en train de barbouiller de neige le visage de sa victime. Lewis ! Stop !

— Non, Fraser ! s'écria Briana. Lewis, c'est celui qui est par terre.

Et qui était en train de se faire maltraiter. *Intéressant.* Fraser s'arrêta. Lewis était roulé en boule, le nez en sang.

— Il faut aller l'aider, dit Briana en s'élançant vers eux.

Mais Fraser la contra.

— Laisse-moi faire, reste là, dit-il en lui donnant la laisse de Jasper.

Elle lui décocha un regard noir mais il courait déjà vers les jeunes gens. Elle pouvait penser ce qu'elle voulait, il n'allait pas la laisser prendre des risques, à plus forte raison maintenant qu'elle était enceinte.

— Je t'ai demandé d'arrêter ! fit-il d'une voix ferme.

Le garçon leva à peine la tête.

— Vous n'avez pas à me dire ce que je dois faire.

— En tout cas, ce n'est pas en vous battant que vous résoudrez vos problèmes, déclara Fraser.

Le garçon daigna lever la tête mais le regarda, l'air de dire : « De quoi je me mêle ? »

— Tu sais, si Lewis veut déposer plainte contre toi, il y a ici deux témoins, en plus de tes deux copains, là-bas, ajouta-t-il en les montrant du doigt. Qu'est-ce qui se passe ?

— Il m'énerve, répondit le jeune en jetant un coup d'œil à Lewis.

— Et alors ? Passe ton chemin. C'est ce que font les hommes dignes de ce nom. Tu es plus vieux et plus grand que lui. Passe ton chemin. Va voir ailleurs, au lieu de lui taper lâchement dessus. Maintenant, aide-le à se relever.

— Quoi ? s'étrangla le garçon.

— Aide-le.

Le garçon hésita puis tendit la main à Lewis.

— Bon, maintenant, expliquez-moi ce qui se passe.

Silence.

Trop de testostérone et pas grand-chose d'autre.

Fraser se tourna vers Lewis.

— Nous ne partirons pas d'ici tant que vous ne m'aurez pas raconté ce qui s'est passé. Moi, je suis bien couvert et j'ai tout mon temps. Vous feriez mieux de parler si vous ne voulez pas souffrir d'hypothermie.

Briana regardait la scène en caressant Jasper. Et certainement en essayant de digérer la façon dont il lui avait parlé. La journée prenait une drôle de tournure.

— Il voulait me prendre mon argent, dit Lewis, les yeux rivés sur le sol enneigé.

Fraser regarda le garçon costaud.

— Il te doit de l'argent ?

Le garçon hocha la tête.

— Tu voulais le lui emprunter ou le lui voler ?

Silence.

— Je vois, dit Fraser. Tu le lui as pris ?

— Non, répondit-il en regardant ses pieds.

— Parce que je ne t'en ai pas laissé le temps, c'est ça, hein ? Présente-lui tes excuses pour l'avoir frappé.

— Quoi ? grogna le garçon, les yeux écarquillés.

— Excuse-toi.

Le silence retomba, puis le costaud murmura quelque chose qui ressemblait à un « Désolé ».

— Ce n'est pas drôle quand quelqu'un de plus vieux et de plus baraqué que toi te donne des ordres, n'est-ce pas ? Et c'est encore pire quand il le fait à coups de poing. Ce qui, entre nous soit dit, est la méthode des lâches.

Il se tourna vers les deux autres qui regardaient la scène, les mains enfoncées dans les poches.

— Et vous, pourquoi n'êtes-vous pas intervenus ? Cela vous amuse de voir quelqu'un se faire tabasser ?

— Non, répondirent-ils en regardant par terre, eux aussi.

Fraser s'approcha de Lewis et examina son visage.

— Bon, tu as de la chance, ton nez n'est pas cassé. Comment te sens-tu ?

— Je veux rentrer chez moi.

Fraser s'adressa de nouveau au costaud.

— Si je te revois lever la main sur un autre être humain, tu devras en assumer les conséquences, tu m'as compris ?

Ce dernier hocha la tête à nouveau.

— Oh ! et je travaille au lycée. Vous viendrez me voir lundi.

Les trois garçons s'éloignèrent.

— Ça va, tu es sûr ? demanda-t-il à Lewis. Qui est-ce ?

— C'est Christian Holmes, dit Briana. Il est en terminale.

Fraser se retourna, soulagé qu'elle ne soit pas intervenue plus tôt. L'idée qu'elle puisse être blessée lui était insupportable. Parce qu'elle était enceinte. Mais pas seulement. Il était attaché à elle. Un peu trop, peut-être. Suffisamment, en tout cas, pour comprendre qu'il risquait de beaucoup souffrir. Étrangement, une partie de lui se disait que cela en valait la peine. Car Briana en valait la peine. Quel idiot il était !

Il revint à Lewis et à son nez en sang.

— Depuis combien de temps est-ce qu'il s'en prend à toi ?

Le garçon haussa une épaule.

Depuis suffisamment de temps pour que Lewis passe sa frustration et sa colère sur d'autres garçons plus jeunes que lui, comprit Fraser. Cet ado était coincé dans une spirale de violence et de souffrance.

— Je n'ai jamais harcelé ni été harcelé dans ma vie, reprit Fraser. En revanche, j'ai déjà éprouvé un sentiment d'impuissance. J'ai créé un atelier sur le harcèlement qui a lieu tous les lundis. Tu pourras y apprendre des stratégies pour faire face à des comportements agressifs. Et, d'ici là, tiens-toi loin de ce Christian Holmes.

— Il va me traquer sur les réseaux sociaux et dire à tous ses copains de faire pareil.

Il y avait tellement de nouvelles manières de s'en prendre aux autres aujourd'hui ! On était loin des mots dans la cour de récré et des bagarres derrière l'abri à vélo. Le harcèlement se faisait aussi en ligne et n'avait donc pas de limites.

— Bloque-le, Lewis. Bloque-les tous. Ne leur donne pas la satisfaction de voir que cela te touche. C'est leur donner trop de pouvoir. Reprends les rênes, Lewis.

Il vit dans ses yeux un mélange de peur, de colère et de panique. Une lueur d'espoir et de soulagement aussi.

— Ce n'est pas facile, n'est-ce pas ?

Lewis hocha la tête.

— Est-ce que tu voudrais bien me donner un coup de main pour l'atelier ?

Lewis le regarda d'un air terrifié.

— Je veux dire… J'ai besoin de quelqu'un qui m'assiste pour la logistique, le matériel, ce genre de choses. Rien de très compliqué.

Lewis hocha mollement la tête.

— Super. J'enverrai un mot à ton professeur principal pour lui expliquer que tu m'aides.

Puis il choisit soigneusement ses mots.

— Je sais que tu n'as pas envie que ce genre de choses se reproduise. Ni pour toi ni pour personne.

— Non, murmura Lewis en rougissant, avant de s'éloigner d'un bon pas.

Avec un peu de chance, le garçon avait compris le message. D'ici lundi, il aurait le temps de réfléchir à son comportement.

Une rafale glaciale leur fouetta le visage. Briana croisait les bras sur sa poitrine, comme pour se protéger.

— Ça va ? demanda-t-il en posant la main sur son bras.

Elle soupira.

— J'ai eu peur que tu te prennes un coup.

Il sourit pour la rassurer, mais l'adrénaline n'était pas encore totalement retombée.

— Je suis désolé de t'avoir laissée en plan, mais je ne voulais pas que tu prennes de risques, avec le bébé.

— Je comprends, mais je n'aime pas qu'on me parle de cette manière.

— Je sais. Excuse-moi.

Il pensa à ce que Briana avait dû vivre avec sa brute d'ex-petit ami.

— Au moins, tu as mis fin à la bagarre, dit-elle.

— Oui, mais le vrai travail, c'est la prévention. C'est ce que je fais dans cet atelier. Je leur donne des outils pour qu'ils sachent comment faire face à des gens comme ça.

Une sensation le traversa et, sans réfléchir, il prit Briana par la taille et l'attira contre lui, poussé par la volonté de la protéger de tout ce qui pourrait lui faire du mal.

— Je sais que je ne suis pas censé te dire ce genre de choses, mais je ne sais pas ce que j'aurais fait si ce gosse t'avait touchée.

— Fraser…, murmura-t-elle en posant la tête contre lui.

Puis elle soupira.

— Pour être honnête, ajouta-t-elle, je ne sais pas ce que nous sommes censés dire ou faire, ni l'un ni l'autre.

Il y avait entre eux quelque chose d'important et cela l'effrayait. Pire, il avait l'impression que cette chose était fragile et fugace et qu'à la moindre occasion elle risquait de se briser.

Il lui frotta le dos, mais Briana s'écarta. Elle s'approcha de l'endroit où les garçons s'étaient battus. Il la regarda s'éloigner de lui à la fois physiquement et émotionnellement, et se demanda à quoi elle pensait. Où elle était partie.

En Australie, peut-être.

Il reprit le chemin du retour.

— Viens, on va déjeuner, annonça-t-il d'une voix qu'il voulut enthousiaste. Tu dois mourir de faim.

— Je ne suis pas sûre de pouvoir avaler quoi que ce soit, répondit-elle dans un filet de voix.

Mais il l'entendit.

Ils marchèrent sans parler jusqu'à la maison. Seuls les halètements de Jasper et le craquement de leurs semelles dans la neige brisaient le silence.

Fraser prépara le repas pendant que Briana buvait un thé pour se réchauffer. La boule qui lui oppressait la poitrine semblait grossir à vue d'œil. La journée s'annonçait pourtant bien, après leur rencontre inopinée en ville, mais, depuis l'épisode de violence auquel ils avaient assisté, il avait l'impression que chacun s'était retiré dans sa bulle.

Et il mourait d'envie que Briana l'invite à entrer dans la sienne.

13.

Ils déjeunèrent dans la véranda, au soleil, une couverture sur les genoux. La vue était magnifique : Fraser, au premier plan, se détachant sur les sommets enneigés et un ciel d'azur.

Un moment qui aurait pu être merveilleux s'il ne flottait pas entre eux un nuage d'émotions contradictoires et de confusion. Elle avait été choquée par la bagarre des garçons mais peut-être plus encore par la réaction de Fraser, qui lui avait pratiquement interdit d'intervenir pour ne pas se mettre en danger.

Elle n'avait pas besoin d'être protégée et encore moins qu'on l'empêche de faire quoi que ce soit.

Mais Fraser n'était pas comme Tony. Il avait eu peur pour elle et pour le bébé. Il fallait vraiment qu'elle cesse de le comparer à Tony. Fraser était gentil, bienveillant et honnête. Un homme bon avec un cœur bon. Et qui embrassait merveilleusement bien.

Elle reposa ses couverts et sourit, espérant pouvoir repartir d'un meilleur pied après l'épisode de la bagarre.

— C'est bizarre de te voir ici, à Oakdale. La vie prend parfois un drôle de tour. Où est-ce que tu serais si tu n'avais pas eu Lily ?

— Je ne sais pas. J'ai du mal à m'imaginer sans elle. Je voyagerais, peut-être. J'aurais une vie sentimentale plus riche, dit-il en riant.

Elle leva les yeux au ciel.

— Et toi ? reprit-il. Quels étaient tes projets avant que ce petit être débarque dans notre vie ?

— Je n'avais pas vraiment élaboré de projet. À part celui de me remettre de ma relation avec Tony. Il fallait que je guérisse, que je fasse le point sur moi-même et sur les raisons pour lesquelles je me suis mise dans cette situation avec lui.

Elle sentit qu'elle était prête à se refermer à la seule pensée de Tony, mais elle résista à la tentation et décida de continuer à parler. C'est ce que faisaient les amis entre eux, non ?

— J'essayais de reprendre le cours de ma vie, de trouver de nouveau mes marques chez moi, au travail. Et je commençais à peine à me rouvrir au monde. Maintenant, je vais me refermer un peu pour m'occuper de ce bébé.

Il la fixa droit dans les yeux.

— Tu les as trouvées, les raisons pour lesquelles tu t'es mise dans cette situation avec Tony ?

Jamais elle n'avait vraiment parlé de cela, préférant enfouir cet épisode de sa vie, espérant l'oublier. Mais la bagarre des garçons avait produit un déclic en elle. Il fallait qu'elle parle de ce qui avait été une autre forme de violence, qu'elle exorcise ce démon logé dans son esprit et dans son corps, qu'elle se débarrasse de la peur et de la noirceur de cette période. Le bébé ne devait pas grandir dans cet environnement toxique. Fraser comprendrait peut-être mieux ce qu'elle avait vécu. Et elle aussi.

Elle prit une grande inspiration.

— Je suis tombée amoureuse. Il me plaisait beaucoup, il me traitait comme une princesse, me couvrait d'attentions. Ellen venait de mourir, je me noyais dans le chagrin, la culpabilité et la colère. La présence de Tony me faisait beaucoup de bien. Comme son visa arrivait à échéance, il m'a proposé de venir avec lui en Australie. Pourquoi pas ? Je n'avais rien à perdre après tout.

Au contraire, elle n'avait plus goût à rien, ni à son travail ni au reste.

— Au début, c'était super. Il faisait beau et chaud, il me faisait visiter la région, me faisait des cadeaux. Il ne voulait pas que je cherche du travail et me disait que cette expérience était pour moi une aventure, et qu'il pouvait s'occuper de moi. Pour être honnête, j'étais flattée. Je n'avais pas l'habitude qu'on s'occupe de moi de cette façon. J'adorais être adorée par cet homme beau et attentionné.

Un soupir lui échappa.

— Puis j'ai commencé à en avoir assez de passer mes journées seule quand il allait travailler, poursuivit-elle, alors j'ai postulé pour un mi-temps dans un centre médical. Cela ne lui a pas plu. Il me voulait pour lui tout seul, jour et nuit.

— C'était séduisant, je suppose, dit Fraser.

— Oui, là était le problème. Il était très séduisant. Du moins au début. Il m'a persuadée de lui laisser la signature sur mon compte en banque et, le pire, c'est que je n'y ai pas vu d'objection. Il s'est donc mis à contrôler mes dépenses, mes mails, mes messages. Il voulait tout le temps savoir où j'étais, avec qui, comment j'étais habillée. Et, à part au travail, je ne pouvais voir personne d'autre que lui.

Elle poussa un nouveau soupir.

— Nous avons commencé à nous disputer. De plus en plus.

Elle se frotta le poignet à l'endroit où il lui avait tordu le bras presque au point de le casser. La douleur physique avait disparu depuis longtemps, mais elle avait laissé des traces psychologiques, qui l'incitaient, depuis, à garder ses distances avec tout le monde.

Elle regarda Fraser et eut une envie désespérée de baisser la garde, une fois pour toutes.

— J'aurais dû le quitter plus tôt, mais j'avais honte. C'était trop dur de reconnaître que c'était moi qui l'avais autorisé à me traiter de cette manière. Quel genre de carences affectives avais-je pour lui laisser les rênes de ma vie ?

Elle continuait à se poser la question.

— Comment t'en es-tu sortie ? demanda Fraser en prenant sa main dans la sienne.

Ce geste lui donna le courage de poursuivre.

— Cela a été tellement simple que je me suis ensuite demandé pourquoi je ne l'avais pas fait plus tôt. Tony aimait bien boire un whisky de temps en temps. Un soir, je l'ai resservi plusieurs fois et il finissait son verre chaque fois. Je faisais semblant de boire, moi aussi, mais j'allais vider mon verre dans l'évier dès que je le pouvais. J'ai joué la comédie, je l'ai entraîné dans notre chambre.

Elle frissonna à l'idée de s'être servie de son corps pour arriver à ses fins.

— Quand il s'est endormi, j'ai cherché mon passeport, qu'il gardait dans sa sacoche, j'ai pris quelques vêtements et je suis sortie, en priant pour être le plus loin possible quand il se réveillerait.

— Ça a marché ?

— Oui. J'étais super stressée jusqu'à ce que l'avion décolle de Sydney. J'ai même traversé l'avion plusieurs fois pour m'assurer qu'il n'était pas à bord. J'étais terrifiée mais incroyablement fière de moi de m'être sortie de ses griffes. Cela dit, la peur ne s'est jamais totalement dissipée.

— Tu n'as jamais eu peur qu'il revienne te chercher ? demanda-t-il en caressant doucement sa main.

— Non. Il ne sait pas précisément où je vis. Cela ne m'inquiète pas trop.

— Moi, si. J'ai un ami dans la police. Je lui en toucherai deux mots, dit-il d'une voix grave. Si j'apprends que ce type entre en Angleterre, je ne le lâcherai pas d'une semelle.

Sa détermination la toucha.

— Il aura gagné si je continue à avoir peur. Je vais beaucoup mieux, maintenant. Même si, parfois, je me surprends à être sur mes gardes.

Sa jambe tressautait nerveusement. Elle avait besoin de bouger, de se débarrasser de cette énergie négative. Elle se leva et prit les assiettes.

Fraser la suivit dans la cuisine. Elle sentit son regard dans son dos et hésita à se retourner, de peur d'y voir de la colère contre Tony qu'elle ne pourrait pas gérer, de l'affection pour elle dont elle ne saurait que faire, ou de la pitié. Elle sentit qu'il s'était rapproché quand ses cheveux se hérissèrent sur sa nuque.

Elle se retourna quand il posa la main sur sa taille. Il la fixa avec intensité.

— Merci de m'avoir parlé. Je comprends mieux, maintenant, ton désir d'indépendance et la distance que tu mets entre les gens et toi.

Son sourire était doux, bienveillant.

— Je ne sais pas comment m'y prendre, Fraser. Je sais que tu n'as rien à voir avec Tony. Mais j'ai peur d'avoir dressé des murailles autour de moi et de ne pas pouvoir les abattre. Je veux laisser le passé derrière moi, être une Briana différente. En mieux.

— Tu as eu le courage incroyable de rompre. C'est une marque de respect envers toi-même. Tout le monde a besoin d'être apprécié, aimé, désiré. Il n'y a rien de mal à cela. Et tout le monde mérite d'être traité avec respect et bienveillance. Toi, la première.

Ses paroles lui firent l'effet d'un baume bienfaisant. Fraser avait accueilli ses paroles avec compassion. Il croyait en elle, il connaissait son histoire et voyait en elle une personne forte et courageuse. Elle se laissa gagner par la confiance qu'il avait en elle et en ses capacités. Et éprouva l'envie de reprendre les rênes de sa vie en main, de repartir à l'aventure.

Quand il posa la bouche sur la sienne, elle ne le repoussa pas.

Ce baiser était unique, différent de tout ce qu'il avait connu auparavant. Il embrassa Briana comme si c'était la première et la dernière fois. Elle passa les bras autour de lui et l'attira contre elle. Il sentit ses courbes, si douces sous la main, ses seins qui se soulevaient et s'abaissaient au rythme de sa respiration. Il avait tellement envie d'elle qu'il ne savait que faire de tout ce désir, de toutes ces émotions qui débordaient dans sa poitrine.

Ils s'écartèrent pour reprendre leur souffle.

— Briana, fit-il, haletant, j'ai tellement envie de toi que je ne trouve même pas les mots pour le dire.

Elle leva vers lui son visage ému.

— Moi aussi, j'ai envie de toi. J'ai envie de te sentir en moi.

— On monte ?

Elle sourit, plus sexy que jamais.

— Avec plaisir.

Il se pencha et la prit dans ses bras. Une fois dans sa chambre, il la déposa sur le lit et s'allongea à ses côtés.

— Nous avons tout l'après-midi, dit-il en caressant doucement son bras.

Briana l'attira à lui et l'embrassa avec fougue. Il lui retira lentement ses vêtements, découvrant son corps magnifique, sa peau laiteuse et pâle sous les vêtements d'hiver. Ses seins gonflés dont le bout sombre se dressa quand il le prit dans sa bouche. Elle se pressait contre lui, et il aurait été facile de se glisser d'emblée en elle.

Mais, même si cela lui coûtait, il préféra prendre son temps. Il avait envie de la caresser, de l'embrasser, de la lécher.

Son cœur se serra quand il posa la bouche sur son ventre. Il était encore plat mais Fraser savait que la vie était là, une nouvelle vie, un nouvel enfant. *Leur* enfant.

— Briana, mon amour, tu es magnifique, murmura-t-il en levant la tête vers elle.

Elle le regardait, les joues inondées de larmes.

— Ça va ?

Elle hocha la tête.

— J'ai tellement attendu ce moment. Depuis que je te connais, en fait.

— Depuis Londres ?

— Tu t'es bien rendu compte que tu me plaisais, le soir où nous nous sommes rencontrés.

— Moi ? Lors de cette fameuse soirée ?

— Oui, j'ai craqué sur toi, ce soir-là. Ensuite, ça m'a passé, dit-elle en riant. Mais je me demande si je ne suis pas en train de retomber amoureuse de toi.

Il rit en pensant aux tours et aux détours que la vie empruntait parfois.

— Me voilà. Et, cette fois, je suis disponible.

Après un nouveau baiser passionné, il se remit à la caresser de ses mains et de la bouche. Il glissa la main entre ses cuisses et la vit s'arcbouter en gémissant. Il eut à plusieurs reprises l'impression de rêver et pria pour qu'on ne le réveille pas.

Briana jouit sous ses caresses puis se mit à rire.

— C'était incroyable, dit-elle en reprenant son souffle.

— C'est toi qui es incroyable.

Elle l'embrassa avant de se redresser. Elle s'assit sur lui et se mit à bouger en s'agrippant à ses épaules. Il sentit ses dernières résistances céder, physiquement et mentalement.

Il resterait là toute sa vie, s'il le pouvait.

Il ne pouvait pas la quitter. La laisser seule avec le bébé.

Il resterait.

Elle s'immobilisa et le regarda dans les yeux, comme si elle cherchait à y lire ses pensées. Il ignorait ce qu'elle y vit, mais elle lui sourit tandis que les larmes coulaient sur ses joues. Puis son bassin se remit à bouger contre le sien, de plus en plus vite, jusqu'à ce qu'il sente qu'il ne pourrait se retenir beaucoup plus longtemps.

Alors il agrippa ses hanches et s'enfonça en elle de plus en plus fort. Mais cela ne suffit pas. Il la fit basculer sur le dos et se coucha sur elle, en elle. Ce n'était plus un rêve, c'était la réalité qui embrasait sa peau, ses os, son âme.

Il ne se contenterait pas de quelques après-midi par-ci par-là. Il voulait passer avec elle ses journées et ses nuits, toute la vie. Cette pensée s'était glissée dans son esprit dès l'instant où il avait embrassé son ventre.

Et s'était fixée au fond de son cœur.

14.

Impossible de savoir combien de temps ils demeurèrent enlacés sous les draps, collés l'un à l'autre tels deux aimants, comme s'ils vivaient la fin et non le commencement de quelque chose de beau. Comme si le moindre mouvement risquait de rompre le charme de ce moment parfait. Elle somnola, à la fois attirée et effrayée par les émotions qui tourbillonnaient en elle.

Des émotions engendrées par l'intensité avec laquelle Fraser la regardait, sa passion, sa tendresse, mais aussi par la manière dont il l'avait écoutée…

Ils étaient parvenus à un tournant de leur relation, et elle avait le choix. Jusque-là, elle était sur ses gardes mais il ne tenait qu'à elle de se laisser guider par ce qu'elle ressentait plus que par ce qu'elle pensait. D'écouter son cœur plutôt que sa tête.

Fraser avait les yeux fermés, le bras sur sa taille. Sa respiration était stable et apaisée.

Elle n'avait pas envie de le voir repartir à Londres. Mais elle ne pouvait pas lui demander de rester. Comment réagirait-elle s'il rejetait sa proposition ?

Elle avait du mal à se remettre de son expérience avec Tony. Il avait mis des années à tisser sa toile autour d'elle, à gagner sa confiance avant de refermer l'étau. Elle ne connaissait Fraser que depuis quelques semaines, mais quelque chose de fort les unissait déjà. Jamais elle n'avait été aussi fascinée par un homme, par son sourire, ses paroles, ses baisers, ses caresses.

Comment être sûre qu'il éprouvait les mêmes sentiments à son égard ?

Elle avait envie d'une relation belle et harmonieuse et pressentait que ce pourrait être possible avec Fraser. Mais elle avait terriblement peur d'y laisser des plumes, au cas où elle se trompe.

Elle souleva le bras de Fraser et se glissa hors du lit. Elle enfila un peignoir blanc et s'approcha de la fenêtre.

La lumière du jour déclinait. Il n'y avait pas de coucher de soleil majestueux, juste le jour faisant place à la nuit.

Elle avait la gorge sèche et la poitrine oppressée.

Elle se retourna. Fraser dormait, insouciant, détendu. Son cœur fit un bond dans sa poitrine. Il suffisait de le regarder pour que tout soit plus beau. Mais elle était consciente que c'était à elle de faire en sorte que sa vie soit belle.

Elle sursauta quand le téléphone de Fraser se mit à sonner. Il se retourna et tendit le bras vers la table de chevet, les yeux rivés sur elle, un sourire sur les lèvres, l'air de dire « Viens te recoucher ».

C'était tentant. Très tentant.

Mais il regarda l'écran de son portable et se redressa d'un bond.

— Allô, Lily chérie – d'accord, Lily tout court. Tout va bien ? Super, il me tarde que tu me racontes tout ça. Je pars dans cinq minutes.

Il raccrocha et se laissa retomber sur l'oreiller.

— Il faut que j'aille les chercher. Mais j'ai cinq minutes.

— Juste le temps de t'habiller.

— J'ai besoin de soixante secondes pour enfiler mes vêtements. Ce qui nous laisse quatre minutes…

Voyant qu'elle ne bougeait pas, il sortit du lit et la rejoignit devant la fenêtre, puis la prit dans ses bras.

— Tu n'as pas envie de jouer avec moi ?

Elle en mourait d'envie. Mais elle sentit les larmes lui monter aux yeux. Il fallait qu'elle lui dise. Non, pas maintenant, alors qu'il était sur le point de partir. Sa fille avait besoin qu'il soit calme et concentré.

— J'ai passé un très bon moment mais c'est l'heure où tu reprends ta vie de père, répondit-elle. Je ramasserai toutes mes affaires et je referai le lit, ne t'inquiète pas.

Il lui fit lever le menton pour pouvoir la regarder dans les yeux.

— Tu ne m'as pas montré la robe.

Elle n'avait pas le courage ni l'énergie de défiler devant lui pour qu'il lui donne son avis, ni de sentir son regard sur elle. Elle voulait étouffer le feu, pas le raviver.

— Une autre fois.

— Comme tu veux.

Il déposa un baiser sur sa tête, l'air un peu inquiet.

Puis il disparut.

Plus tard, dans la soirée, Briana vit la voiture de Fraser passer devant sa maison. Il revenait probablement de la gare, où Jerome avait pris le train pour Londres.

Quelle que soit sa relation avec Fraser, elle souhaitait renouer avec Lily et être la marraine qu'elle aurait toujours dû être.

Elle décida de lui envoyer un message.

Hello Lily ! Bon week-end ?

Ça va.

Le laconisme de la réponse de Lily la fit sourire, et hésiter… Elle ne voulait pas se montrer indiscrète mais elle préféra aller droit au but.

Et Jerome ?

Pour toute réponse, elle reçut une émoticône couverte de cœurs et un gros cœur rouge.

Contente que ce se soit bien passé.

Merci de m'avoir conseillé de l'inviter. Tu es la meilleure !

Et un autre cœur.

Toi aussi, tu es la meilleure.

Si elle ne pouvait pas partager l'intimité de Fraser, au moins aurait-elle une relation privilégiée avec sa fille. Qui était aussi la fille d'Ellen.

Ce qui était une chose très précieuse à laquelle se raccrocher alors que sa vie recommençait à s'effondrer.

Briana s'éloignait de lui. Il le sentait dans sa posture, dans le ton de sa voix et dans la façon dont elle s'était raidie, la dernière fois qu'il l'avait prise dans ses bras.

Cela faisait quatre jours qu'elle répondait à ses textos par un minimum de mots, qu'elle se disait occupée et s'enfermait dans sa salle de consultation.

Plus il se rapprochait, plus elle fuyait. Il la comprenait, après ce qu'elle lui avait raconté, mais il n'avait pas l'intention d'accepter cela sans se battre.

Jamais il n'avait désiré une femme à ce point. Ni désiré tout partager avec elle.

À la fin de leur journée de travail, il l'attendit pour partir.

— L'atelier s'est bien passé, tu ne trouves pas ? demanda-t-il d'un air détaché alors qu'ils regagnaient leurs voitures sur le parking du lycée.

Elle lui répondit sur un ton professionnel et distant. Elle était pâle et avait l'air épuisée.

— Et Lily ? demanda-t-elle. Elle m'a dit par texto que son week-end avec Jerome s'était bien passé, mais elle n'est pas entrée dans les détails.

Il aimait le fait qu'elle ait renoué avec Lily, c'était au moins une conséquence positive de leur déménagement.

— Elle a sangloté toute la soirée. J'ai failli t'appeler pour te demander conseil, mais elle s'est un peu reprise quand je lui ai dit qu'il pourrait revenir à Pâques. Mais ce n'est pas de Lily que je voulais te parler.

— Ah ? dit-elle en accélérant le pas.

Il accéléra à son tour.

— Où cours-tu, Briana ?

— Chez moi. Il est tard. Je suis crevée, fit-elle en déverrouillant les portières de sa voiture. Je suis désolée, Fraser.

Ces derniers mots lui firent l'effet d'un coup de poing dans le ventre. De quoi était-elle désolée, au juste ?

— Qu'est-ce qui se passe ? riposta-t-il en s'appuyant sur la portière pour l'empêcher de monter. Pourquoi refuses-tu de me parler depuis cet après-midi merveilleux qu'on a passé ensemble ? Je n'ai pas rêvé ? C'était merveilleux, non ?

Elle hocha la tête.

— Alors ? reprit-il. Apparemment nous sommes bien ensemble. D'ailleurs, nous n'arrivons pas à rester éloignés l'un de l'autre trop longtemps, même quand nous le décidons d'un commun accord. Je ne comprends pas ce que tu attends de moi, de… nous.

Elle se mordit la lèvre.

— Fraser, je ne crois pas qu'il y ait de *nous*. En tout cas, je ne peux pas. Je ne veux pas.

— Tu ne *veux* pas ? Ou tu as peur de franchir le pas ?

— Tout va trop vite, Fraser. Et je ne sais plus où j'en suis.

Il lui prit la main. Elle était froide, elle tremblait. Mais ses doigts s'accrochèrent aux siens.

— Tu as peur, Briana. C'est normal. Ce qui nous arrive est fort et, tu as raison, tout va très vite. Mais moi aussi, j'ai peur. Cela fait des années que je ne suis pas sorti avec une femme. Quinze ans que je ne fais que m'occuper de ma fille sans réfléchir à ce que je veux faire de ma vie en dehors de ça.

Il reprit son souffle.

— À part Lily, les gens qui comptaient pour moi ne sont plus là, poursuivit-il. Et soudain, te voilà dans ma vie. Et, avec toi, l'espoir. Je sais que ce n'est pas simple, Briana. Et que tu sois tombée enceinte n'arrange rien. Mais on peut y arriver…

— Je ne peux pas, dit-elle, les larmes aux yeux.

— Mais *nous*, on peut y arriver, répéta-t-il en caressant sa joue. Je comprends que tu aies peur. Moi aussi, je pourrais décider de nier mes sentiments et de mettre de la distance entre nous. Ce serait plus simple, mais ce serait malhonnête. Et lâche. Et si nous décidions d'avoir peur ensemble ? De travailler sur nos peurs pour avancer ensemble ? Tu sais, Briana, je…

Il prit une profonde inspiration.

— Je t…

— Non, Fraser, ne dis pas cela. Je t'en prie, ne le dis pas.

Elle refusait qu'il dise qu'il l'aimait. Qu'il éprouvait pour elle des sentiments qui lui avaient ouvert le cœur en grand. Des sensations turbulentes dès qu'il l'apercevait. Un besoin impérieux de les protéger, elle et l'enfant qu'elle portait. *Leur* enfant.

Il était tombé amoureux d'elle, et elle faisait marche arrière, de toutes ses forces. Les yeux de Briana s'emplirent de larmes et elle mit sa main sur sa bouche, comme pour empêcher les sentiments et les mots de sortir.

Alors qu'il rêvait de l'entendre dire qu'elle l'aimait aussi, que leur relation pouvait fonctionner, qu'ils pourraient vivre heureux, tous les quatre. Comme sur le cliché qu'il avait en tête et dans lequel, pour une fois, il faisait les bonnes choses au bon moment. Et où la femme qu'il aimait l'aimait en retour.

Or, en dépit de ce qu'elle éprouvait pour lui, Briana préférait fuir. Que pouvait-il y faire ?

Il était destiné à la fréquenter pendant au moins dix-huit ans. Ils exerceraient le rôle parental conjointement, travailleraient ensemble, prendraient des décisions, parleraient des petits moments banals de leur vie, au lieu de les vivre ensemble et de construire ensemble un avenir magnifique.

Il l'aimait, mais elle refusait de l'aimer en retour.

Il se ressaisit pour ne pas faire peser sur elle le poids de ses propres émotions. Il ne pouvait pas la contraindre, c'était exactement ce qu'avait fait son ex.

Mais qu'était-il censé faire ? Sourire ? Partir ?

— Nous ne repartirons pas à Londres, dit-il.

Elle eut l'air surprise et son regard s'éclaira, l'espace d'un instant.

— Je veux voir mon enfant grandir. Être là pour lui, précisa-t-il.

— Qu'en dit Lily ?

— Cela ne l'enchante pas mais elle comprend.

— Je suis contente que tu restes. Pour le bébé… c'est bien. Merci.

Il s'ensuivit un silence pesant. Puis Briana prit une grande inspiration, comme si elle rassemblait ses forces.

— Je suis fatiguée, dit-elle. Je vais rentrer. Je suis désolée,

Fraser. Vraiment désolée. Mais j'ai besoin d'être seule. C'est mieux.

— Mieux pour qui ? Pour toi ? Tu es en larmes. Pour moi ? Je suis…

Dévasté.

— Mais cela ne marchera jamais, s'écria-t-elle en lui lâchant la main et en lui faisant comprendre qu'elle souhaitait monter dans sa voiture.

C'était donc la fin de leur histoire. Sur un parking, un soir glacial d'hiver.

Il aurait voulu emplir son cœur de glace pour ne plus ressentir la chaleur et la lumière qu'il éprouvait quand il était avec elle.

Mais son cœur était plein de Briana, de son sourire, de son parfum, de son rire, de ses caresses… Et maintenant, de ses adieux.

Briana monta dans sa voiture, inspira et expira longuement. Mais elle éclata en sanglots avant la fin de l'expiration. Elle avait la sensation qu'elle allait exploser à cause de tout ce qu'elle retenait pour garder vaguement le contrôle. En réalité, elle était en train de sombrer.

Fraser avait raison, elle était terrifiée. Et surprise de la force des sentiments qu'elle éprouvait pour lui.

Elle l'avait interrompu alors qu'il allait lui dire « Je t'aime ». La panique l'avait submergée. Elle aurait flanché si elle l'avait entendu le lui dire. Pire, elle se serait jetée dans ses bras et lui aurait dit à quel point elle aussi, elle l'aimait. Elle l'avait fait entrer dans sa vie et il fallait l'empêcher d'y entrer davantage. Elle se connaissait : elle risquait de baisser la garde et de se laisser emporter par ses rêves et ses fantasmes.

Il fallait revenir à la réalité. L'amour qu'elle éprouvait pour lui, elle le donnerait à son enfant. C'était mieux ainsi. Ils allaient partager une partie de leur vie, pendant les dix-huit ans à venir. Chaque minute passée à ses côtés serait probablement une torture. Comme chaque minute passée loin de lui. Mais c'était mieux ainsi.

Elle sanglota un long moment dans la voiture embuée, se demandant si elle ne faisait pas la plus grosse erreur de sa vie et essayant aussitôt de se convaincre du contraire. Puis les sanglots cessèrent. Elle sécha ses larmes et démarra. Elle prit le chemin de sa maison. De sa vie sans Fraser.

C'était mieux ainsi, se répéta-t-elle, tout en priant pour que ce soit vrai.

15.

L'hiver avait fait place à un printemps relativement clément et la journée était douce et ensoleillée. Tous les convives étaient souriants et détendus. Personne ne se rendrait compte que son sourire n'était que de façade, pensa Fraser. Certes, il était heureux pour Joe et Rose, qui avaient choisi le bon jour pour se marier et dont l'amour et la joie semblait être contagieux et toucher tout le monde.

Tout le monde sauf lui. Il se sentait vide.

Les discours avaient été prononcés, les tables débarrassées. Les jeunes mariés étaient sur la piste de danse et ouvraient le bal.

Ce qui signifiait, d'un point de vue stratégique, qu'il pouvait s'éclipser sans que personne ne le remarque.

— Tu pourrais au moins faire semblant de t'amuser, dit Lily en lui donnant un coup de coude.

Elle était adorable dans la robe argentée qu'elle avait achetée pour l'occasion, pensant sans doute qu'elle la vieillirait un peu, alors qu'elle ne faisait qu'accentuer sa jeunesse. Elle avait cessé de se maquiller à outrance et était nettement plus souriante. Comme la plupart des personnes présentes au mariage.

— Désolé, j'étais dans mes pensées. J'ai toujours l'air triste quand je réfléchis.

Briana bavardait et riait avec Beth, à l'autre bout de la salle. Elle s'était fait un chignon souple dont s'échappaient quelques mèches folles encadrant son joli visage. Sa robe bleue en soie lui allait à merveille. Elle était ajustée à la poitrine mais fluide à la taille. Personne ne pouvait deviner qu'elle était enceinte.

Lui le savait. Il la connaissait. Et il voyait bien qu'elle n'était pas heureuse. Même si ce choix de vie était son choix à elle.

— Invite-la à danser, dit Lily.

— Hein ? Qui ?

— Devine ! Invite Briana à danser.

— Pourquoi ?

— Parce qu'elle est toute seule.

Beth avait rejoint Alex sur la piste de danse et faisait signe à Briana de les rejoindre. Mais Briana secouait la tête.

Leurs regards se croisèrent. Et il s'embrasa.

Il lui en voulait de l'avoir repoussé et s'en voulait encore plus de s'être laissé faire sans se battre. Mais cela ne changeait rien à l'amour qu'il lui portait.

— En fait, je vais rentrer, dit-il en s'efforçant de regarder Lily.

— Non, tu ne vas pas rentrer. Tu vas rester et t'amuser.

Il se rappela avoir prononcé cette même phrase à Lily quelques semaines auparavant. C'était le monde à l'envers.

Sa fille leva les yeux au ciel.

— Qu'est-ce que vous fabriquez tous les deux ? Soit vous êtes à fond, soit vous ne supportez pas d'être dans la même pièce. Vous n'allez pas pouvoir continuer comme ça quand le bébé sera là. Et regardez-vous : vous êtes aussi malheureux l'un que l'autre. Et, soit dit en passant, elle n'arrête pas de regarder dans ta direction.

Fraser soupira, désolé par la situation avec Briana et impressionné par la maturité de sa fille.

— Bouge, fais quelque chose ! Vous n'allez pas passer les dix-huit prochaines années à faire la tête chacun de votre côté !

Il haussa une épaule.

— Va lui parler, insista Lily. Vous êtes malheureux l'un sans l'autre, vous vous entendez bien. Où est le problème ?

— Pourquoi cet intérêt soudain pour ma vie sentimentale inexistante ?

Elle le regarda d'un air grave.

— J'ai pas mal réfléchi, dernièrement. Tu as passé quinze ans à t'occuper de moi. Maintenant, c'est moi qui vais m'occuper de toi. Maintenant que tu es vieux.

Elle lui fit un clin d'œil et se mit à rire. Il la prit par le cou et la serra contre lui.

— Oh ! Lily chérie, je t'aime beaucoup et je sais que tu dis ça pour m'aider, mais… il faut parfois accepter de perdre.

Il aimait Briana, mais Briana ne voulait pas de lui. Que pouvait-il y faire ?

— Briana ne veut pas d'une histoire avec moi. Je ne peux pas la forcer. C'est une femme indépendante dont je respecte les choix, quels qu'ils soient. Même si cela me coûte.

Briana était à présent sur la piste de danse et sa robe bougeait sur son corps au rythme de ses pas. La vue de son petit ventre légèrement arrondi lui serra le cœur.

Quoi qu'il arrive, il serait présent pour cet enfant, comme il l'avait été pour Lily. Il avait été là pour sa première dent, ses premiers mots, ses premiers pas.

— Je crois que je vais y aller, dit-il. Ça te va de rentrer avec Beth et Alex ?

— Bien sûr ! répondit Lily en lui serrant le bras. J'aurais voulu faire quelque chose pour toi, papa.

Il sourit. Voilà au moins une facette de sa vie qui s'améliorait de jour en jour.

— Tu fais beaucoup pour moi, confessa-t-il, ne serait-ce qu'en me disant cela.

Briana tourna la tête vers Fraser, mais son cœur se serra. Il n'était plus là. Elle balaya la piste de danse du regard, pas de Fraser non plus. Pas plus qu'au bar. Plusieurs personnes entrèrent et sortirent des toilettes. Ce n'était jamais lui.

Ce n'est pas grave, se dit-elle.

Si, c'était grave. Sa bouche, crispée de s'être forcée à sourire toute la journée, lui faisait mal. Son cœur lui faisait mal.

Elle avait envie de le voir. Depuis qu'ils s'étaient séparés sur le parking, pas un instant elle ne s'était sentie soulagée d'avoir mis un terme à leur relation. Elle avait beau se convaincre que c'était mieux pour tout le monde, la réalité lui prouvait que ce n'était pas vrai. Pas pour elle, en tout cas.

Il lui manquait. Travailler avec lui était une torture. Elle inventait n'importe quoi pour s'enfermer dans sa salle de consultation. Alors qu'elle avait constamment envie de se jeter dans ses bras.

Ce soir, elle s'était dit qu'elle essaierait de lui parler. Pour briser la glace. Trouver un moyen d'être amis, au moins.

Mais elle avait laissé passer sa chance. Fraser était parti.

— Coucou, Briana !

Elle se retourna, le cœur gros, et prit Lily dans ses bras. Au moins avait-elle retrouvé son adorable filleule, c'était déjà ça.

— Lily ! Tu es magnifique !

— Merci. Toi aussi. J'adore cette couleur. Et ça commence à se voir, ajouta Lily en s'asseyant à une table.

Briana regarda son ventre et lissa la soie de sa robe. Puis elle s'assit à côté d'elle.

— C'est vrai ? Quel effet ça te fait ?

— Ça va, répondit Lily dans un haussement d'épaule.

— C'est encore frais pour tout le monde. Mais, si tu as envie de venir à l'échographie, de le rencontrer avant sa naissance, dis-le-moi.

— À l'échographie ? répéta Lily, l'air aussi choquée que réjouie. J'ai vu une émission là-dessus, à la télé. On entend leur cœur et on les voit, tout bien formés.

— Ce n'est pas une obligation. Tu me diras. Tu as un joli collier, fit-elle pour changer de sujet.

— C'est Jerome qui me l'a offert, murmura l'ado en touchant le petit cœur qui ornait la base de son cou.

— C'est adorable. Il va revenir te voir ?

— Non, répondit Lily en se redressant sur sa chaise. En fait, on a rompu.

— Oh ! je suis désolée. Ça va ?

Lily hocha la tête, étrangement sereine.

— C'est moi qui ai rompu. Je n'ai pas le temps, en ce moment, avec la pièce de théâtre et tout le reste.

Elle aussi avait rompu, songea Briana. Mais à présent, elle se demandait bien pourquoi. Elle était triste et avait perdu son énergie, son enthousiasme. Sa vie était tellement plus intéressante quand Fraser en faisait partie.

— La pièce ? C'est vrai que cela fait beaucoup de travail. Mais ce doit être passionnant.

Lily hocha la tête, les yeux brillants.

— C'est Jerome qui m'a dit de passer l'audition.

— C'était une bonne idée. Il ne te manque pas ?

Tu n'as pas l'impression d'avoir commis la plus grosse bêtise de ta vie ? Tu ne rêves pas de lui toutes les nuits ? Tu arrives à passer une heure sans penser à ce que vous auriez pu faire ensemble si tu n'avais pas rompu ?

— Pas vraiment, répondit Lily, avant de lui jeter un coup d'œil espiègle. Un de perdu, dix de retrouvés.

— Oh ! je vois. Il y a du nouveau…

Lily hocha la tête.

— Mais c'est tout récent.

— Super. Si tu as besoin d'en parler un jour, je suis là.

— D'accord. Merci.

Puis Lily la regarda droit dans les yeux.

— Tu sais, mon père…

L'heure de la vérité avait sonné. Briana se pencha.

— Je ne sais pas s'il te l'a dit mais… En fait, nous avons décidé… Nous ne sommes pas en couple.

— Mais tu l'aimes ?

— Comment ? dit-elle en s'étranglant presque.

Elle était contente que sa relation avec Lily se soit améliorée, mais peut-être devrait-elle poser des limites plus claires.

Ou alors être fière que Lily soit une jeune femme franche et confiante dans l'avenir ?

— Est-ce que tu aimes mon père ? répéta sa filleule.

De tout mon cœur, de toute mon âme !

— Je ne sais pas, s'entendit-elle dire.

Mais Lily la regarda de plus belle en levant les sourcils, incrédule.

— Oui, oui, je l'aime beaucoup.

— Tu lui as dit ?

— Non.

Lily leva les yeux au ciel, ce qui lui rappela qu'elle s'adressait à une adolescente de quinze ans.

— Tu sais, ce n'est pas si s…

— C'est ça, la coupa Lily. Je suis trop jeune pour comprendre… Mais ce que je sais, c'est que tu l'aimes et qu'il t'aime aussi, j'en suis sûre. Que vous êtes malheureux tous les deux. Qu'il mange n'importe quoi, qu'il a l'air triste et qu'il va passer le restant de ses jours à faire la tête.

— J'espère que non. Ce serait terrible.

— Surtout pour moi, j'ai encore quelques années à vivre avec lui, dit Lily en riant. Je sais que vous n'aviez pas prévu tout ça. Mais justement, c'est une occasion que la vie te donne. Il faut la saisir.

Briana sourit, impressionnée par tant de sagesse.

— Pense à Ellen. Qu'est-ce qu'elle dirait ?

Briana sentit sa poitrine se serrer. Combien de fois Ellen lui avait-elle donné des conseils qui s'étaient révélés avisés ? Combien de fois lui avait-elle dit que Fraser était un type bien ? Et un père fantastique ?

Elle s'en était rendu compte. Elle savait aussi qu'il était drôle, intelligent, généreux. Il n'avait fait peser sur elle aucune pression. De fait, il s'était plié exactement à ce qu'*elle* lui avait demandé de faire et s'était éloigné. Que demander de plus ?

Et elle l'aimait.

Elle savait ce qu'Ellen dirait, et que sa filleule essayait de lui faire comprendre depuis un quart d'heure.

Elle posa la main sur la joue de Lily.

— Tu tiens de ta mère, Lily Moore.

— Et de mon père, ajouta-t-elle.

— Et de ton père.

Sa gentillesse, son enthousiasme. Sa franchise, tantôt dérangeante, tantôt libératrice. Fraser avait osé lui dire ce qu'il pensait, il avait sauté dans le vide sans se soucier des conséquences.

— Ellen dirait : « Fonce ! Vas-y ! On n'a qu'une vie ! », murmura-t-elle.

— Alors fais-le. Va lui parler !

— Mais il est parti.

— Non, il est là-bas, dit Lily en montrant la porte-fenêtre qui donnait sur le lac.

Il leur tournait le dos, magnifique dans son costume, à la lueur des guirlandes décorant le jardin et le ponton.

Elle n'avait pas prévu de tomber amoureuse de lui. Elle n'avait rien prévu, à part fuir ce qu'elle avait vécu avant de revenir à Oakdale et repartir sur de nouvelles bases.

Était-il possible que Fraser fasse partie de ces nouvelles bases ?

Fraser regardait le lac et les montagnes, avec, en fond sonore, le brouhaha de la fête, la musique, les éclats de rire. L'air froid lui faisait du bien.

— Fraser…

Il se retourna au son de cette voix, à la fois heureux et méfiant. Briana était là, magnifique dans sa robe de soirée, les cheveux à présent défaits sur ses épaules. Il eut envie de la prendre dans ses bras et de l'embrasser jusqu'à perdre connaissance. Mais il se contenta de hocher la tête.

— Briana, ça va ?

— Oui. Un peu fatiguée mais ça va.

Que faisait-elle là alors qu'elle avait passé les dernières semaines à l'éviter ?

— Le bébé va bien ?

— Oui, tout va bien.

Elle eut soudain l'air nerveuse.

— Fraser, je… Il faut qu'on parle.

— C'est Lily qui t'a dit de venir ? fit-il avant d'imiter sa fille : « Va voir mon père, il est tout triste, il faut lui remonter le moral. »

Briana sourit timidement.

— On a parlé, effectivement, mais elle m'a plutôt aidée à y voir plus clair.

Il la regarda, attendant la suite, prêt à encaisser les coups à venir.

— En fait, elle m'a demandé si je t'aimais.

— Oh ! non, ce n'est pas vrai ! s'exclama-t-il, gêné. Je suis désolé.

— Non, ne sois pas désolé, dit Briana en levant la main. Lily est géniale. Je suis fière d'être sa marraine. Elle n'a pas peur des émotions, elle ne les évite pas, elle les éprouve. Et elle n'a pas peur de prendre des risques.

— Ça, je sais, fit-il en se demandant où elle voulait en venir. Et donc ?

— Et donc quoi ?

— Qu'est-ce que tu as répondu ? À sa question ?

Briana s'approcha et le regarda avec un mélange de peur, de vulnérabilité, peut-être de panique, dans le regard. Puis avec détermination.

— Je lui ai répondu oui. Oui, je t'aime.

Il hocha la tête en se rappelant toutes les manières possibles d'aimer. Il aimait sa fille, il avait aimé Ellen, il aimait Jasper.

— En fait, tu avais raison, reprit-elle. J'ai peur. Peur de m'engager, peur d'accepter les sentiments que tu éprouves pour moi, peur de tout. Tant que tu envisageais de retourner à Londres, j'étais sauvée. Mais quand tu as décidé de rester ici, je n'avais plus d'excuse. J'ai paniqué. J'ai eu peur de mes sentiments parce que je n'ai aucun contrôle sur eux. Ils sont imprévisibles, indomptables.

Elle marqua un temps d'arrêt, le temps de reprendre son souffle.

— Pourtant, je me suis rendu compte qu'avec toi, j'étais plus forte, plus courageuse. Je croyais en moi. Tu m'écoutes, tu me comprends et, maintenant, je pense que nous pouvons effectivement nous en sortir. Ensemble.

Il l'écoutait, incrédule et choqué, s'attendant à chaque instant qu'elle ajoute un « mais ».

Elle sourit.

— Je t'aime, Fraser. Comme on aime un ami, le père de son enfant, certes. Mais pas seulement. Je suis amoureuse de toi.

J'ai lutté contre ces sentiments, de toutes mes forces. Je savais que tu ne voulais pas de relation et encore moins d'un enfant.

— Cela a changé. Même si cette grossesse complique un peu les choses.

— Je t'aime, Fraser. Je ne peux pas vivre sans toi. Je veux prendre ce risque.

Il l'écoutait, hagard, sans tout à fait comprendre ce qui était en train de se passer.

— Mais… Tu disais que tu ne voulais pas… Que tu ne pouvais pas…

L'émotion empêchait les mots de sortir de sa bouche.

Briana eut l'air choquée et recula.

— Oh ! non ! Je suis désolée. Tu as changé d'avis, c'est ça ?

— Changé d'avis ? répéta-t-il, sentant la panique s'emparer de lui. Non !

Il l'attira à lui et la serra dans ses bras.

— Je te veux plus que tout au monde, Briana Barclay. Je veux vivre avec toi, je veux fonder cette famille avec toi, je veux… tout. Un nouveau départ avec toi. Je t'aime.

— Moi aussi, je t'aime, dit-elle, le visage baigné de larmes, avant de l'embrasser avec passion.

Épilogue

Six mois plus tard…

— Attention ! Non, pas là ! Ici. Voilà. Doucement ! dit Lily en tournant autour de Fraser, qui déposait le siège auto du bébé sur le lit.

Briana s'assit dans le fauteuil à bascule et regarda le père et la fille s'agiter. C'était à qui éprouverait le plus d'amour pour ce bébé.

La chambre était exactement comme elle l'avait imaginée : le berceau, le fauteuil à bascule et des tas de vêtements miniatures. Ils avaient préparé une autre chambre pour le bébé mais, pour l'instant, Briana préférait qu'il dorme dans la leur. Son mari était du même avis.

Fraser sourit.

— C'est bon, merci, Lily. Je l'ai déjà fait plein de fois.

— Oui, mais jamais avec le bébé dedans.

Lily dégrafa les sangles du siège auto et souleva doucement la minuscule Ellen Josephine Moore, qui émettait de petits sons de déglutition, pour la prendre dans ses bras.

— Tu crois qu'elle a faim ? Ou qu'il faut lui changer sa couche ? Comment on sait qu'elle a besoin de quelque chose ? Je peux la changer ?

Briana sourit.

L'accouchement avait été intense. Elle était épuisée et excitée à la fois. Les larmes montaient pour un rien.

— Je pense qu'on apprend sur le tas. Pour l'instant, il me semble qu'elle est simplement contente d'être à la maison. Comme moi.

— Que l'aventure commence ! dit Fraser en prenant le bébé des bras de Lily. Regarde, Ellie chérie. Voici notre chambre. Et ça, c'est ta sœur, Lily chérie. Elle déteste que je l'appelle comme ça, mais je fais exprès pour la faire enrager.

— Et ça marche ! dit Lily en caressant la petite tête de sa sœur, avant de murmurer des mots tendres et de déposer des baisers sur ses rares cheveux. Il ne faut pas leur dire mais, en fait, j'aime bien, ajouta-t-elle en riant.

Briana vit Fraser s'avancer vers elle.

— Et ça, c'est ta maman.

Puis il s'arrêta net.

— Briana, ça va ? Pourquoi tu pleures ?

Elle essuya ses larmes et renifla.

— Oui, ça va. Tout va bien, je t'assure.

Il s'agenouilla près d'elle, le bébé blotti dans le creux de son bras, et lui caressa la joue.

— Alors pourquoi tu pleures ?

Elle embrassa la chambre du regard.

— Tout est tellement parfait, balbutia-t-elle en embrassant du regard la chambre, son mari, leurs deux filles magnifiques.

Pouvait-elle avoir autant de chance ? Recevoir autant d'amour ?

— Oui, vraiment, tout est parfait.

BLANCHE

HARLEQUIN

Retrouvez prochainement, dans votre collection

BLANCHE

Un prince aux urgences, d'Alison Roberts - N°1571

SÉRIE : NOËL ROYAL À L'HÔPITAL - 1/4

Le Seattle Hospital est en effervescence depuis que le roi d'Isola Verde a été admis aux urgences, dans le plus grand secret. Mais pour le Dr Emilia Featherstone la surprise ne s'arrête pas là. Alors qu'elle se tient prête à prodiguer ses soins orthopédiques à son illustre patient, elle découvre avec stupeur que le fils de ce dernier travaille à l'hôpital. Domenico di Rossi, son talentueux confrère, qu'elle connaît depuis la fac de médecine où ils étaient rivaux, est un prince !

Le secret du Seattle Hospital, de Traci Douglass

SÉRIE : NOËL ROYAL À L'HÔPITAL - 2/4

Neurochirurgien de renommée mondiale, le Dr Max Granger est appelé à Seattle pour sauver la vie… d'un roi ! Habitué à exercer son art, il l'est moins à devoir le faire dans la plus grande discrétion et sous le contrôle de la responsable des relations publiques de l'hôpital. Ayanna Franklin semble déterminée à suivre chacun de ses mouvements, ce qui a le don de l'agacer et de le troubler en même temps. Car cette femme est la plus belle qu'il ait jamais rencontrée !

Un baiser au goût de neige, de Tina Beckett - N°1572

Le Dr Dexter Chamblisse a *toujours* un plan. Or en cette veille de Noël il n'avait pas prévu de retrouver aux urgences de l'hôpital où il travaille Maura Findley. Maura, son amour de jeunesse qu'il n'a pas su garder autrefois. Travailler à son côté se révèle bien plus difficile que prévu. Les souvenirs affluent, les bons comme les mauvais. Mais surtout c'est le désir qui resurgit, aussi vivace qu'autrefois. Ou peut-être même davantage encore…

Une pédiatre à Amsterdam, de Becky Wicks

Amsterdam. Voilà où le Dr Freya Grey exercera son métier de cardiologue en pédiatrie durant six mois. Si elle redoute les souvenirs sombres qui pourraient l'assaillir dans cette ville qu'elle a quittée autrefois, elle est ravie de rejoindre la clinique *Happy Hearts*. Dès son premier jour, Freya est conquise par son équipe, ses petits patients et surtout par le talentueux Dr Lucas Van de Berg… Mais elle le sait, elle doit veiller à ne pas trop s'attacher, car elle n'est que de passage ici…

Leur mission : sauver des vies.
Leur destin : trouver l'amour.

HARLEQUIN
www.harlequin.fr

BLANCHE

Le souhait de Liz, de Susan Carlisle - N°1573

Noël approche, et pourtant Liz Poole n'a pas le cœur à la fête. Jusqu'à sa rencontre avec le Dr Carter Jacobs et son adorable petit garçon. Soudain, elle a l'impression que tout est plus beau et sa vie saupoudrée de magie. Alors qu'elle se croyait fermée à l'amour, se pourrait-il que Carter lui soit destiné et qu'ils puissent fonder ensemble... une famille ?

Conquis par une patiente, d'Annie Claydon

Chef de la clinique Lakeside, le Dr Ross Summerby soigne avec passion les sportifs blessés. Il connaît son métier et, s'il y a une chose qu'il déteste par-dessus tout, ce sont les patients récalcitrants, ceux qui ne suivent pas ses conseils et traitements. Or la belle Laurie Sullivan, championne d'aviron et médecin elle-même, semble résolue à mettre en péril sa rééducation. Agacé, il la menace de l'exclure de son établissement... tout en ignorant le trouble qu'elle éveille en lui.

Amitié... ou passion ?, de Sue MacKay - N°1574

Exilée au Laos, Ellie y retrouve avec surprise Luca, son ancien colocataire, qu'elle n'a pas vu depuis quatre ans ! Luca, qui est toujours aussi pétillant qu'autrefois et plus beau que jamais. Troublée par l'attirance irrépressible qu'elle éprouve pour son ami, Ellie s'interroge : est-elle prête à vivre une nouvelle histoire d'amour ? Et, surtout, peut-elle prendre le risque de briser une si belle amitié ?

Nouveau départ pour le Dr Isabella, de Melanie Milburne

Ce remplacement temporaire dans un centre médical australien a paru à Izzy une bonne occasion de se changer les idées ; surtout après une difficile rupture amoureuse. Pourtant, dès son arrivée, elle comprend que sa nouvelle vie n'aura rien de paisible : non seulement elle commet un fâcheux impair auprès de Zach Fletcher, l'officier de police de la ville, mais en plus ce dernier fait naître en elle un trouble qui la bouleverse...

HARLEQUIN

Leur mission : sauver des vies.
Leur destin : trouver l'amour.

HARLEQUIN
www.harlequin.fr

BLANCHE

Dans les bras du Dr Glenn Bartlett, d'Abigail Gordon - N°1575

De retour à Glenminster, Emma se sent plus seule et désemparée que jamais. Heureusement, elle travaille aux côtés de Glenn Bartlett, un séduisant médecin-chef aux yeux bleus, dont la présence rassurante l'aide à renouer avec la ville de son enfance. D'ailleurs, la tendresse que Glenn lui témoigne lui fait un bien fou, et Emma doit constamment lutter contre l'envie de se blottir dans ses bras. Mais cette histoire a-t-elle un avenir ?

Pour le bonheur d'une famille, d'Emily Forbes

Lorsque le Dr Quinn Daniels fait la rencontre d'Alisha Jansson à un congrès médical, il est ébloui. Pourtant, malgré la puissante attirance qui les pousse l'un vers l'autre, Quinn garde ses distances : père célibataire de jumelles de neuf ans, il sait que ses filles ont besoin de lui. Il ignore alors que sa sage résolution va être mise à l'épreuve, car sa nouvelle collègue dans le cabinet médical où il vient d'accepter un poste n'est autre qu'Alisha !

HARLEQUIN

Leur mission : sauver des vies.
Leur destin : trouver l'amour.

HARLEQUIN
www.harlequin.fr